モリエールと
〈状況のなかの演劇〉

小島達雄

関西学院大学出版会

モリエールと〈状況のなかの演劇〉◇目次

第一部　〈風俗劇的性格喜劇〉論を排して

第一章　ルイ・ジュベのモリエール観
――モリエール批評史の転回点としてのルイ・ジュベ――

一　アカデミック批評への挑戦

フランスにおけるモリエール批評の流れは、ジュベがソルボンヌで行った二回の公開講演――第一回は一九三七年二月十六日、第二回は一九三八年三月二日に行われたが、後に、前者は「モリエール」、後者は「モリエールの解釈」の題名で『コンフェランシア』誌(1)に掲載された――を、ひとつの転回点として大きな方向転換を遂げたといえるだろう。これらの公開講演のなかで、ジュベが示した新しいモリエール理解の基本姿勢の延長線上に、イギリスのW・G・ムアやフランスのR・ブレイの仕事がはじまるのだが、彼らに共通して認められるものは、それまでのあまりにも文学的な、アカデミックな研究方法に反対して、モリエールを「文学者としてではなく、演劇人として」(2)捉え、「彼の喜劇を喜劇として受けとめよう」(3)とするものであった。例えば、ブレイは、その著書の序文のなかで「ジュベは新しいモリエール像の骨格を示し、ムアはモリエールの復権を行った。わたしの意図は、彼らの示した新しいモリエールに合流することである」(4)と述べ、この新しいモリエール批評の系譜を示している。

十九世紀的なアカデミック批評の呪縛からほぼ完全に離脱したかに見える現代の場から見れば、ムアやブレイが示した新しいモリエール批評の基本姿勢は、演劇研究者が取るべききわめて常識的な姿勢としか感じとれないかもしれない。しかし、ジュベやムア、ブレイにとって、このような基本姿勢の確認は絶対に必要なことであり、ジュベの行ったこの公開講演は、モリエール研究あるいはモリエール批評の伝統にたいする真っ向からの挑戦であった。

アカデミック批評の伝統は根強く、新しい姿勢は戦い取る以外になかったのである。例えば、『守銭奴』の場合、ゲーテが『エッケルマンとの対話』のなかで、「この作品のなかには、父親と息子を結ぶ感情のきずなが悪徳のために破壊されてはいるが……『守銭奴』は異常なまでの偉大さをもち、高度に悲劇的である」(5)と述べて以来、作品解釈の面だけではなく、舞台においてさえ、その反映が現れてくる。P・A・トゥッシャールが、『守銭奴』の上演が常に不成功に終わる原因を考えながら、その点にふれ「この作品について論ずるとき、ゲーテの言葉を引用することが伝統になって以来、この作品は次第に陰鬱な雰囲気のなかに沈みこんで行くように思われる」(6)と述べ、また、晩年のジュベが、このような風潮に反発して、「『守銭奴』はすばらしいヴォードヴィルだ！」(6)と繰りかえし語ったという事実も、「喜劇を喜劇として捉える」というきわめて常識的な姿勢すら、従来、ともすれば見失われがちだったことを物語っている。

この章では、〈新しいモリエール〉像にその道を開いた、ジュベのこの記念碑的な講演を紹介しながら、現代のモリエール劇上演の場での、その意義を明らかにしておきたい。方法としては、二回の公開講演のそれぞれを要約紹介するのではなく、むしろ、ジュベが提起した問題を中心にまとめるという方法を取ることにする。

二「もう、たくさんだ！」

　第二回目の講演を、ジュベは次のような言葉ではじめる。「まず最初に、皆さんが、おそらく、かつて考えてみられたこともないようなモリエールについて、お話しすることを許していただきたい。生前、その名声がセーヌ河をこえて広がることもなかったひとりの演劇人、俳優であり、座長であり、『コキュにされたと思い込んだ男』から『気で病む男』にいたる一連の作品をおおいそぎで書きあげ、舞台の成功と栄光以外にいかなる野心も抱かず、謙虚に働いたひとりの劇団主宰者モリエール、学者や先生方が彼のために作りあげ、彼ばかりか、われわれにも押しつけた彼の伝記とやらを、決して生きたことのないモリエール、要するに、俳優にとっての、演劇人にとってのモリエールについて、お話しすることを許していただきたい。」

　ジュベのいう「俳優にとっての、演劇人にとってのモリエール」という言い方自体、すでに、アカデミック批評にたいする重大な挑戦なのだが、それは、ジュベの次のような言葉でより明確なものとなる。「モリエールの遺産の直接の継承者としての資格によって、われわれ俳優に許されている権利ともいうべき（俳優としての）観点から、モリエールを見、聞き、そして、モリエールを愛する」からこそ、あえて、このような発言をするのだとジュベはいう。ジュベに、新しいモリエールの復興を企てさせたものは、三世紀にわたるモリエール批評の歴史が作りだした「印刷された古典」「教えられている古典」と「演じられる古典」との間の深い断絶の意識だったといえるだろう。その点に関して、ジュベはまことに大胆な告白を試みる。

「他人の目をとおしてモリエールを読むことは、もう、たくさんだ。他人の口を借りて笑い、学者たちの耳をとおしてモリエールの台詞を聞き、解説者たちの心をとおして涙ぐんだり、悲しんだりするのは、もう、たくさんだ。……テーヌの想像力はわたしを退屈させ、サント・ブウブの心は、わたしに吐き気を催させ、ファゲの耳はわたしの耳を聞こえなくさせ、ブリュンチエールの目はわたしの目を疲れさせ、わたしの頭を痛くさせる……」と。テーヌ、サント・ブウブ、ファゲ、ブリュンチエール、そしてラルーメと、十九世紀の代表的批評家を次々と槍玉に挙げるジュベの舌鋒はまことに厳しい。このあたりの文章を読みながら、わたしは、神に挑戦する人間として、ドン・ジュアンを演じたジュベの舞台姿を想い出していた。これは、まさに神＝既成の論壇すべてにたいする全面戦争の開始を告げるものだからだ。

しかし、ジュベの「もう、たくさんだ！」という叫びは、まだまだ終わらない。「わたしにとって、モリエールは、大学入試用のハンド・ブックが教えてくれるような人間でもなければ、また、モリエール解説の特権を独占している博識家や専門家たちの示すような人間でもない。モリエールを〈注意深い（人間）観察家〉だとか、〈時代を描く画家〉として思いえがくことは、わたしには苦痛でしかない。……（モリエールの）哲学とか諷刺とかいう話は、もう、たくさんだ。ルイ十四世御用の家具商人、才能にみちた国王の従僕モリエールだとか、苦悩の人、肺病病み、裏切られた夫モリエールだとかいう話は、もう、たくさんだ。……格式ばった、モリエールの国民的栄光などという話も、もう、たくさんだ！」

執拗なまでにつづくジュベの「もう、たくさんだ！」という叫びは、アカデミック批評の病患の深さを物語るとともに、モリエール復興にかけるジュベの情熱の反映でもあろうか。しかし、ここで語調をかえたジュベ（わたしの想像だが）は、次のように語る。
「モリエールに仕え、モリエールとともに、その初演の舞台に立った俳優たちは幸せです。……『人間ぎらい』や『タルチュフ』が傑作であるとは知らず、モリエールを天才とも思わずに、彼の作品を演じた俳優たちを、わたしは、いつも羨ましく思うのです。幾世代もの歳月が彼の作品のまわりに張りめぐらした鉄条網も知らず、モリエールの作品に近づき、それを演ずることのできた俳優たちこそ、ほんとうに幸せなのです」と。

逆説的表現にみちたジュベの言葉のなかで、彼が「もう、たくさんだ！」という言葉を繰りかえしながら槍玉にあげた事柄が、モリエール批評史のもつさまざまな病患を見事に衝いていることは明白だろう。とくに、最後の引用、モリエールとともに演じた俳優たちを羨むジュベの言葉はまことに痛烈である。幾世代ものモリエール批評の業績が張りめぐらした鉄条網、すなわち、モリエールの生涯にたいするきわめて恣意的な伝記的研究や、モリエールの詩句の一句一句にたいする克明な注釈や解釈の試みが、かえって、「モリエールのテキストとその意味を老化させ、凝固させ」、モリエールの喜劇からその本来の演劇的リアリティを奪い去る結果にしかならなかったことを指摘しているといえるだろう。事実、ジュベは、これらのアカデミック批評の成果といわれるものは、「上演にとって、演技あるいは演出にとって、まったく役に立たない」と断言し、モリエール喜劇の生命力の老化現象をひき起こしたのは、「人びとが心ない行為によって、モリエールを苦しめつづけ、モリエールに逆らい、モリエールを誤解し、無視してきたからである。要するに、多かれ少なかれ、モリエールを変質させてしまったからである」とまでいいきる。以下、アカデミック批評がモリエールを誤解し、変質させたとジュベが非難する問題点に則して、ジュベの主張をまとめてみよう。

三　アカデミック批評の主観主義的偏向との戦い

第一の問題は、ジュベが、アカデミック批評の主観主義的偏向として非難する問題である。ジュベやムアは伝統的なモリエール批評の傾向に反対して「喜劇を喜劇として、そして、その作者を芸術家として受けとめよう」と主張した。あまりにも当然のことだといえそうだが、それには大きな理由があった。その理由はいろいろあるにしても、まず、挙げられるものに、モリエールの実生活と戯曲の世界の混同の問題がある。事実、フランスのモリエール批評史のなかでは、モリエールの戯曲を彼の実生活――とくに、二十歳以上年下の若く美しい妻アルマンド・ベジャールとの苦悩にみちた結婚生活――の反映として、欺かれ、裏切られた夫モリエールの人間的な苦悩の表現として捉える傾向がいちじるしい。

例えば、『女房学校』『人間ぎらい』『ジョルジュ・ダンダン』『気で病む男』などの作品が、それぞれの〈執筆〉時期におけるモリエールとアルマンドとの関係と綿密に照応され、主要な登場人物たちのもらす告白や感懐が、そのまま作者モリエールの苦悩や心情を示す言葉として受けとられ、さらに、それがモリエールの生涯を語る重要な伝記的資料としての役割さえ果たしてきたのである。アカデミック批評にとって、モリエールの作品は、〈苦悩する人・モリエール〉という文学的テーマにとって格好の資料収集の場であり、また、その苦悩の文学的・芸術的昇華の見事さによって、モリエールの作品は尊いとされてきたのである。

ジュベが紹介するA・マルタンの場合は、まさに、その典型的な例だろう。マルタンは『女房学校』のアルノルフについて語りながら、「この役をよく理解するためには、モリエールがこの役をはじめて演じた時期、つまり、モリエールが直面していた状況のなかで、この役を捉えることが重要である。当時、モリエールはひとりの浮気女（アルマンドを指す）によって翻弄され、その不幸の只中にあったのだ。モリエールはその（嫉妬の）感情のエネルギーによって、みずからを悲劇の高みにまで昇華させ、彼自身の、情熱によって動かされる人間の弱さや心の動きを手掛かりとして、喜劇のもつもっとも笑うべき境地にまで踏みこんだのである。モリエールは、彼の作品のすべてのモラルを彼自身の悲惨さのなかから汲みとっている。こうして、モリエールは、自然を手本としてみずからを描いたのであり、彼が舞台にのせたのは、彼自身の家庭生活の情景だったのである」とまでいうのである。

マルタンの場合のように、モリエールの生涯とその作品、モリエールその人と彼の登場人物とを同一視する傾向は、決して驚くべき例外ではない。むしろ、それはアカデミック批評の常道であり、この時期までのモリエール批評史をふりかえれば、そのような例は枚挙にいとまがないというべきだろう。ジュベは、その代表例をさらに示しながら、「人びとは、モリエールを彼の作品のすべての恋人たち、すべての焼餅やきたち、すべてのコキュたちと同一視した。……登場人物たちの示す感情は、人びとにとって、モリエール自身の感情生活の〈雄弁で直接的なエコー〉以外のなにものでもなくなっている」という。しかも、問題は、モリエールとアルマンドの夫婦生活に関わるだけではない。「クレアントとアルパゴンの争いはモリエールと彼の父親との争い、アルガンの病気はモリエール自身の病気、ソジーの

（ジュピターにたいする）奉仕はルイ十四世にたいするモリエール自身の奉仕」として受けとめられているのだ。つまり、モリエールの作品と生涯の間に直線的な照応関係を読みとって、そこから、きわめて主観的な意味を引きだしているのである。

要するに、ジュベが指摘するように、「その私生活については、なにひとつ資料を残さなかった」モリエール、「彼自身の手になると信じられている数行の領収書といくつかの署名」、それに「一座の俳優のひとりの手になる上演記録、すなわち、〈ラ・グランジュの帳簿〉」以外、一通の手紙も、一冊のノートも残さなかったモリエールの伝記を形づくるために、博識家や学者たちは、モリエールの作品、その登場人物たちの告白や感懐を、そのまま第一級の伝記的資料として駆使しているのである。ジュベが、それらの伝記を評して、『本人の証言に基づいた、モリエール、こと、ジャン・バチスト・ポクラン物語』とこそ名付けるべきだと皮肉り、彼らの「伝記のもつ途方もない主観主義は、モリエールという観点、すなわち、演劇あるいは劇の上演という観点とは、まったくかけ離れたところで成り立っている」と非難する理由なのである。

ところで、モリエールの作品のなかにモリエール自身の実生活の反映を読みとるアカデミック批評の場から見れば、モリエールはきわめて強い告白癖をもつ作家ということになる。ブレイは、このような性癖をドイツ人たちは〈モリエールの主観主義〉という言葉で表現(7)し、彼らのお気に入りの理論だという。しかし、実をいえば、この〈モリエールの主観主義〉といわれるものの実体は、アカデミック批評そのものの主観主義、いいかえれば、その恣意性をこそ意味していたのである。しかも、この主観主義＝恣意性は、単にモリエールの伝記のみの問題ではない。モリエールの作品、そしてその主要登場人物たちの捉え方の問題にも関わってくる。ジュベは、その点を指摘して「彼らの主観主義をより危険なものにしたのは……彼らが、彼らの時代の流行のために、そして同様に、彼ら自身の移り気な想像力のために、モリエールを犠牲にすることに夢中になっていたこと、しかも、その事実に彼ら自身が気付いていなかったことである……事実、年とともに、モリエールの生涯といわれるものは変化した。それぞれの時代の好みや関心、政治的・文学的情熱を反映して変化していったのである。それぞれの時代は、彼らが待ち望んでいた偉人の姿をモリエールのなかに見出した。例えば、モリエールは、次々に、十七世紀の君子に、無心論者に、自由思想家に、そして革命の人、ロマン主義者、社会主義者、ナチュラリストになった」という。

このようなジュベの指摘は、フランスのモリエール批評史のありざまを皮肉たっぷりに抉りだしたものといえるが、いま試みに、十九世紀末期における『人間ぎらい』解釈の実態を紹介してみよう。有名な『アルセストの謎』の著者デュ・ブーラン(8)は、この作品を、フロンドの乱以後の社会が内包していた政治的・社会的・宗教的な矛盾や堕落をジャンセニスムの立場から徹底的に批判攻撃した作品、すなわち、喜劇であるより、むしろ明確な政治的・社会的意図をもった問題劇として高く評価しており、歴史家ミシュレー(9)は、『人間ぎらい』は「非常に大胆な（おそらく、『タルチュフ』以上に、そして、『ドン・ジュアン』以上に大胆な）劇である。何故なら、アルセストの不平の対象は、セリメーヌであるよりも、むしろ、宮廷にあるからである。しかも、この宮廷たるや、国王のために、国王によって統制された、国王の社交界以外のなにものでもない」と述べ、この喜劇を「大胆な反抗の劇」と規定しており、劇評界の大御所サルセイ(10)は「アルセストは最初の、そしてもっとも急進的な共和主義者である……アルセストはルイ十四世の宮廷における革命家、共和主義者の典型である」とまで断言している。

以上に紹介したブーラン、ミシュレー、サルセイらの『人間ぎらい』論が、彼らの政治的・社会的な立場——没落期にあった第二帝政期の反対派の立場——からの、まったく恣意的、主観的な歪曲であり、ジュベは、このような批評姿勢をいみじくも〈やどかり式理論〉と名付けて揶揄しているのだが、このような解釈は、必然的に『人間ぎらい』を悲劇ないし問題劇として、そして、アルセストは滑稽な役としてよりも悲劇的な英雄、ドラマチックな役として捉える傾向を生みだしてくる。ジュベやムアが「喜劇を喜劇として受けとめる」ことを新しいモリエール批評の基本姿勢として再確認する所以であり、ジュベが「モリエールを愛すること、それは……彼の作品によって彼の生涯を神聖化しようとしたり、自分たちの人間にたいするイメージに合わせて作品を卑小化するという、ばかげた行為をできるだけ慎むことである」とする理由でもあるのだ。

四 〈風俗劇的性格喜劇〉論を排して

ジュベの提出した第二の問題は、モリエール喜劇を核として形成された〈フランス古典主義喜劇〉といわれる文学理論、あるいは、その完成形態と目されているモリエールの〈大喜劇〉に与えられた〈風俗劇的性格喜劇〉という性格付けをめぐる、ジュベの反論としてまとめることができるだろう。

前項で紹介したアカデミック批評の極端な主観主義的傾向と、ここで取りあげる〈フランス古典主義喜劇〉論――演劇理論というより一個の文学理論だが――のもつ強度の主知主義的傾向にたいして、ジュベが対置するのは、彼が「モリエールと同じ職業に従事していることを誇り」と感じている、その俳優としての立場だといえる。ジュベは「モリエールは劇作家・詩人であるよりさきに、まず、俳優なのだ。そして、おそらく、この事実のなかにこそ、彼の芸術と彼の才能の秘密を探るべきだろう」という。何故なら、「モリエールとは演劇そのもの」であり、モリエールとともにジュベがそうである演劇人とは、「（演劇的）伝統に生きる人であり、いいかえれば、劇場に出入りしているうちに、それと意識しないまま、ごく自然にわれわれが実践しているこの（演劇という）宗教の秘密の教義を体得した、直観の人」だからである。あるいは、「俳優が俳優であるのは、その思想や知性によってではなく、感受性によって」であり、知性を超えた「ある特異な、希有な直観」あるいは「召命によって（俳優であることを）運命付けられた人間、役との合一という、あの内的な状態を身につけた人間によって見事に駆使される職業的感覚」の故なのである。ジュベは、師モリエールとともにするこのような俳優としての経験から、アカデミック批評のモリエール観に、次々と「ノン」を突きつけて行くのである。

ジュベは、「モリエールの喜劇を性格付けるもっとも本質的な形式があるとすれば、それは年代記の形式だろう。そのことから、彼の喜劇を風俗喜劇あるいは状況の喜劇と呼ぶことができる。しかし、いかなる程度においても、それは性格喜劇と呼ぶことはできない」と断言し、また、「彼の喜劇は、いかなる程度においても、リアリスティックでもなければ、ナチュラリスティックでもない。彼の作品のもっともすぐれた特質は詩であり、表面的にリアリズムと見えるものの背後にある詩的なものこそ、モリエールにおけるもっとも貴重なものだ」といい、アカデミック批評の根幹ともいうべき〈性格喜劇〉という規定とリアリズム論を否定する。さらに、彼らの好みの主題である〈モリエールのモラル〉というテーマをも否定して、「モリエールの喜劇には、人びとが理解しているような意味での、教訓的な要素はまったくなく」、それは、むしろ、ラブレー的な〈パンタグリュエリスム〉、「モラルよりずっとすぐれた、ある精神的態度」とでもいうべきものだと述べている。

モラル論に関しては、ジュベは「喜劇はモラルを論議する場でもなければ、また、司教が説教する場でもないとだけいっておこう」と、軽く切りあげているが、モリエール喜劇の本質は詩だとする彼の主張については、かなり詳しく論じており、そこで、反リアリズム、反〈性格喜劇〉という彼の見解を展開している。ジュベによれば、「モリエールの喜劇は、いつも、天と地との両者の間にただよっており、現実はそこから注意深く排除されている」のであり、「人びとがモリエールのリアリズムと呼んでいるものは、（モリエールの）詩にたいして誤って付けられたレッテル」なのだという。実をいえば、この問題はアカデミック批評がしばしば取りあげる良識の問題にも関わってくる。例えば、アカデミック批評風の図式でいえば、「モリエールは、ゴルジビュス、クリザール、オルゴン、ジュールダン氏を描くことによって、（その対極としての）良識を描こうとした」ということになるだろう。しかし、モリエールは良識を描き、モラルを語ろうとしたのではない。ジュベは「それらの人物は良識とはなんらの関わりもないのだ。……彼らは狂っているのだ。この出発点を外しては、われわれは彼らの心理をとうてい理解しえないだろう。彼らは詩人たちが狂っているのと同様狂っているのであり、狂人や詩人たちが崇高なまでに滑稽であるのと同様滑稽なのである。……アルノルフやオルゴン、アルセストを、それ以外に説明しようと試みることこそ、まさに狂気の沙汰なのだ。何故なら、アルセストのもつ不条理性はドン・キホーテの狂気と同様偉大なのだから。彼らの過度なまでの人間性が彼らをあのような存在にしたのであり、異常な大きさにまで到達した彼らの人間性こそ、詩的であるとともに、リリックな豊かさをたたえたあの異常さを彼らに与えたのだ。モリエールの登場人物たちは、コルネイユやラシーヌの、そして『ロランの歌』の人物たちと同様に偉大であり、巨大なのだ。彼らは、二世紀にわたって、先生方や心理学者、注釈者や俳優たちが、自分の背丈に合わせ、自分たちの日常性に合わせて、人間化しようと試みたあのブルジョワ的な人物たちとは、似ても似つかぬ存在なのだ。……彼らは、ガリバーがリリプットの住民たちの目に滑稽に映ったように、われわれの目に滑稽に映るのであり、われわれが彼らを笑うのは、われわれが彼らに比べてあまりにも卑小であるために、彼らの欠点がわれわれに巨大なものに映るのだ。いってみれば、モリエールは彼らの欠点を神格化してみせたのである。詩という絶対のなかでは、クローデルがいうように、ファルスはリリスムのもっとも高度な表現なのだ」と述べ、この文章を「注釈者たちによって、理性の勝利するところと思われているモリエールの演劇は、実は、なによりもまず、詩と呼ばれるあの驚くべき不条理が勝利する王国なのだ」という言葉で結んでいる。

恐るべき文章だというべきだろう。引用が長文になったが、ジュベのモリエール論の本領は、ほぼ、この一節に尽くされているといえる。それにしても、このモリエール論の自由さと豊かさ、そして力強さの前では、アカデミック批評のリアリズム論や、あまりにも知的で合理主義的な〈性格喜劇〉論が、如何に卑小に見えることであろうか。

アカデミック批評の〈風俗劇的性格喜劇〉という枠組みからモリエールを解放し、〈新しいモリエール〉への道を開いたジュベの戦いは、その後、さらに自由奔放なモリエール観をも生みだして行く。例えば、

第四章で取りあげるヤン・コットの『タルチュフ』論や〈オールド・ヴィック座〉の舞台にしても、アカデミック批評のモリエール観からモリエールを解放するという、ジュべのこのような作業を抜きにしては考えられないところだろう。「主役に、ジュリアン・ソレルとユビュ親父を配したモリエールの『タルチュフ』を、いつか、舞台で観たいものだ」(11)と書いたコットは、本質的にジュべの徒であり、両者のタルチュフ理解は不思議なほどの共通性をもっている。事実、一九三九年十一月、〈コンセルヴァトワール〉の授業で『タルチュフ』を取りあげたジュべ(12)は、コットの発言よりはるか以前に、ジュリアン・ソレル的なタルチュフ登場の必要性を生徒たちに語っていたのである。いずれにせよ、現代のモリエール劇上演の多くが、アカデミック批評の定説であった〈モリエールのモラル〉や〈モリエールの良識〉といった常套的なテーマや、リアリズムあるいは〈性格喜劇〉といった枠組みからまったく解放された地点から出発し、ジュべ的な〈不条理の詩の世界〉として捉えられた上演例も数多い。わたしが、ジュべのこの講演を、モリエール批評史あるいは上演史の転回点として捉える理由である。

五　モリエール喜劇の結末と筋立ての問題

最後に、とくに重要と思われる二つの問題、すなわち、モリエール喜劇の結末と筋立て(intrigue)の問題を取りあげよう。この問題は、モリエール作品を上演する場合、演出上の観点から非常に重要な問題をはらんでおり、第五章「『タルチュフ』の結末」で、具体的な上演例を紹介しながら、再論することにするが、ここでは、ジュベが公開講演で語った言葉を紹介し、何故、この問題が演出上の重要な問題なのかという点を明らかにしておこう。

ジュベは、ある有名な文学史のなかで、「モリエールの本領は、筋立ての巧みさにあるのではない。結末についても同様であり、それは真実味に欠け、純粋な約束事である。モリエールは、彼の戯曲で継起する事件については、関心をもっていなかったと考えるべきである」という記述を読み、驚きとともに、そこに「モリエールにたいするある非礼さ」を感じとったという。事実、ジュベは、このようなアカデミック批評の定説あるいは〈常識〉を厳しく批判して、次のようにいう。「モリエール喜劇の結末は、もっとも完璧な、もっとも見事な演劇的約束事」であり、「戯曲の最後に突如として現れる虹」なのだ。したがって、「モリエールは、彼の喜劇の結末があのような形以外で終わることは、決して望んでいなかった」と。ジュベにいわせれば、人びとがモリエール喜劇の結末の唐突さや貧しさを非難するのは、彼らが「演劇的セレモニーの感覚をもちあわせていない哀れな人間」だからであり、「自分たちの理解できなかったことで、モリエールを非難しているにすぎない」という。まことに手厳しい批判である。しかし、戯曲の結末あるいは舞台の終幕に現れる「虹」あるいは「演劇的セレモニーの感覚」という指摘は重要である。事実、舞台づくりに関わった経験をもたず、机の前でのみ戯曲を読む人びとにとって、これは理解をこえた感覚なのだ。舞台に関わる人びとにとって、舞台における終幕は魔物の住む場所、合理主義的な分析の及ばない魔術的な力の働く場所なのである。

一方、ジュベ自身の捉え方は、次のような言葉で語られている。すなわち、「モリエールの戯曲のなかでは、すべてのものが互いに関連をもっている。結末は開幕と同様完璧なのだ。そして、劇の結末というものは、水中に投げこまれた最初の石が、次々に生みだして行く〈うねり〉の、最後の〈うねり〉以外のなにものでもなく」、モリエール喜劇の結末は、その独特の内部構造、すなわち、筋立ての問題との関連で考えるべきだとして、「モリエールの本領は、筋立ての巧みさにあるのではない」とするアカデミック批評と真っ向から対立し、筋立てこそ、モリエール喜劇を理解する鍵だと主張する。例えば、「テキストに光を与え、テキストを生命あるものにしていた筋立てを、人びとがテキストから切りはなしたために、モリエールのテキストはその意味と劇的な力強さを失い……モリエールのテキストは変質させられている」とするジュベは、「モリエールは筋立ての問題に関心をもたなかった」のでなく、逆に、モリエールの筋立ては「タルチュフやドン・ジュアンをわれわれに示すために、モリエールが組み立てた内部構造」であり、「劇的状況を生みだしてくる仕掛け、機械装置」なのである。ジュベは、そのようなモリエール喜劇独特の筋立てを「登場人物を捉えるための罠」と呼び、その場合、登場人物たちを誘う〈餌〉は〈想像力〉であり、それが舞台に現れるときには、登場人物たちにとり憑いた〈情熱〉の姿を借りているという。

ジュベは、このような〈餌〉としての〈想像力〉や〈情熱〉を「モリエール喜劇のバネ」という言葉でも呼んでいるのだが、モリエール喜劇の世界は、先にジュベが指摘したように〈不条理な詩の王国〉であるとともに〈想像力の王国〉でもある。ジュベはいう。「モリエールの最初の作品は『コキュにされたと思いこんだ男』(Le Cocu *imaginaire*) であり、最後の作品は同じ形容詞を用いて『気で病む男』(Le Malade *imaginaire*) と名付けられており」、みずからをコキュと想像するスガナレルから、自らを病人だと想像するアルガンにいたるまで、「モリエールの主人公たちは、いずれも想像力に富んだ人間、自分自身の想像力の餌食になっている人間、自分の夢の餌食になっている夢みる人、狂気の論理にとり憑かれている狂気の人びとなのである」と。

このように見てくれば、ジュベが、モリエール喜劇の〈内部構造〉、すなわち、「登場人物を捉えるための罠」と考える筋立てに、如何に強力な役割を発見しているかは明白であろう。「専門家たちが、モリエール喜劇の結末の唐突さや貧しさを指摘」するのは、彼らが、性格や心理の分析に目を奪われ、モリエール喜劇特有のこの筋立てがもっている劇的な力強さを見失ってしまったからだといえるだろう。ジュベの結論は明快である。ジュベはいう。

「劇の結末が、いわゆる、結末になっているかとか、モラルをもっているかどうか、ということは、あまり重要ではない。戯曲を貫く論理は、その罠としての機能のなかにこそあり、犠牲者にもたらされた運命にあるのではない」と。

最後に、ジュベが提案するモリエール復興の具体的な方法を紹介しよう。ジュベは、多くのモリエール文献のうち、「いまや、価値あるものは（モリエールの）テキストだけ」であるとして、モリエールのテキストそのものからの再出発――これは、J・コポーが、〈ヴィユ・コロンビエ座〉創設時に、ジュベを含む若い俳優たちとともに実践したことでもある――を訴える。アカデミック批評によって「その意味や劇的な力強さ」を奪われたテキストに、真にモリエール的な演劇の生命力を回復させるためには、モリエールのモラルとか諷刺とかを考えることを止め、あるいは、モリエールのリアリズムとか〈性格喜劇〉などという枠付けを取り払い、「魚を水に帰してやるように、登場人物たちをごく率直にその筋立てに戻してやること、それ以外に方法はない」と述べている。至言というべきだろう。

ちなみに、ジュベのこのような提言は、『タルチュフ』新演出にあたって、演出家R・プランションが、伝統的な「タルチュフは何者か？　という問いに答える」ことを止め、「タルチュフは何をしているか？　オルゴンは何をしているか？　……等の問いに答えようと試み、そして、それに固執する」ことをみずからに課したと述べる(13)姿勢のなかに、見事に継承されているといえるだろう。プランションが、みずからに課したこの姿勢は、アカデミック批評が張りめぐらした鉄条網から己を解き放つために必要なことであった。こうして、ジュベの提示した道にそって、〈新しいモリエール〉の舞台は続々と生まれてくる。本書第二部では、そのいくつかの舞台を紹介することになるだろう。

（一九七七年四月）

第二章　ブノア・コンスタン・コクランのモリエール論
――『モリエールと「人間ぎらい」』をめぐって――

俳優における狂気の徴候、それは、
彼が『人間ぎらい』を演じたいと欲することである。

レオン・ゴズラン

一　先駆者コクランの孤独な戦い

一八八一年に刊行されたその著書『モリエールと「人間ぎらい」』(1)の冒頭に、ゴズランの有名な格言を掲げながら、コクランは、人びとに何を語りかけようとしていたのだろうか。すでに、前年の一八八〇年には、『芸術と俳優』を発表して、俳優にたいする社会的偏見と戦い、また、数年後（一八八七～八八年）には、ディドロの『俳優についての逆説』（いわゆる、〈ディドロの逆説〉）を擁護しながら、全ヨーロッパの劇壇を相手に演技論に関する大論争〈感動派・非感動派論争〉を繰りひろげるコクランは、ここでも、フランスにおけるモリエール批評の一般的風潮あるいはアルセスト演技の〈常識〉にたいして、ただひとり、真っ向からの戦いを挑んでいるのである。

前章で、モリエール批評史の転回点となったジュベの公開講演を紹介したが、その講演の行われた一九三七年に先立つことほぼ六十年の時点で、コクランは、ジュベが戦った当の相手、アカデミック批評の最盛期にあった学界や批評界の主観主義的傾向にたいして戦いを挑み、ジュベが訴えたように「俳優にとっての、演劇人にとってのモリエール」(2)復興を試みたのである。ここで紹介するコクランのモリエール論は、まぎれもなく、ジュベのそれの先駆的文章であり、ジュベ、ムア、ブレイらの〈新しいモリエール〉観の登場を予告するものであった。しかし、コクランの時代にあっては、テーヌ、サント・ブウブ、ブリュンチエールらのアカデミック批評の主張は時代的思考そのものを代表しており、観客もまた彼らの側にあった。先駆者コクランの戦いは孤立した、ただ一人だけの戦いであるほかなかった。

一八八一年、オランドルフ社から出版されたコクランの『モリエールと「人間ぎらい」』には、二編の文章が収められている。第一の文章は、著書名を主題として公開講演の形で語られたものであり、コクラン自身が予期していたように、学界を中心に激しい反論の渦をまき起こした。なかでも、フランス学士院会員ドゥ・ラ・ポンメレーによって行われた反論は、コクランが語りかけたのと同じ聴衆に向けて試みられ、その内容も、すぐさま『コンフェランシア』誌に発表されるというふうに、非常に挑戦的であった。そこで、コクランもふたたび聴衆の前に立ち、ポンメレーの挑戦に応えて反論を展開することになるが、その反論の文章が、第二の文章として収められている「ドゥ・ラ・ポンメレー氏への回答」である。

その成立の事情からも察せられるように、第二の文章は、比較的短い文章のなかに、両者の論争点を要約し、それにたいするコクラン自身の見解を的確な論理によって展開しながら、モリエールにたいするコクランの姿勢を見事に浮きぼりにしており、一方、第一の文章では、従来のアカデミック批評が『人間ぎらい』に関して論じた数多くの問題を取りあげ、それぞれの問題にたいして克明な批評や反撃を加えるとともに、後半においては、コクランが『人間ぎらい』を喜劇と理解し、主人公アルセストを滑稽な役として演じようとする理由を、舞台的なイメージをもまじえながら具体的に説明している。第一の文章は、『人間ぎらい』批評史にたいする批評であり、また、この作品にたいするコクランの上演ノートでもあるといえるだろう。

ところで、コクランが、この「モリエールと『人間ぎらい』」と題する講演を思いたった直接的な動機は何だったのか。その問題にふれながら、コクランの直面していた状況を明らかにしておこう。

第一の動機と考えられるのは、一八七九年、ブーランの『人間ぎらい』論、すなわち、『アルセストの謎』が出版されたことであろう。ブーランは「アルセストはひとつの象徴であり、それは、ひとりのジャンセニストの姿を借りて人格化された、正義感の怒りの爆発である」(3)とし、『人間ぎらい』自体、フロンドの乱以後の社会が内包していた政治的・社会的・宗教的な矛盾や堕落をジャンセニスムの立場から徹底的に批判攻撃した作品、すなわち、喜劇であるよりむしろ明確な政治的・社会的意図をもった問題劇として高く評価していた。ブーランにとって、アルセストが滑稽な役ではなく、むしろ、社会の悪と戦う悲劇的な英雄であることはいうまでもない。

コクランは、このようなブーランの主張のなかに、当時のモリエール研究の風潮、あまりにも主観主義的なモリエール解釈の極限的な姿を見出したのである。事実、モリエールと同時代のボッシュエやフェヌロン、あるいは十八世紀のルソーは、その激しいモリエール非難にもかかわらず、アルセストが滑稽な人物であるという点に関しては、なんらの疑問も表明していなかった。まして、モリエールの喜劇を政治的な演劇と受けとるほどの愚かさを示してはいなかった。彼らは、ただ、アルセストを滑稽な人物にすることによって美徳を笑いものにしたといって、モリエールを非難していたのだ。しかし、十九世紀、ロマン主義の到来とともに事態は一変する。コクランが指摘するように、彼らは、アルセストのなかになんら滑稽な要素を認めず、「アルセストをハムレットやファウスト、マンフレッドの次元まで高めながら、彼を苦悩の人、象徴的存在、神話、美徳の権化、理想の人間とする」のである。コクランは、前章でも紹介したミシュレーやサルセイらの主張とともに、ブーランの『人間ぎらい』論に、彼らの政治的・社会的な立場——没落期にあった第二帝政期の反対派の立場——からの、まったく恣意的、主観的な歪曲を見てとったのである。

しかし、当時の観客たちは彼らの側にあった。そして、観客の好みに敏感に反応する俳優たちもまた、アルセストを英雄的な、悲劇的な人物として演ずることに、なんらの疑念も感じてはいなかった。例えば、M・デスコットは、アルセスト演技の伝統を詳細に分析しながら、コクランのこの書にふれ、「コクランは、四幕三景の場面で、決して観客を感動させるべきではないと断言した。しかし、このような意見は観客たちの期待とあまりにも対立するものであった。観客たちは、俳優が、この役の崇高な部分を浮きぼりにし、滑稽な部分を隠すことを願っていた」(4)と述べている。そして、コクランは、彼自身の体験をとおして、人びとの間に根をはった確固としたアルセスト観を痛烈に思いしらされるのである。彼は、この講演をはじめるにあたって、自分が、何故、この講演を思いたったかを説明しながら、次のような挿話を披露している。すなわち——

ある日、コクランがアルセストを演じたいという希望をもらしたとき、その場に居あわせた〈コメディ・フランセーズ〉の同僚たちは、ゴズランが予言したように、いっせいに「気でも違ったのかね、君！」と叫びながら、コクランの希望を制止したという。しかも、その時、彼らが用いた最大の論拠は、「君は、アルセストを演じられるような肉体的条件に恵まれていない」ということであった。肉体的条件？　要するに、問題はコクランの鼻にあった。アルセストのような英雄的人物を演ずるためには、コクランの鼻――後年、当代随一のシラノ役者とうたわれたコクランの鼻――とは違った、もっと別の形の鼻が必要だというのである。洒脱な調子でコクランが語るこの挿話は、当時の俳優たちのアルセスト観を見事に浮きぼりにしているが、コクランは、彼らのそのような論拠のなかに「どうしても納得できないもの」を発見し、それと戦うことを決意する。コクランの戦いが向けられるべき相手は、彼の仲間のなかにまで浸透した「役の人物の誤った受けとめ方、ひとつの伝統……いや、それ以上に、しっかり根を張ったひとつの偏見」であった。

二　アルセストの謎

モリエールの最高傑作といわれる『人間ぎらい』、とくに、その主人公アルセストは、古くから、モリエール解釈全体の方向を定めるキー・ポイントと見なされていただけに、数多くの論争がアルセストをめぐって展開されてきた。そして、人びとはそれらの論争点を、①〈作者モリエールはアルセストか、フィラントか〉②〈アルセストは滑稽な人物か、それとも美徳の士、社会の悪と戦う悲劇的な英雄か〉

③〈フィラントは偽君子か、それとも君子か〉という三つの問題に集約し、それを〈アルセストの謎〉と呼んできたのである。

ところで、コクランの直面していたロマン主義的なモリエール批評が、この〈アルセスの謎〉の第一問、すなわち、〈作者モリエールはアルセストか、フィラントか〉にたいして、一様に、モリエール＝アルセストと答えていたことは、いうまでもない。例えば、ブーランは「モリエールは、アルセストのなかにみずからの姿を描こうとしたのか」という問いを提出し、「明らかに、ウイだ。……恋するアルセストはモリエールである。何故なら、セリメーヌは疑う余地もなくアルマンド・ベジャールだからである」と答える。まことに単純明快であり、彼にいわせれば、「このことを知るために、かなりの研究者である必要はない」(5)のである。いわば、モリエール＝アルセストという自明の方程式を基盤に、彼らはあらゆる論理を構築していたといえるのだが、実は、そこに、すべての主観主義的な、文学的な歪曲が生まれてくる素地があった。アルセストのなかにモリエールを、セリメーヌのなかにアルマンドを見る姿勢からは、欺かれた夫、苦悩の人・モリエールの人間像が、そして、モリエール＝アルセストを美徳の士、社会の悪と戦う悲劇的な英雄、共和主義者、ジャンセニストと規定するところからは、大革命の先駆者モリエールの雄姿が容易に浮かびあがってくる。コクランの反論が、当時の学界・批評界の定説だったこのモリエール＝アルセストという固定観念と対立し、その批判・攻撃に全力を注ぐことは、当然、予測されるところであろう。

1　モリエールはアルセストに非ず

コクランは、その反論を開始するにあたって、まず、モリエールにたいする彼の基本姿勢を確認して、「実のところ、モリエールとはいったい何者なのか。彼はみずから何者であろうと欲したのか。喜劇作者、それ以外の何者でもない。……モリエールを彼にふさわしい名で呼ぶことは、決して彼を卑しめることにはならない。彼は喜劇作者である。それだけで充分なのだ」という。モリエールの国民的栄光を讃えるために、モリエールを過度に文学化することこそ、すべての誤りの原因だとするコクランの認識を表現しているといえるだろう。

例えば、「コクランのモリエール論は、モリエールを、そして芸術や祖国を卑しめるものだ」と主張するポンメレーの非難にたいして、コクランは「わたしがモリエールを卑しめたといわれるのか！……注意なさるがよい。偽りのモリエールを人びとに愛させることによって、真実のモリエールを卑しめているのは、あなたがたである。モリエールを彼の真実の環境のなかで示すことは、この比類のない人物を卑しめることにはならない。モリエールを卑しめることは、芸術や祖国を卑しめることだと、あなたがたはいわれる。しかし、モリエールの死後、ようやく二世紀もたってから生まれてきた文学的方法や人道主義的な企図を、十七世紀の偉大な喜劇作者に貸しあたえることによって、芸術を破壊しているのは、あなたがたの方だ」と答えている。

コクランのこの反論の言葉が、文学者モリエールを排し、演劇人モリエールの復興を訴えるジュベやムアの論理と驚くほど似ていることに気付かれるだろう。そして、コクランが、この文章の後半で示している十九世紀文学にたいする激しい反発は、次いで、コクランが取りあげる問題、〈モリエールの喜劇は彼の個人的な苦悩の告白の場ではない〉、したがって、〈モリエールはアルセストに非ず〉とする反論において、より鮮明に表明され、また、それがコクランの反論に主要な論拠を提供しているのである。

モリエールを喜劇作者として捉えるコクランは、「モリエールの作品には、悲劇的な人物はひとりもいない」し、また、「モリエールは、舞台の上で、自分の苦悩を和らげようとしたり、彼の個人的な不幸にわれわれ観客の涙をしぼらせようと願ったことは一度もない」と断言する。もちろん、コクランにしても、モリエールの苦悩やアマンドの裏切りを否定しているわけではない。たしかに、それは事実なのだ。しかし、モリエールは、ルネ、オーベルマン、バイロン、ラマルチーヌ、そしてミュッセの時代の人ではない。彼は「自分の肖像の前でも笑う」ことのできる種族、すなわち、「より男性的な……古きフランスの種族」であり、「〈笑いこそ人間の本性だ〉といったラブレーの流れを汲む」モリエール――この点に関して、ジュベもまた「ラブレー的なパンタグリュエリスム」と指摘していた――にとって、実生活の不幸と創作活動はおのずから別の次元の問題であり、それを混同し、「そこに作者の、そして、作者の内面の描写しか認めようとしないのは、今日の批評家の趣味でしかない。」いや、それぱかりではない。「今日の作者たちが、彼らの作品をそれでみたしている、あの自己にたいするたえざる関心ほど腹立たしいものはない」と、ロマン主義の感傷癖を切りすて、そのような立場からモリエールを見ることは、「軽率さと同時に、非礼をも意味する」という。何故なら、「われわれが対面しているのは、かつて存在したもっとも深奥な観察者であり、また……もっともすぐれた喜劇作者なのだから……しかるに、われわれが彼の作品のなかで探し求めているのは、彼の寝室の鍵、彼の夫婦生活の反響、とりわけ彼のすすり泣きなのだ」という。

こうして、告白癖によって衰弱した現代文学の場から、モリエール喜劇を見る態度こそ誤りの根源だと指摘するコクランは、「モリエールがペンを手にしていたとき、彼は情熱に身を任せていたのではなく、彼自身の天才にしたがっていた」、すなわち、「心のなかにどれほどの苦悩があろうと、モリエールは喜劇の筆を振るうことができたと考えるべきだ」という。「たしかに、それは至難の業ではある。……しかし、偉大な作者であるとともに、偉大な俳優であったモリエールには容易なこと」であった。何故なら、俳優というものは、「時としては、彼自身の本性とはまったく違った役の人間の皮膚のなかにもぐりこむために、自分自身から抜けだす習慣を身につけているのだから」と、彼独特の演技論――いわゆる、非感動派のそれ――をも援用してみせている。

2　アルセストは、何故、滑稽か

ほぼ、このような論旨で、アルセストはモリエールではなく、モリエールの作品はあくまで喜劇として受け取らねばならないと主張するコクランは、次いで、アルセストは、モリエール喜劇に特有な、ある作劇上の必要から生みだされた人物であり、それも滑稽な人物だと主張しながら、彼のアルセスト論を展開して行く。

まず、コクランは、『ヴェルサイユ即興』で示されたモリエールの喜劇論を援用しながら、「人間を描くこと、とりわけ、その欠点において人間を描くこと、これこそがモリエールの目的であった。何故なら、そこにこそ喜劇の本質的領域があるのだから」とし、さらに、モリエールが『人間ぎらい』の主人公としてアルセストのような人物を作りだした理由を、「善悪いずれにしろ、社会のさまざまな側面を浮きぼりにするために、喜劇作者としての彼の天才が、彼、モリエールをして、この社会で生きて行く上で、いちばん不適格な人間をごく自然に選びとらせたのだ。つまり、そういう社会生活のできない人間、それがアルセストなのだ」と説明している。

いいかえれば、アルセストは作者モリエールの分身ではなく、『タルチュフ』のオルゴン氏が、タルチュフの偽信者ぶりを浮きぼりにするために、重大な欠陥として盲目的な信仰者としての性格を与えられたように、アルセストは社会生活の不適格者としての刻印を最初から押されているのだ。そして、純粋に、作劇上の必要からアルセストに与えられたこの欠陥は、彼を取りまく社会の姿を浮かびあがらせるだけでなく、恋するアルセストにも、そして、論争するアルセストにもつきまとい、否応なく、彼を滑稽な人物にしてしまうのである。モリエールが『人間ぎらい』に「怒りっぽい恋人」という副題を与えた理由もそこにあると、コクランはいう。

以下、コクランは、この「社会生活の不適格者」、あるいは「怒りっぽい恋人」という作品に与えられた副題の言葉を軸に、アルセストが何故滑稽な人物なのかについて、次のように説明する。アルセストは、「たしかに、恋する男だ。それも真面目に、深く恋している。しかし、彼はその愛情をどのような形で表現しているだろうか。不機嫌さと荒々しい言葉によってである！　……激昂と侮辱によって」、彼はその愛情を表現している。アルセストは「世にも粗野な、取っつきにくい恋人」、「もっとも扱いにくい性格」なのだ。論争するアルセストも同様である。例えば、フィラントと論争するとき、しばしば、アルセストの主張にも道理がある。しかし、「彼には限度というものがなく」、したがって、「はじめは、いつもアルセストの方に道理がある。しかし、終わりには、いつもアルセストの方が間違っている。それは、彼の性格が否応なく彼を駆りたて……あらゆるものを誇張させてしまうからだ。真実の誇張、それはすでに誤りなのだから。」「要するに、アルセストはあらゆる美徳で武装している。ただし、針ねずみがその針で武装しているように……われわれ、この哀れな人間に、あらゆる完全さと自己放棄を要求するその当の本人が、他人にはほんのわずかな思いやりさえ示そうとしないのだ。つまり、彼は、人びとが我慢して彼を受けいれることを要求しながら、彼自身は他人にたいして何事も容赦しようとしないのだ。与えるものと要求するものとの間の、この極端な不均衡、それがアルセストを、モリエールの時代の人びとが〈笑うべき者〉と呼び、今日、われわれが滑稽な人物と呼ぶ者にしてしまうのである。」事実、モリエールも、「モリエールの伝統をついだモレ」も、アルセストをそんな人間、つまり、滑稽な人物として演じた。だからこそ、「ジャン・ジャック・ルソーは、美徳を笑いものにしたといって、モリエールを非難したのである」と。過度の誇張、与えるものと要求するものとの間の絶対的な不均衡、そこに、モリエール喜劇独特の本質を見出すコクランの論旨は明快であり、また、モリエール喜劇の本質を的確に捉えた卓見というべきだろう。一九六〇年の来日公演で、Ｊ・Ｌ・バローが演じたアルセストは、コクランが捉えたこのようなアルセスト像と非常に近いものであったことを付け加えておこう。

3　コクランの〈ルソー＝アルセスト〉論

これは、必ずしも、コクランの新説ではないのだが、彼独自の〈ルソー＝アルセスト〉論を展開して、次のようにいう。「彼（ジャン・ジャック）は、何故あんなに怒るのか。それは、彼自身が一種のアルセスト、社会の敵、怒りっぽい人間ぎらいであり、人びとがアルセストを笑い物にするのなら、彼、ジャン・ジャック自身も人びとの笑いから逃れえないことを承知していたからである……わたしは、彼らのどちらも責めるつもりはない。ただ、度をすごしたため、良識の枠を踏みはずしたため、彼らは喜劇の槍玉に挙げられたのだといっているのだ。人びとがアルセストやジャン・ジャックのなかで笑っているのは、美徳ではない。人びとが笑っているのは、アルセストの不機嫌さであり、ジャン・ジャックの憂うつ症なのだ」と。ファゲが、コクランと同様な見解を述べながら、「アルセストはルソーの和らげられた肖像だ」(6)とした指摘に比べれば、コクランが、このふたりの「怒りっぽい人間ぎらい」を、その〈不機嫌さ〉と〈憂うつ症〉によって対比したのは非常に面白い指摘であり、的を射ているといえるだろう。

以上のようなコクランの言葉から、「アルセストの謎」第二問にたいするコクランの回答は明瞭であろう。アルセストは滑稽な人物なのだ。彼が笑いの対象にされるのは、「怒りっぽい人間ぎらい」の度をすごした不機嫌さなのである。したがって、アルセストは美徳の士ではなく、彼の隠遁も、ブーランが主張するように、社会悪との英雄的な戦いの果て「孤独のなかで、思索と祈りの自由を求めるため」(7)のものではない。それは、コクランの論理からすれば、アルセスト自身のもつ社会的不適格者としての欠陥が招き寄せた当然の結果ということになるだろう。

アルセストを滑稽な人物と規定したコクランは、「アルセストの謎」第三問にたいしては、当然、フィラントを支持する。学界の定説、モリエール＝アルセスト説を否定したとして非難するポンメレーにたいして、コクランは「もし、『人間ぎらい』のなかにモリエールがいるとすれば、わたしは、あの注意深い人間の観察者モリエールを、アルセストの頑なで不愉快なピュリタニズムのなかより、フィラントの賢明で寛大な平静さのなかにこそ見出したい」と答え、フィラント偽君子説を否定してみせるのである。

三　モリエールの作品に政治的意図を読みとるロマン主義批評への反論

最後に、モリエールの作品のなかに政治的・社会的意図を読みとるロマン主義批評にたいするコクランの反論を取りあげよう。

すでに紹介したように、ロマン主義批評で語られるモリエールは、「急進的な共和主義者」「大革命の先駆者」であり、『人間ぎらい』はジャンセニスムの立場からの問題劇であった。このようなロマン主義批評の歪曲にたいするコクランの反論は、「事態は、その平面において眺め、偉大な人びとも、そのあるがままの姿において見なければならない」という言葉によって語りつくされているが、コクランは、まず、一座の座長・経営者であったモリエールが、一座の維持のために国王の庇護を必要としていたこと、また、〈聖体秘蹟協会〉の圧力から『タルチュフ』や『ドン・ジュアン』を守るためには、国王ルイ十四世が最大の庇護者であった事実を挙げ、国王の温かい庇護に深く感謝していたモリエールが、「宮廷における反抗者」であるはずがなく、人びとがモリエール作品に読みとる「政治的な憤り」や「革命的な意図」を否定する。

そして、コクランはさらに語をついで、「もし、もう一世紀早かったら、モリエールはラブレーと呼ばれていただろうし、もう一世紀遅かったら、彼はヴォルテールと呼ばれていただろう。そしてその時なら、すなわち、改革と闘争の時代に生きていたのなら、彼は改革者であっただろう」という。しかし、十七世紀の現実のなかで生きていたモリエールは、「注意深い観察者であり、それ以外の何者でもなかった」のである。モリエールは、「人間をその欠点において描く」喜劇の筆を振るいながら、「自分がある社会的な使命を果たしている……フランス大革命のための序文を書いているなどということは考えてもいなかった」という。もちろん、モリエールを「そのあるがままの姿で捉える」ことは、決してモリエールを卑しめることではない。その点でいえば、「モリエールの時代は、問題劇の時代ではなく、人びとは舞台の上で、(さまざまな政治的)理論ではなく、人間を描いていた」ことに注意すべきだろうし、自分たちが勝手に「モリエールのまわりに作りあげた伝説」「得体の知れない、なにか叙事詩的な、象徴的な、奇怪な後光」によって、モリエールを愛している人びとこそ、その罪を問われるべきであると述べている。

四　コクランの戦いの意義

コクランが、当時の学界・批評界をおおっていたモリエール理解の恣意的な、文学的な歪曲にたいして、また、観客たちの好みやそれに迎合する同僚の俳優たちの姿勢にたいして試みたこの戦いは、以上の要約・紹介によっても明らかなように、その志向において、「モリエールをあくまで演劇人として捉え」、「モリエールの喜劇をあくまで喜劇として」捉えようとするジュベやブレイらの試みとまったく同質のものをもっていた。例えば、ジュベが「われわれの知らないうちに、モリエールとわれわれの間にすべり込んできた一群の文学的解説者たち、感傷癖の取次者たち……栄光を食いものにし、苦悩を売りものにするこの侵略者たち……」(8)という非常に激しい言葉によって示している問題の捉え方は、そのままコクラン自身のものでもあったといえるだろう。

しかし、コクランの主張は、当時の学界や批評界においてはほとんど受けいれられず、また、観客の好みからもまったく否定される運命にあった。ミシュレー、サルセイ、ブーランのモリエール論が、現代のわれわれの目に如何に恣意的な歪曲に映ろうと、コクランの時代にあっては、それは時代的思考そのものを代表していたからである。コクランの大胆な挑戦は、一八八〇年代において、すでに、ジュベやブレイらの戦いを予告し、準備するものではあったが、彼の時代にあっては、結局、孤独な、実りのない戦いであった。しかし、コクランの戦いは、これで終わったわけではない。

コクランは、当時の、なお芸人気質にみちた俳優たちのなかにあって、きわめて特異な存在であった。〈演劇芸術家協会〉の名委員長であり、有名な俳優養老院の設立者であったコクランは、同時に、精力的に抗議し、激しく論争する俳優であった。しかも、彼は常に絶対少数派の先頭にたって戦った。「モリエールに帰れ」と主張するこのモリエール論争、前年の一八八〇年の、当時の社会が俳優にたいして抱いていた社会的偏見——単に、一般市民の間だけでなく、とくにカトリック教会や政界の右派勢力、それに俳優を蔑視する一部の文壇勢力によって代表されていた——にたいし戦いを挑んだ俳優論論争、そして、その論争のなかで、俳優擁護のためにコクランが展開した〈俳優・芸術家〉論に端を発した演技論に関する大論争、いわゆる〈感動派・非感動派論争〉においても、コクランは、常に、その一方を、ただ一人で代表する論争者であった。おそらく、それはコクラン自身が望んだことではなく、時代に先んじ、現代の俳優にも稀な彼の強烈な個性と近代的な知性、とりわけ、その如何なる権威をも恐れぬ気概の必然的な結果であったというべきであろう。論争する俳優・コクランの姿に、わたしが、伝説と化した彼の名演技、シラノ・ドゥ・ベルジュラックの像を重ねあわせて見る所以である。

最後に述べた、コクランの俳優論・演技論に関する論争については、それを取り扱った文章「ブノア・コンスタン・コクランの俳優論」を、本書の主題とは離れるが、あえて、第八章に付録として収録した。併せ読んでいただければ幸いである。

（一九六七年三月）

第二部　〈状況のなかの演劇〉としてのモリエール

第三章　ヤン・コットと〈状況のなかの演劇〉

一　ヤン・コットのモリエール論

わたしがコットのモリエール論「モリエールはわれらの同時代人」(1)に出会ったのは、一九六八年の五月、それもかなり特異な状況下でのことであった。一九六八年の五月、六月といえば世界史的な激動の時期であり、〈パリの五月〉——当時は〈五月革命〉と呼ばれていた——そして、軍事演習に名を借りてワルシャワ条約軍がチェコへの干渉を開始した時期、いってみれば、それは〈一九六八年のふたつの春〉が圧殺されて行く過程であった。ほぼ一ヵ月の間、わたしは動乱のパリを体験するという、またとない機会に恵まれたのだが、その一方で、予定していた東欧演劇観劇のための旅行を延期せざるをえない状況に苛立ってもいた。六月上旬、フランス国外への旅行が可能になると同時に、わたしはブタペスト、プラハ、東ベルリンへと旅立っていた。そしてその時携行したのが、東欧演劇の特集を組んでいた《Tulane Drama Review》誌の一九六七年春季号であり、そこには多少ともその演劇活動を承知していたJ・グロトフスキー、J・ムロジェック、J・グロッスマン等の戯曲やエッセーとともに、まったくの初対面といえるコットのモリエール論が掲載されていたのだ。

実をいえば、コットの『シェイクスピアはわれらの同時代人』は、一九六二年にフランス語版が出版されており、当時のヨーロッパ演劇界ではすでに大きな反響を呼んでいたのだが、幸か不幸か、わたしは同書の存在、いや、コットの名さえ知らなかった。それだけに、わずか八ページばかりのこのモリエール論からわたしが受けた衝撃は大きかった。もっとも、モリエールの研究書や上演史に多少とでも慣れ親しんでいたわたしにとって、その第一節で、アラブ語で上演された『女房学校』を取りあげながら、登場人物の衣装のことばかりを延々と語るコットの文章は、なんとも異様に感じられ、途中で投げ出しそうになったことを覚えている。しかし、第二節の『タルチュフ』論、二ページばかりのコットの『タルチュフ』論に出会ったとき、わたしはモリエリストであることを止めたといっていいだろう。それほどの衝撃であった。とくに最後の一行「主役に、ジュリアン・ソレルとユビュ親父を配したモリエールの『タルチュフ』を、いつか、舞台で観たいものだ」という言葉は、わたしにとって決定的なものがあった。モリエールに向き合って、これほど自由な、これほどに大胆な文章を誰が書きえたであろうか。

かねがね、モリエールにたいするアカデミック批評、とくに〈風俗劇的性格喜劇〉という捉え方に反発して、ジュベやブレイらの新批評の線に注目してきたのだが、現実のフランスの舞台では、楽しくはあっても衝撃を受けるようなモリエール劇に出会うことはなかった。ただ、〈パリの五月〉の直前に、ロンドンの〈オールド・ヴィック座〉で観た『タルチュフ』の舞台には異様なまでの迫力があり、モリエール批評の〈常識〉とは遠くかけ離れたこの舞台をどう捉えるかという問題がわたしを悩ませていた。そんな時、わたしはコットのモリエール論、とりわけ、この一行に出会ったのである。〈オールド・ヴィック座〉の『タルチュフ』劇の演出者T・ガスリーは、コットの名を挙げているわけではないのだが、タルチュフやオルゴンの捉え方の類似性だけでなく、モリエールをとおして現代の政治的、社会的、人間的状況と激しく切り結んで行く姿勢とその切り口は両者に共通のものであった。帰国後、『シェイクスピアはわれらの同時代人』を読む機会をえて、コットの古典劇にたいする姿勢、いいかえれば、コットがシェイクスピアやモリエールを「われらの同時代人」と呼ぶ理由を理解しえたとき、わたしは〈オールド・ヴィック座〉の『タルチュフ』劇をコットのタルチュフ論のほぼ完全な舞台化だとする一文――第四章「タルチュフと現代」――を書いた。その問題は次章にゆずり、いまは、古典にたいするコットの基本的な姿勢について述べよう。

コットはいう。「実を言うと私自身も、古典がコミットしたものになることを要求し、何とかしてそれをコミットしたものにしようとしている人間だ。古典は、現代の暴力、現代の欺瞞、現代の不安に、また、なされねばならぬ演劇の裁判に、コミットしたものでなければならない。劇場における古典は法廷へ呼び出された証人のようなものだ。証人には、原告側の者も被告側の者もいる。弁護側のも検察側のもいる。しかし現代の劇場においては、古典が果たすべき最も重大で《健康》な役割は、検察側の証人になることだと思われる。すなわち、社会的であると政治的であるとを問わず、あらゆるかたちの圧政に対して検察側の証人になるのだ」(2)と。

そして、一九五六年のハンガリー動乱と相前後して起こったポーランドの十月政変をはさんで上演されたふたつの舞台について、コットは語っている。そのひとつは、十月政変に先立つ九月、クラクフで上演された『ハムレット』であり、「そこでは、〝デンマークは牢獄だ〟という台詞と〝デンマークの国はどこかが腐っている〟という台詞が、『ハムレット』の新しいアクチュアリティの基調音になっていた。デンマークの王子は、突如として、権力に――《新しい体制》に――反逆した若い共産主義者になっていた」(3)という。

いまひとつは、ハンガリーでの大量虐殺とポーランドの十月政変の最中、ワルシャワの若者たちが上演したA・ジャリの『ユビュ王』の舞台である。この舞台は「当時のワルシャワのきわめて重要な——最も重要ではないまでも——演劇的事件となった。当然、それは政治的事件でもあった。この『ユビュ王』は、現実に起こったそれまでの事件に対する——一九三九年を起源とするさまざまな事件に対する——残酷な嘲弄になっていたのだ。この嘲弄からは何も、また誰も逃れえなかった。それは権力を奪う者たちの愚鈍さと彼らの犠牲となる者たちのヒロイズムとの両方を嘲笑していた」(4)のである。

ふたつの舞台にたいするこのような見方は、共産党系のレジスタンスに加わってナチスと戦いながら、戦後、次第に強圧の度を強めるスターリン主義的な体制に反発して脱党し、一九六六年以降、西側に脱出せざるをえなかったコットの見方であるだけでなく、プロシャと帝政ロシアの、そしてナチスとスターリン的ソヴィエトの間で苦悩しつづけたポーランド民族、そしてポーランド演劇そのものの生きざま、在りざまでもあっただろう。シェイクスピアにしろモリエールにしろ、すべての古典にたいするとき、彼らはみずからの歴史的経験から、そして、その直面している現代的状況から出発せざるをえないのである。コットはいう。「中欧あるいはアジアの多くの演劇人にとって、戦争——内戦であれ侵略者との戦争であれ——とか支配者の暴圧とか恐怖政治とか暴君は、彼ら自らの記憶の中によく留まり、彼ら自身の生命の一部となってしまった経験である。シェイクスピアの観衆および読者——とりわけ中欧およびアジアの——にとって、シェイクスピアの歴史劇は単に文学であるばかりか、現実の歴史であり、しかもそのメカニズムを彼らが知悉し、殺された友らのおもかげを持つ歴史である」(5)と。

古典劇にたいして、このような見方をもったコットによって提示されるモリエール劇が、伝統的なモリエール批評の〈常識〉から遠く隔たった相貌を呈しはじめるのは当然であろう。アルノルフやオルゴンは、もはや、コメディア・デ・ラルテのパンタローネを思わせる滑稽な人物ではない。彼らは滑稽であるよりも、むしろ、威厳があり、家庭の暴君であるにしても、どこか偏執狂的な激しさと底知れないグロテスクさを備えている。コットはいう。「モリエールはタルチュフよりオルゴンの方を嫌っていたとわたしは思う。オルゴンのやってのける行為のばかばかしさは、ユビュ親父の場合と同様、まったく計り知れないものがある。ユビュ親父が王になったという事実を別にすれば、二人とも典型的なブルジョワである」と。そしてコットは、家庭の絶対的な支配者としてのオルゴンに対してジュリアン・ソレルとしてのタルチュフを配した舞台を観たいというのだ。何故なら、コットはワルシャワ・ドラマ・スクールの舞台で、若き日のジェラール・フィリップを思わせるタルチュフ、みずからに偽善の掟を課している「偽りの偽信者」としてのタルチュフのなかに、ひとつの啓示を発見したからである。コットの見たタルチュフには、「ドン・ジュアン、彼もまた偽善者の仮面をつけていたが、あのドン・ジュアンに似たなにかがあった。だからこそ、モリエールは『タルチュフ』のすぐ後に、『ドン・ジュアン』を書いたのだ。その夜、私が見たタルチュフは、すでに、コンフォルミストの仮面をつけた小悪魔であった」のだ。「コンフォルミストの仮面をつけた」存在とは、実は、大勢（あるいは体制）に順応することを拒否する人間であり、すでに一個の反抗者なのである。詳細は次章「タルチュフと現代」にゆずるとして、わたしが〈オールド・ヴィック座〉で観た『タルチュフ』の舞台には、まさにそのようなタルチュフが、そして、オルゴンが登場していたのである。

「『ドン・ジュアン』はモラリストたるモリエールとか古典主義者モリエールとかのものとして片付け

ることができない作品なのだ」と断言するコットは、この作品を〈嘲笑の喜劇〉として捉えている。すなわち、「家庭、女性の名誉、道徳的規範、そして天国や地獄、超自然的な力など、社会的秩序のあらゆる原理を斥ける」ドン・ジュアンは、「理性を信じる自由人」「自立した反逆者」であり、一方「ドン・ジュアンに従う道化を社会的秩序や宗教や信仰の擁護者に変えたのは、モリエールの天才の現れ」であり、「徹底したコンフォルミスト」である下男スガナレルは「モリエールが世間と、ドン・ジュアンが下男と交わす対話において観客を代表している」のだとコットはいう。要するに、十七世紀の喜劇『ドン・ジュアン』は、このようなふたりの主人公を軸に据えることによって、体制に順応し、常識を信じる観客を挑発し、嘲笑する喜劇に変貌して行くといえるだろう。

そして、タルチュフ、ドン・ジュアンにつづいて、コットの捉える『人間ぎらい』の主人公アルセストもまた〈ノン・コンフォルミスト〉の相貌を帯びている。例えば、コットは「ドン・ジュアンは自立した反逆者であり、そのために非人間的な存在のように見える。この世には彼のための場所はない。理由は違うが、アルセストのための場所もないようなものだ」と書き、さらに、アルセスト＝ルソー、フィラント＝ディドロという興味ある比較論を展開した後で、「アルセストは選択する。こうして喜劇的人物は悲劇的人物になる。この一見客観的な劇は、同時にきわめて個人的な劇でもある。アルセストはモリエールに代わって選択するのである。モリエールには、劇場の支配人は荒野へ去ることなどできないこと、自分自身は立ち去ることも逃げることもできないことが、分かっていた。……アルセストという役は確かに一人称で書かれたものだ。彼はこの役にみずからの敗北の自覚をこめたのである。違いは、彼はただ単にアルセストであるだけではなかったという点である」という。

ところで、モリエールは「この役にみずからの敗北の自覚をこめた」というコットの指摘は重要である。何故なら、わずか八ページばかりのこの小論では言及されていないが、『タルチュフ』『ドン・ジュアン』の上演問題をめぐって、ルイ十四世の政治権力と〈聖体秘蹟協会〉の宗教権力の重圧下で苦悩した晩年のモリエールが想起されていなくては、おそらく、書かれるはずのない文章だからである。そしてそれは、コットの直面していたポーランド的状況のなかでの芸術表現と政治性の問題を反映している文章だともいいうるだろう。コットは「古典は死んでいるか現代のものであるか、死んでいるか、力ずくで現代のものとされるか、どちらかだ。そしてとりわけ演劇の場合、古典は死んでいるか生き返るかがはっきりする」(6)と書いている。その意味では、ここに要約したコットのモリエール論は、コットが生きてきた歴史的経験、コットが直面してきたポーランドの状況のなかから、コットが力ずくで奪い返してきた「モリエールの今日性」だといえるだろう。

二　〈状況のなかの演劇〉

以上に述べたような、彼自身の歴史的経験から、そして徹底的に現代的、今日的な状況――とりわけ政治的、社会的状況――のなかから古典劇に接近して行くコットのモリエール論やシェイクスピア論にふれたとき、この時期に観た多くの舞台が、コットとまったく同様な姿勢で古典劇を上演していたことに気付かざるをえなかった。例えば、〈スペイン国立劇場〉のセルバンテス『ヌマンシア』（一九六八年三月所見)、ロンドンの世界演劇祭に来演中のプラハ〈ナ・ザーブラドリー劇場〉のジャリ『ユビュ王』(一九六八年四月所見)、〈オールド・ヴィック座〉のモリエール『タルチュフ』(一九六八年四月所見)、モスクワ〈タガンカ劇場〉のブレヒト『ガリレオ・ガリレイの生涯』(一九六八年十月所見)等の舞台がそれだ。以下に、わたしが〈状況のなかの演劇〉と呼ぶ、いくつかの舞台を紹介しよう。

1 〈スペイン国立劇場〉の『ヌマンシア』

『ヌマンシア』は、紀元前二世紀、圧倒的なローマ軍の侵攻の前で徹底的に抗戦して壊滅して行くカタロニア民衆の姿を描いた作品だが、この十六世紀の作品は、一九六八年のスペイン的状況のなかで、どのように上演されていただろうか。観劇当時のマドリッドはフランコ政権末期の騒然たる空気に包まれており、マドリッド大学は強制閉鎖、街頭には警官と兵士たちが溢れていた。そして、国立劇場の舞台に登場する侵攻のローマ軍兵士たちは、街頭に立つ兵士たちとまったく同じ服装であり、同じ近代的兵器を携えていた。演出の意図は明らかであり、観客たちがそこに見るものは、いうまでもなく、スペイン内戦時のバルセロナ攻防戦以外のなにものでもなく、その強烈な迫力の前で客席は息をひそめて見入っていた。

幕合いの休憩時に「これで大丈夫なんですか」というわたしの問いかけに、ひとりのスペイン人観客は笑って答えた。「ええ。だって、これはスペインの愛国劇なんですよ。ナポレオン戦争の時(一八〇八年)にも、この芝居は上演されたそうですよ」と。そして、後に、わたしは知ったのだが、この演出は内戦時のバルセロナ攻防戦の最中に上演された舞台の演出を、そのまま踏襲したものであると。この事実を知ったとき、わたしは大きな衝撃を受けた。それは、スペイン内戦のあの苛酷な状況を想起させるこの凄惨な舞台が、同じ演出で、バルセロナ攻防戦の最中にも上演されたとすれば、その舞台は、当時の観客であった人民戦線派の人びとを間もなく襲う運命を予告するものであったからだ。

スペインの愛国劇上演を名目にして検閲と弾圧をくぐりぬけ、ほぼ三十年前の、血ぬられた現実の歴史を突きつけるこの舞台は、まさに、コットのいう「検察側の証人」であり、彼のシェイクスピア論と相通ずるものをもっていた。それにしても、フランコ政権の末期とはいえ、このような舞台を生みだす〈スペイン国立劇場〉の強靭な姿勢にも驚かざるをえなかった。しかし、このような姿勢は、以下に紹介する各舞台に共通した姿勢でもあったのだ。

2　〈ナ・ザーブラドリー劇場〉の『ユビュ王』

次に『ユビュ王』の場合だが、主役のユビュ王をスターリン的風貌をもった俳優が演じていたというだけで、この舞台がチェコの観客に語りかけていた意味は明らかだろう。それにしても、ジャリの『ユビュ王』という戯曲は不思議な作品である。王位を簒奪し、ポーランド――「どこにもない場所」であるとともに「あらゆる場所」でもある(7)――へ侵攻し、暴虐のかぎりを尽くしたユビュ王が、戦いに破れ、没落するこの物語は、第二次大戦中、まさにヒットラーを象徴していたのであり、一九六八年には、主役ユビュ王はスターリンの風貌をもって舞台に登場してくるのだから。台本は、M・マコーレックの協力を得て、演出者グロッスマン自身が脚色したものだが、『ユビュ王』と次作『鎖につながれたユビュ王』の二作を巧妙につなぎあわせており、グロッスマンの演出も、一見して、それとわかる猛烈なスターリン主義批判の舞台になっていた。例えば、ファルス的な演技様式で演じられたこの猛烈な諷刺劇は、この劇団がもつもうひとつのグループ――L・フィアルカの率いるパントマイム・グループ――の技法を取りいれ、マイムとリズム体操の要素を演技の基本とすることによって、ユビュ王の暴虐ぶりを戯画化し、グロテスクなまでに拡大するなど、非常に効果的な舞台を作りあげていた。大胆すぎるほど大胆なこの諷刺と嘲弄の舞台は、コットが伝える一九五六年のワルシャワの『ユビュ王』の舞台と同様、「一九三九年を起源とするさまざまな事件に対する残酷な嘲弄」(4)であったが、この舞台では、次作『鎖につながれたユビュ王』の物語もつづけて演じられるのだ。つまり、敗北し、退却の途中に捕らえられるユビュ王の物語が。脚色も担当したグロッスマンが、『ユビュ王』と次作を同時上演した意図は何だったのか。そして、チェコの観客はそこに何を読みとったのだろうか。さまざまな推測は可能であっても、それは、あくまで推測でしかない。ただ、わたしが観たロンドンの劇場では、観客はその大胆さに驚くとともに、この舞台に大きな喝采を送っていた。次に紹介する『カタストローフ』の舞台の場合と同様に、この拍手には、苦難の道を歩むチェコの人びとへの国際的な連帯を意味する支援の意味が込められていたと思う。軍事干渉に先立つこの四月の時点では、このような舞台を海外の演劇祭に送りだすほどの政治的自立性と自由を、〈プラハの春〉はいまだ確保していたということだ。しかし、わたしがプラハを訪れた六月には、軍事演習を名目にしたワルシャワ条約軍がチェコ国内に駐留を開始しており、その騒然とした空気のなかで、わたしは、V・ハヴェルの戯曲『注意の集中の難しさ』に出会うことになった。

西欧諸国にもチェコ随一の自由派劇団としてその名を知られていたこの劇団の舞台は、他に、F・カフカの『審判』(ベオグラード世界演劇祭、一九六七年九月所見)や、この劇団の座付き作者というべき立場にあるハヴェルの『注意の集中の難しさ』(一九六八年六月所見)等も観る機会をもったが、芸術的にもきわめて高い水準の舞台でありながら、同時に、政治的、社会的な切り口の鋭さは、見る者の目に、誤りようのないチェコの現実を感じ取らせるものであった。例えば、ナチス統治下では禁書とされていたカフカの『審判』は、ソヴィエト体制下にあるチェコの状況、恐るべき秘密警察の存在やそこで進行している暗黒裁判を想起させるに充分であった。一方、ハヴェルの『注意の集中の難しさ』の舞台については、わたし自身、その紹介の文章——本書の第十章——を書き、そこで次のように述べた。「わたしは、この戯曲を非常に大胆な〈挑戦の戯曲〉として受けとっていた。いわば、すべての公認の、既成の社会主義理論にたいする挑戦、チェコの自由化革命がその批判の対象としていたノボトニー的なーーひいては、ソヴィエト的な——社会主義体制への痛烈な政治的諷刺の戯曲として受けとっていた」と。ところで、作者ハヴェルは、チェコへの軍事干渉の最中、知識人の先頭に立ってもっとも激しい抵抗の姿勢を示し、その後の『憲章七七』の起草者にもなったが、結局、長年にわたって強制労働の刑に服し、最近の報道でも再度拘束されたようだ。

余談ながら、S・ベケットが、ハヴェルに捧げた作品『カタストローフ』を書き、バローが主役のPを演じた舞台(一九八三年十月所見)を観る機会があった。明らかにソヴィエト的強権を象徴すると思われる演出家と俳優Pとの間に展開されるこの一場の稽古風景は、チェコの、そしてハヴェルの直面している状況を踏まえた見事な政治的メッセージといえるだろう。自分の思いどおりに俳優に振りをつける演出家、卑屈な態度でそれを補佐する女性の演出助手、そして、終始、無言のままその指示に従っているかに見えた俳優Pは、終幕において決然として顔をもちあげ、演出家の指示に反した独自の動き、すなわち、無言の怒りと反抗の姿勢を示す。演出家の指示した結末とはまったく異なったこの終幕の演技にたいして、劇場空間いっぱいに万雷の拍手（客席からの拍手もこれに加わる）が送られ、演出家と演出助手が茫然としているうちに、この劇は終わる。俳優Pはハヴェルあるいはチェコの民衆を象徴しているのであろうが、幕切れの拍手に、拍手とともに声援の声をも挙げて参加するパリの観客の反応は感動的でさえあった。

〈ナ・ザーブラドリー劇場〉、そしてハヴェルは否応なくチェコの政治的状況のなかで生きている。あまりにも政治的といえばいえるだろうが、それは時代が、そしてチェコの状況があまりにも政治的であったということなのだ。ところで、この公演自体、「ハヴェルの夕べ」と銘打たれており、当時、なお困難な状況にあったハヴェルへの支援の意味が込められていた。この時期、パリでは、このような国境をこえた支援活動や集会がしばしば開催されており、これはその一駒であった。

3　〈タガンカ劇場〉の『ガリレオ・ガリレイの生涯』

Y・リュビーモフ演出『ガリレオ・ガリレイの生涯』の舞台は、第五章で取りあげる、やはり、リュビーモフ演出による『タルチュフ』の舞台と同様、ソヴィエトの自由派劇団の旗手と目されている〈タガンカ劇場〉が当時直面していた状況と大きな関わりがある。すなわち、その頃、リュビーモフによって準備された数多くの上演候補作品が、検閲の手によって次々と上演禁止の措置を受けており、リュビーモフが、それから二年後、モリエールの戯曲「『タルチュフ』上演をとおして、検閲と偽善、そして崇高な理想への献身を口実に芸術創造を窒息させる党派性の問題を提起しようとした」(8)ように、チェコ事件以後、自由派の諸劇場にたいする抑圧は急激に強化されていたのである。事実、『ガリレオ・ガリレイの生涯』終演後三十分ばかり、わたしはリュビーモフ氏と面談する機会をもったが、その時の氏の言葉は、いまも鮮明に覚えている。「チェコへの軍事干渉は諸刃の剣ですよ。われわれの活動もいつまで維持できるか……」と。そして、劇場前のタガンカ広場に、毎夕のように返り切符を求めて集まる二、三百人のモスクワの観客にとっては、このように市民が集まること自体が、この劇場にたいする観客の支援を明らかにする間接的な意志表示であり、それは、返り切符の入手そのことよりも、より重要な意味をもっていたのだ。

そんな状況のなかで上演された『ガリレオ・ガリレイの生涯』の舞台は、モスクワの市民たちにいったい何を語りかけ、モスクワの市民たちはそこに何を読みとっていたのであろうか。社会主義圏の現代劇作家のなかで、ブレヒトの占める地位は揺るぎないものであり、『ヌマンシア』がスペインの愛国劇であったように、この作品は、ソヴィエト及び東欧の演劇界では上演禁止などありえない、いわば、お墨付きの作品であり、リュビーモフは、おそらく、それを逆手にとって、この戯曲の上演を計画したのであろう。しかし、薄明のなかで、横あるいは下からの赤黒い照明を多用するこの舞台の進行とともに、わたしのなかでは、次第にあるひとつの認識が生まれはじめていた。それは、ガリレイを審問するローマ法王庁の枢機官たちは、あるいはクレムリンの権力者たちであり、赤黒く浮き出す法王庁の壁面はクレムリンの赤壁ではないのかということなのだ。いったん、この認識が観客のなかに生まれれば、ブレヒトのこの戯曲、すなわち、科学研究の自由を抑圧し、真実そのものを圧殺する教会権力という構図が、ソヴィエト的状況のなかで何を語りはじめるかは自明のことであろう。

これは決してわたしのひとりよがりの捉え方ではなかった。劇場からの帰途、深夜の街をホテルまで送ってくれたモスクワ大学の学生が、先の返り切符の話とともに、彼らの共通の受けとめ方として話してくれたことでもあるのだ。別れ際に、彼がいった一言はここに書き留めておかねばならない。彼はいった、「日本へ帰ったら、ソヴィエトにも今度のチェコ事件で苦しんでいる若者がいたことを話してください」と。スペインの場合に劣らず、観客をも巻きこんだ形でのしたたかな演劇の存在形態がそこにあった。

しかし、それから十五年後の一九八三年夏、オペラ演出のためにロンドンに滞在中だったリュビーモフは、ソヴィエト政府から帰国の道を絶たれ、亡命の道を選ばざるをえなくなる。当時滞仏中だったわたしは、ソヴィエト政府に宛てたリュビーモフの公開状を〈ル・モンド〉紙上で読んだが、結局、イスラエル国籍を取得してヨーロッパ諸国でのオペラ演出などに活動の場を見出す以外、道はなかったのである。もっとも、最近の情報では、ゴルバチョフの改革路線の推進という状況があり、リュビーモフの後任として〈タガンカ劇場〉の主席演出家となった盟友A・エーフロスの死去以後は、一時帰国の形で〈タガンカ劇場〉の演出を手掛ける機会も生まれているという。

わたしが〈状況のなかの演劇〉という言葉で捉えているものは、このような演劇人の、あるいは演劇の在り方なのである。それが演劇のあるべき唯一の姿だというのではない。しかし、コットのモリエール論との出会いは、わたしに、以上に述べたような舞台を想い起こさせたのであり、それはきわめて今日的な演劇の在り方と思われるのだ。ブレジネフ時代の末期、エーフロスが演出した『ドン・ジュアン』の舞台――詳細は本書・第六章「ドン・ジュアンと現代」を参照されたい――は、コットのドン・ジュアン論以上の激しさをもっていた。これらの舞台を、わたしは「状況のなかの演劇」と呼ぶ理由なのである。

（追記）

この稿を書きあげ、同僚の退職記念号編集委員会に原稿を提出したのは九月初旬だが、それ以後の、ソヴィエトあるいは東欧諸国をめぐる政治情勢の変化はまことに急激なものがあり、この稿で取りあげた演劇人をめぐる状況もまた大きく変化しようとしている。例えば、一九八九年十一月二十六日の「朝日新聞」では、ヤケシュ体制の崩壊を報じた記事のなかで、二十四日夜、「市民フォーラム」の指導者としてのハヴェルがドプチェク前第一書記とともに記者会見に臨み、「自由なチェコよ、永遠に！」と叫びながら、乾杯している姿が掲載されている。俳優Pが示した無言の抵抗は、まさに、その形どおり、〈ビロード革命〉として実現したのだ。

一方、十一月二十八日の『朝日新聞』（夕刊）では、来春の来日公演の準備のため来日中のリュビーモフについての報道があり、氏が、最近、ソヴィエト国籍を回復されたこと、〈タガンカ劇場〉での演出を再開したことなどが報じられ、また、〈タガンカ劇場〉と氏の関係について、「タガンカ劇場は、わたしにもう一度、首席演出家としてもどってほしいと言っています。わたしとしては、わたし自身が官僚から独立して判断したり、仕事ができるような条件を求めて劇団と交渉しているところです」という氏自身の言葉を紹介している。しかし、彼自身が「ペレストロイカ以外に、ソ連に出口はありません。しかし、いまは難しい時期です」というように、ソヴィエトあるいは東欧をめぐる政治情勢はきわめて微妙な段階にあるというべきだろう。〈状況のなかの演劇〉を実践してきた演劇人の今後も、そのような政治改革の進展如何にかかっているといえよう。校正の段階で、あえて追記した。

（一九八九年十一月三十日　追記）

（一九九〇年四月）

第四章 『タルチュフ』と現代

主役に、ジュリアン・ソレルとユビュ親父を配した
モリエールの『タルチュフ』を、いつか、舞台で観たいものだ。(1)

ヤン・コット

はじめに

《Tulane Drama Review》誌の一九六七年春季号に、『シェイクスピアはわれらの同時代人』の著者として有名なポーランドの演劇学者コットの「モリエールはわれらの同時代人」と題された一文が掲載されている。全文で八ページほどの小論文だが、デッサンのような簡潔さと力強さで描きだされたこのモリエール論のなかに、冒頭に掲げた文章を結びとする『タルチュフ』論を発見したとき、わたしは、ほとんど瞬間的に、ひとつの舞台を想い出していた。その舞台とは、ロンドンの〈オールド・ヴィック座〉で観た『タルチュフ』の舞台(ガスリー演出、一九六八年四月所見)であり、タルチュフをジュリアン・ソレルによって、オルゴンをユビュ親父によって演じようという、『タルチュフ』上演史や批評史の〈常識〉からはおよそ異様とも思われるコットの提案を、それは、ほぼ完全に舞台化していた。

ところで、この〈オールド・ヴィック座〉の舞台をとおして感じとられる、きわめて自由で大胆な

『タルチュフ』解釈と、舞台から受けとられる印象の生々しいほどの現代性、今日性は、わたしにとっては衝撃的な経験であった。『タルチュフ』解釈の〈常識〉にとらわれないその斬新な発想と、とくに、十七世紀の古典『タルチュフ』をとおして、今日の政治的、社会的、人間的状況と切り結んで行くこの舞台の強烈な姿勢は、圧倒的な迫力をもってわたしに迫ってきた。この小論で、コットの『タルチュフ』論と〈オールド・ヴィック座〉の舞台について紹介を試みる理由である。

ただ、観劇以来すでに四年以上の歳月が流れており、観劇の印象そのものが、わたし自身の解釈と離れがたく結びついていることもあるだろう。しかし、観劇あるいは批評の行為そのものが、もともと観る側の主観なしには成立しえないものである以上、わたしのこの試みも許されることと思う。場合によれば、コットの議論に触発されて、わたしのなかに形成されつつある、わたし自身の演出イメージを語ることにもなりかねないのだ。しかし、それはそれなりに意味あることだと考えている次第である。

一　コットの『タルチュフ』論

まず、コットの『タルチュフ』論を、わたし自身の補足も含めて、かなり自由な形で紹介しよう。『タルチュフ』論とはいっても、分量にしてわずか二ページの間に収められた、いわば、彼自身の『タルチュフ』理解の骨子を描きだした一種のデッサンであり、凝縮された文体のなかにきわめて鋭い指摘が含まれている。したがって、そのまま訳出しても、コットの真意を伝えることは不可能と考えるからである。

以下は、わたしの理解したコットの『タルチュフ』論である。

1　コットの捉えた戯曲『タルチュフ』の基本構造

一九二七年の《N.R.F.》誌に、A・チボーデは「スタンダールとモリエール」という文章（2）を発表し、「フィクションの世界でのジュリアン・ソレルのモデルは誰であったか。タルチュフである」と指摘しながら、タルチュフとジュリアン・ソレルの間の師弟関係を、彼独特の精緻な論証によって描きだしたことがある。しかし、チボーデの関心の中心はジュリアン・ソレルにあり、戯曲としての『タルチュフ』の全体像がほとんど捉えられていなかったこともあってか、チボーデの指摘は、単に文学上の議論としてのみ受けとめられ、実際の舞台への反映はほとんど見られなかった。

ところが、一九六〇年、タルチュフを完全なジュリアン・ソレルとして上演した〈ワルシャワ・ドラマ・スクール〉の舞台にふれたコットは、その観劇の体験を直接の契機として、彼自身のタルチュフ像を構想しはじめる。一方、オルゴンに関しては、E・アウエルバッハが名著『ミメーシス』のなかで展開しているきわめて特異なオルゴン論を基盤に、コットは、その怪物性をさらに拡大するかのように、ジャリが生みだした伝説的人物ユビュ親父のイメージをそれにオーバー・ラップさせ、彼自身のオルゴン像を展開しているのである。

このように、コットの『タルチュフ』論の面白さ、あるいは独創性は、〈タルチュフ＝ジュリアン・ソレル〉、〈オルゴン＝ユビュ親父〉という捉え方に示されている発想の面白さ、奇抜さとして一応は捉えられるだろう。しかし、コットの提起している問題は、もっと深く、もっと大きい拡がり、すなわち、『タルチュフ』という戯曲の構造の捉え方とその意味内容の問題にまで関わっているように思われる。すでに、彼自身のシェイクスピア批評がそうであったように、徹底的に今日的な状況に身をおきながら、古典に迫って行くコットの姿勢は、この『タルチュフ』論においても貫かれており、その結果、従来の『タルチュフ』解釈の〈常識〉の完全な否定や逆転をひき起こしている。例えば、それは、彼のオルゴン論において典型的な形で見られるだろう。

コットによれば、戯曲の主人公はむしろオルゴンであり、オルゴンは、従来の『タルチュフ』解釈の〈常識〉であったコメディア・デ・ラルテ風の受け身の人物ではなく、積極的、攻撃的な人間として理解されている。しかし、それはあくまで結果であり、このオルゴン解釈の大転換の背後には、当然のこととして、コット自身の、戯曲『タルチュフ』の劇的構造にたいするまったく新しい捉え方と、それにコットが与えているきわめて現代的な意味内容が想像される。しかし、残念なことに、おそらく、このわずかなスペースにも制限されて、コットはそれらの点に関してはまったくふれず、ただ、〈タルチュフ＝ジュリアン・ソレル〉論と〈オルゴン＝ユビュ親父〉論の提示にとどめている。もっとも、コットの『タルチュフ』論のなかから、わたし自身が読みとったものからいえば、コットの新しい『タルチュフ』への志向は、〈オールド・ヴィック座〉の舞台によって完全に肉付けされ、形象化されているとわたしは考えている。したがって、後に、〈オールド・ヴィック座〉の舞台を語ることによって、その点を補いたいと思う。

2　コットのタルチュフ像・二面性をもったタルチュフ

コットは、その『タルチュフ』論の冒頭で、モリエール批判として書かれたという『レ・カラクテール』の文章を引用しながら、ラ・ブリュイエールの描いた宗教的偽善者オニュッフルとタルチュフの比較を試みる。コットによれば、「ナチュラリストの手法によって人間を分類する」ラ・ブリュイエールのオニュッフル像は、「冷たい、抽象的な完璧さ」をもっている。それに反し、「モリエールの戯曲に現れるさまざまな性格、とくに、イタリアのコメディア・デ・ラルテから生み出された性格は、演劇的には明快な」構造をもちながら、「モリエールの描く偉大な性格は、そのどれひとつを取ってみても、心理的には決して明快ではなく、どの性格も彼自身の影をもっている」とし、モリエールの人物、とくに、タルチュフは大きな二面性をもっていると指摘する。

次に、このタルチュフの二面性を明らかにするため、コットは有名な論争主題である「タルチュフは果たして偽信者か」の問題を取りあげる。コットは、まず、十八世紀に翻訳された『タルチュフ』のポーランド語訳のタイトル《Swietoszek Zmyślony》という言葉が、当時の語義からいえば、〈a false hypocrite〉あるいは〈un faux faux dévot〉、つまり「偽りの偽信者」を意味していたことを想起しながら、「もし、ラ・ブリュイエールのオニュッフルが完璧な偽信者であるとしたら、モリエールのタルチュフは上辺だけの偽信者なのだ」という。コットのいう「偽りの偽信者」、「上辺だけの偽信者」とは、「偽信者になったつもりでいる人間、したがって、現実には偽信者ではない人間」を意味しているが、それは、彼の内部から彼を衝きうごかしている「情熱の方が、彼の着用している仮面よりずっと強烈」であり、しかも、その情熱が「権力、金、女の、すべてを掴みとろうとする情熱」だからである。「偽りの偽信者」、「上辺だけの偽信者」という捉え方とともに、この「権力、金、女の、すべてを掴みとろうとする情熱」という指摘は、コットのタルチュフ像を特徴付ける重要なポイントであり、コットは、この「すべて」という点を力説しながら、次に「それ故にこそ、タルチュフは破滅しなければならない」とだけ書いている。まことに簡潔な表現であり、それで充分といえば、充分なのだが、一般の方からは「何故?」という問いが出てくるだろう。そこで、あえて蛇足を付け加えれば、これは、タルチュフ解釈上の決定的なポイントとされる難問――マリアンヌとの婚約、一家の全財産の贈与さえ期待しうるタルチュフが、何故、エルミール誘惑という危険きわまりない行動に踏みだすのか、という問題――への、コットの回答であり、「すべてを掴みとろうとする情熱」という指摘は、タルチュフ解釈にまったく新しい視点を提供するものであった。

事実、この問題は、『タルチュフ』発表直後から、すでに問題とされており、例えば、ラ・ブリュイエールが「ある財宝豊かな人の食客になりすまし、まんまとその男をたぶらかして、莫大な援助が期待できるときに、彼は決してその男の妻君に言い寄ったりしない」(3)と述べたのは、タルチュフのこのような行動を合理主義的な平面から捉え、それを明らかな矛盾として攻撃したものといわれている。たしかに、タルチュフの行動が、個々の、権力や金や女を対象とした欲望であり、その獲得を目的としたものであれば、モリエールの描くタルチュフには明らかな矛盾がある。しかし、みずから破滅への道を歩むタルチュフのこの行動は、目的意識をもった行動と理解するには、あまりにも不可解といわねばならない。タルチュフの二面性が指摘される所以だが、コットはそれを、モリエールの人物にしばしば現れる、あの「秘密」の、そして隠微な「影」の部分として捉え、個々の欲望を満足させるための行動ではなく、「すべてを掴みとろうとする情熱」と表現する。

一九五〇年、ジュベが演じたタルチュフは、「引き裂かれた魂」(4)が繰りひろげる「内奥のデモンとの必死の戦い」(5)と評されたが、コットのタルチュフ像はジュベのタルチュフ演技とともに、ラ・ブリュイエールの「完璧で、失策をおかすことのない」徹底的合理主義者オニュッフルとは、決定的に次元を異にする存在といえるだろう。コットはそれを、タルチュフはオニュッフルより、また「現実にいるちっぽけな偽信者どもより、ずっと純粋な偽信者」であり、「オニュッフルが性格喜劇で描かれるひとつの性格であるとしたら、タルチュフはドラマとともにファルスに属する人物なのだ」という言葉で表現している。

3　コットの〈タルチュフ＝ジュリアン・ソレル〉論

コットは、このようなタルチュフとオニュッフルとの比較をとおして、彼自身の〈タルチュフ＝ジュリアン・ソレル〉論の核心にふれてくるのだが、以上の比較論が、「オニュッフルとタルチュフとの相違は、単に舞台上の人物と抽象的なタイプとの相違だけにはとどまらない。オニュッフルの完全に平板な偽善は、ある限られた生活を満足させるためだけの感覚的な享楽を追い求めているにすぎず、タルチュフのように、征服者的な要素はなにひとつ持ちあわせていない」(6)とするチボーデの比較論と密接な関係によって結ばれていることは、指摘するまでもないだろう。

こうしてコットは、『タルチュフ』上演の演技伝統が、数多くの、非常に異なったタルチュフ像をわれわれに残しながら、「いつの場合にも、舞台で演じられるタルチュフが、若いオルゴン夫人より年上であった」事実を大きな不満とともに指摘し、彼の〈タルチュフ＝ジュリアン・ソレル〉論に決定的な啓示を与えてくれた経験として、〈ワルシャワ・ドラマ・スクール〉の舞台を挙げ、次のように書いている。

「タルチュフの役は、卵形の顔をした、若い、やせ形の少年によって演じられていた。彼は、司祭助手の少年あるいは若い寺男のように見えた。彼は、感受性の強い、魅力に満ちた少年であり、わたしにジェラール・フィリップを想い出させた。しかし、いったい、誰が、ジェラール・フィリップにタルチュフの役をふることなど思いつくだろうか。その夜、わたしは、この若い偽信者のなかに、神学校の一室で偽善の技術を練習しているスタンダールのジュリアン・ソレルの姿を見出していた。舞台のタルチュフは、人の心をかき乱す、危険に満ちた少年であり、ちょうど、ジュリアン・ソレルがドゥ・レナール夫人にたいして試みたように、成熟した女性に言い寄っていた。彼は偽信者ではなく、偽善の訓練を意志力の鍛練として自分自身に課していたのだ。彼はまさに偽りの偽信者であり、この世界と金と女とを一挙に手に入れようとしていた。彼のなかには、ドン・ジュアン、彼もまた偽信者の仮面をつけていたが、あのドン・ジュアンに似たなにかがあった。だからこそ、モリエールは『タルチュフ』のすぐ後に、『ドン・ジュアン』を書いたのだ。その夜、わたしが見たタルチュフは、すでに、コンフォルミストの仮面をつけた小悪魔であった。」

4 〈不条理の人間〉ドン・ジュアンの分身としてのタルチュフ

〈ワルシャワ・ドラマ・スクール〉の舞台について、その印象を語っているコットの言葉のなかで、とくに重要なことは、その最後の部分で、コットがその〈タルチュフ＝ジュリアン・ソレル〉という捉え方に、新しくドン・ジュアンの姿をオーバー・ラップさせてきたことであり、偽りの偽信者タルチュフのつける「コンフォルミストの仮面」という指摘である。したがって、コットのタルチュフ像の全貌は、『タルチュフ』論につづいて書かれている彼の『ドン・ジュアン』論によって補っておく必要があるだろう。

コットによれば、「モリエールのドン・ジュアンは、社会的秩序のすべての原理を拒否する。彼は、家族、女性の名誉、道徳的規範、そして天国も地獄も超自然的な諸力をも認めようとしない」徹底的な「自立者」、あるいは「反抗者」であり、一方、スガナレルは「徹底的なコンフォルミスト」なのである。何故なら、「スガナレルは、あらゆる権威を認め、すべてのもの、神とともに悪魔も猿男も、金とともに権力も、そして幸福とともに鞭をも信ずる」からである。つまり、「スガナレルは、E・ベントリーが正しく指摘したように、観客（の意識）を代表する存在」なのだ。

したがって、「人間ばかりでなく、神にたいしても挑戦し」「神をライバルとしてもつことを欲する」ドン・ジュアンに、「社会的秩序・宗教・信仰の擁護者」スガナレルを配したこの劇には、「冒瀆的な奇跡劇にも似たなにか」がある。例えば、「ドン・ジュアンは単なる誘惑者ではなく、恋愛は、彼にとってひとつの瀆神の行為でなければならない」ように、この劇は、神にたいする、あるいは観客にたいする

「嘲笑の喜劇」なのである。こうして、A・カミュの言葉をひきながら、「ドン・ジュアンの偉大さは、彼が最後まで屈服しないという事実にこそある」と結ぶコットのドン・ジュアン像は、カミュが『シジフォスの神話』で論じた〈不条理の人間〉としてのドン・ジュアン像とほぼ完全に一致してくるといえるだろう。

では、このようなドン・ジュアン像をオーバー・ラップさせて考えるとき、コットのタルチュフ像はどのような相貌を帯びて浮かびあがってくるだろうか。おそらく、それはチボーデのいうジュリアン・ソレル的な人間であるよりは、カミュ的な〈不条理の人間〉ドン・ジュアンにより大きく近づき、彼のあの不可解な行動も、この世界の不条理性の認識から発した反抗的行動の色彩を帯びてくるだろう。そして、その本質において、ドン・ジュアンの分身であるタルチュフを、「偽りの偽信者」「コンフォルミストの仮面をつけた小悪魔」として、オルゴン家に送りこんだあの狂的な情熱、「すべてを掴みとろうとする情熱」も、実は、この同じ源、不条理の認識から発したものと考えられるだろう。あえていえば、現代のジュリアン・ソレルたちは、かつての仲間たちより、より不幸な、より引き裂かれた存在として、〈虚妄〉の意識なくしては生きられないということであり、上昇志向のなかにその脱出の道を選びとる十九世紀のジュリアン・ソレルとは異なり、このタルチュフは、その内部にひそむ影の部分、すなわち、不条理の認識から発した自己破壊の衝動に衝きうごかされる若者としての相貌を帯びている。〈オールド・ヴィック座〉の舞台に登場するタルチュフは、まさに、そのような若者であった。

5　コットの捉えた戯曲の主人公としてのオルゴン像

次に、コットのオルゴン像の紹介に移ろう。最初に紹介したように、コットのオルゴン解釈は、その大部分をアウエルバッハのオルゴン論におうている。したがって、アウエルバッハのオルゴン論のなかから、コットに重要な示唆を与えたと思われる記述を拾い出してみよう。例えば、アウエルバッハは、オルゴンについて次のように書いている。「彼のなかにうごめいている、もっとも本能的な、もっとも秘密な衝動は、家庭の暴君としてのサディズムであり、オルゴンは、身も心もタルチュフに捧げることによって、その衝動を満足させることができるのだ。オルゴンは怒りっぽい人間であるとともに、センチメンタルで、自分に自信のもてない人間であるだけに、信仰によって自分の行為が正当化されなければ、あえて、やってのけられないであろうことも、いまは、百も承知の上で、たっぷり楽しむことができるのだ。……タルチュフのおかげで、いまや、自分の家族にたいして暴君として振舞い、彼らを痛めつけてやれるのだから、オルゴンはタルチュフを愛し、彼によってだまされるのも意に介さないのである。」(7)

コットは、アウエルバッハのこのようなオルゴン像を彼自身のオルゴン解釈の基盤に据えながら、それをさらに発展させ、「オルゴンにしてみれば、彼が演じる家庭の暴君としての振舞いを正当化してくれるのは、信仰だけなのだ。オルゴンはタルチュフよりずっと恐ろしい存在のように思える。彼は上辺だけだまされているにすぎない。誰かに、あんな振舞いをする言い訳を求められれば、彼のことだから、自分の無邪気さの故だとか、さらに一歩進めて、信仰の故だとか答えるのが関の山だろう。モリエールはタルチュフよりオルゴンの方を嫌っていたとわたしは思う。オルゴンのやってのける行為のばかばかしさは、ユビュ親父の場合と同様、まったく計り知れないものがある。ユビュ親父が王になったという事実を別にすれば、二人とも典型的なブルジョワである」と述べ、「オルゴンを絶対的な支配者として捉える」ことを提案する。

6 『タルチュフ』上演史の伝統とコットのオルゴン像

以上に紹介したコットのオルゴン論が、従来のオルゴン解釈の〈常識〉と完全に対立するものであることはいうまでもない。しかし、コットによるオルゴン解釈の大転換がもつ意味を明らかにするため、例えば、モリエールの原作にもっとも忠実と評されてきたF・ルドウ演出（一九五一年）におけるオルゴン像(8)と比較してみよう。

ルドウによれば、タルチュフと出会う前のオルゴンは、少なくとも「賢明な人間、つまり、自分の情熱を制御できる人間」であった。しかし、「彼が、なによりもまず、衝動的な人間であった」ことが、この不幸を招く根本的な原因であったのだ。ルドウは、コットと同様、オルゴンの怒りっぽさ、頑固さ、極端に走る性癖、さらに家庭の暴君としての振舞いにも充分気付いている。しかし、彼はそれらをすべて「衝動的な人間」の気質の問題あるいはオルゴンの「無邪気さ」に解消して、次のように説明するのである。すなわち、「暴君として振舞うときにも、彼は常に誠実である。そんなことになるのも、彼があまりにも無邪気だからだ。その証拠に、もし、誰かがオルゴンに、彼が家庭のなかに確立しようとしている秩序は、実は、彼自身の嫉妬や独裁主義の口実になってしまっているとか、そのために、家中を気づまりな空気が支配しており、彼が心から愛している若い妻や子供たちを苦しめている、とでも教えてやれば、オルゴンはびっくり仰天することだろう」と。

ルドウのオルゴン解釈が典型的に示しているように、伝統的なオルゴン解釈がもっていた〈間抜けの老人役〉の範疇から抜け出し、オルゴンの賢明さや怒りっぽさ、暴君としての性格などに多くの照明が当てられはじめた現代においても、オルゴンを、タルチュフの犠牲者だとする捉え方、ひいては、絶対の主人公タルチュフを描きだすための、戯曲における受け身の役どころとする理解は、戯曲の劇的構造そのものに関わる本質的な性格として、現在まで受けつがれてきているのである。例えば、モリエール批評史や上演史の研究で有名なデスコットは、『タルチュフ』上演史や批評史の詳細な分析のすえ、「タルチュフのなかには、家庭の暴君が住んでいる」と指摘しながら、それを「(『女房学校』の主人公) アルノルフとの親近性」(9) という言葉で解消してしまうのである。何故なら「一家の主人のこの無邪気さ (アルノルフもまた無邪気さの塊のような人物であった) がなければ、(『タルチュフ』という) 作品は成立しない。つまり、オルゴンは筋の展開の真の回転軸なのだ」(10) としているのも、『タルチュフ』解釈の伝統から離れえないからであった。

要するに、ルドウやデスコットの例が示しているように、犠牲者オルゴン、受け身の主人公オルゴンという捉え方が、当然、それが前提としている絶対の主人公タルチュフという捉え方とともに、オルゴン解釈の、ひいては戯曲『タルチュフ』の捉え方の伝統的なパターンであり、ほとんど絶対的な〈常識〉であった。いわば、このような〈常識〉を前提として、タルチュフを描きだすための「筋の回転軸」として、オルゴンの間抜けさが、無邪気さが、時には、宗教的な狂信ぶりが強調され、滑稽なオルゴンあるいは悲劇的な、感動的な、時に嫌悪すべきオルゴン像が生み出されてきたといえる。しかし、いずれの場合にしろ、オルゴンが受け身の役どころ、すなわち、犠牲者であるということは、彼の愚行にたいする免罪符の役割を果たしていた。そして、同時にそのことが、アルセスト、ドン・ジュアン、タルチュフらの、人間的な謎に満ちた強烈な個性の前で、オルゴンを、常にどこか底の見とおせる、木寓人形的な存在にしてきたことも否定できない事実であった。

以上に述べたような、オルゴン解釈の〈常識〉とその実態を背景にして考えた場合、コットの提起しているオルゴン像はまさに怪物であり、アルセスト、ドン・ジュアンにも劣らぬ迫力と謎を秘めた存在というべきだろう。コットのオルゴン像は、彼自身のタルチュフ像と同様に、自己の内部にひそむ奇怪な衝動によって衝きうごかされている存在であり、その衝動をみたすためには、あえて無邪気さを装い、タルチュフを、そして信仰をも隠れ蓑にする怪物である。コットのオルゴン像のもつ巨大なグロテスクさと偏執狂的な激しさは、コットが正しく指摘したように、ユビュ親父のそれとのみ比べうるものだろう。こうして、コットによって「絶対的な支配者」「タルチュフよりずっと恐ろしい存在」として理解されているオルゴンは、『タルチュフ』解釈史上はじめて、戯曲の真の主人公として登場してきたのである。

ところで、このようなオルゴンは、コットによって「コンフォルミストの仮面をつけた小悪魔」として提示されているタルチュフとの間で、どのようなドラマあるいはファルスを展開してみせるのであろうか。コットは、そのことについては「いつか、舞台で観たいものだ」とのみ書いて、その文章を閉じている。そして、わたしは〈オールド・ヴィック座〉の舞台で、コットの希望が実現されているのを発見したのである。コットが、このデッサンのように簡潔な『タルチュフ』論で、充分語りつくせなかったであろう問題、例えば、十七世紀の古典『タルチュフ』のなかに、コットが読みとっていたであろう現代的な意味内容も、〈オールド・ヴィック座〉の舞台を語ることで、おのずから明らかになるだろう。

二　〈オールド・ヴィック座〉上演の『タルチュフ』劇

1　舞台に現れた主要人物たちの素描

まず、〈オールド・ヴィック座〉の配役を紹介すると、主役のオルゴンにJ・ギールグッド、エルミールにJ・ワッツ、タルチュフにR・ステファンズが扮しており、それぞれの舞台上の年齢は、オルゴンは五十代後半、エルミールは四十代なかば、あるいはそれ以上の年輩、タルチュフは二十歳をややすぎた若者として演じられていたといえる。コットの『タルチュフ』論と同様に、エルミールとタルチュフの年齢の逆転が特徴的だが、このタルチュフの二十歳すぎという年齢設定が、ガスリー演出において決定的な意味をもっていたことはいうまでもない。

次に、この舞台から受けとったわたし自身の印象から、主要な人物たちの素描をしておこう。

ギールグッドの扮するオルゴンは、彼の容貌やシェイクスピア劇できたえあげた台詞の故か、町人というより武将を思わせるのだが、それが、かえって、オルゴンの威圧的で頑固な一面を強調していた。彼は、むしろ鋭敏で、神経質な人間であり、偏執狂的な激しささえ感じさせ、そこに〈滑稽な男〉あるいは〈間抜けな男〉の面影が入りこむ余地はまったくない。例えば、二幕四景、登場直後の有名な「で、タルチュフは？」の繰りかえしは、だまされた〈お人好し〉特有の、甲高い、うわずった声――歴代のオルゴン役者の見せどころ、聞かせどころであり、その妙技が競われた場面であるが――ではなく、むしろ、低く、ねばっこい口調で語られる。このことは、後に述べる問題と深い関わりがあるのだが、いまは、ふれずにおく。要するに、登場直後のオルゴンから強く印象付けられるのは、暗く、凄味のある男という点だった。

エルミールもまた、異様な女であった。彼女は、エルミール演技の両極とされる、貞淑な妻でも、また、セリメーヌ（『人間ぎらい』の女主人公）にも比較される華やかなコケットでもなかった。むしろ、中年をすぎた女の図太さと、どこか下品なところさえある、はなはだあくの強い女であり、ドゥ・レナール夫人の役割などおよそ勤まりそうにもない女として演じられていたといえば、その感じはもっとも的確に伝わりそうだ。

その他、ペルネル夫人には、家族にたいする憎悪と怨恨によってこり固まった、一種の偏執狂の面影があり、また、伝統的に、気性の激しい好青年として演じられるダミスも、ここでは厭味な青年、つまり、大ブルジョワの子弟が見せる甘ったれた傲慢さと独善的なエゴイズムをうかがわせ、継母のエルミールとタルチュフにたいする反発には常軌を逸した激しさがある。重要なこととして付け加えておきたいことは、モリエール劇で大活躍するはずの女中――この劇での女中役ドリーヌは、モリエール劇のなかでも、もっともやり甲斐のある役とされてきたのだが――が、演出の意図によって、その演技が押さえられており、ほとんど印象に残らなかったことである。例えば、二幕二景、ドリーヌに軽くあしらわれるオルゴンの滑稽さが、しばしば爆笑を誘いだすこの場においても、そのことは指摘できる。淡々とした進行のなかで、ドリーヌには、むしろ、オルゴンを恐れてさえいる様子があり、笑いの出る余地などまるでないのだ。これまで数多く観た『タルチュフ』劇の伝統的な演出法に慣れていたわたしには、なんとも呆気ない場面であった。しかし、それには演出者の意図があったのだ。そのことは、場面が進むにつれて次第に判然としてくるのであり、オルゴン解釈が、したがって、ガスリー演出の力点が百八十度転換していることを予感させる場面でもあった。

ところで、ステファンズの演ずるタルチュフにたいして、わたしは奇妙なほど心情的な同情を寄せていたように思う。いいかえれば、このオルゴン家の家族のなかにあって、ただひとりタルチュフだけが、わたしにとって共感の抱ける人物であった。その点に関していえば、一九三九年十一月、〈コンセルヴァトワール〉の授業で『タルチュフ』を題材に取りあげたジュベは、生徒たちに、タルチュフについて次のように語ったという。「いつの日か、『タルチュフ』が再演されるときには、舞台に魅力的で、非常に知的で、それでいて人を不安にさせるような少年が登場し、エルミールとタルチュフの場面では、人びとに、この場面がもつなにか破廉恥なものを感じとらせなければならないだろう。……開幕当初から、彼（タルチュフ）は、危険ではあるが、誰にも嫌悪感を抱かせない人間として登場しなければならない」(11)と。後に、批評家たちの間で大変な物議をかもしたようだが、ジュベのこの言葉は、〈オールド・ヴィック座〉のタルチュフをすでに予見していたようだ。事実、〈オールド・ヴィック座〉の舞台に現れたタルチュフは、どこか頼りなげな、ひ弱な肢体に、女性的な甘さを感じさせるマスク、むしろ暗く、険しい表情に、時として爆発的な激しさが走るのだが、それは屈折し、内攻した激しさなのだ。ジュリアン・ソレルといえばいえるのだが、どこか違うのだ。前項「ドン・ジュアンの分身としてのタルチュフ」で述べたように、彼は現代のジュリアン・ソレルであり、かつての仲間たちより、より不幸な、より引き裂かれた存在として〈虚妄〉の意識なくしては生きられない若者であった。

2　演出者ガスリーの上演意図

では、以上に述べたような、それぞれに異様な歪みをもった人物像をとおして、演出者ガスリーは、いったい何を描きだし、何を語ろうとしたのか。

彼の演出の第一の狙いは、まず、崩壊したブルジョワ家庭としてのオルゴン家の内部を描きだし、完全に人間的な繋がりを絶たれて、それぞれに孤立した人間群像の、憎悪とエゴイズムの葛藤のグロテスクさを暴きだすことだったと思う。しかし、それだけなら、モリエールの『タルチュフ』は、十九世紀的な、家庭悲劇的なメロドラマになりかねないだろう。演出者ガスリーは、当然のように、そこにきわめて現代的な意味内容を与えようとしていた。例えば、ガスリー自身の〈演出者のノート〉(12)に、それを見てみよう。

「われわれの狙いは……『タルチュフ』をファルスとしてよりも喜劇として上演することであった。つまり、そこで起こる出来事の背後に隠されている意味を暗示することである。その意味とは、われわれの信ずるところでは、秩序の維持ということなのだ。」「モリエールは、この宇宙を、全能の神を頂点とする、ひとつのヒエラルキーとして捉えている。つまり、神のもとには、さまざまな段階の権力が存在するということである。国王たちは、政治的領域における神の代理人であり、家庭のレヴェルでは、一家の父親がその権力を代表し、全能の神の愛の英知を体現しているはずなのだ。」「タルチュフは……この戯曲の中心人物ではない。むしろ、それはオルゴンである。彼は、タルチュフにたいする過度の愛着と狂気じみた妄信によって、神の権威を傷つけ、父親が体現すべき神の英知を裏切る。（このような行為がもたらす）恐るべき結果は、ただ、より高い段階の権力の介入によってのみ救われうるものなのだ。あのギリシャ劇に特有な約束事、〈機械仕掛けの神〉にしたがって、モリエールが国王の使者を導きいれるのもそのためである。」

以上に紹介したガスリー演出の各人物の捉え方が、コットの『タルチュフ』論と深い照応関係にあることは、いまさら指摘するまでもないことだが、ここで紹介したガスリーの「演出ノート」の言葉も、コットとの強い繋がりを感じさせる。それは、コットが『シェイクスピアはわれらの同時代人』で展開した、シェイクスピア劇を現代的状況のなかで読み解こうとした姿勢を感じ取らせるからである。すなわち、以上のようなガスリーの言葉は、一九六〇年代のイギリス的状況のなかで、ガスリーが戯曲『タルチュフ』のなかから読みとったものであり、それは、まさに、コットも読みとるはずのものといえるからである。ガスリーが戯曲『タルチュフ』のなかで読みとった意味内容、きわめて現代的な彼の演出意図は、ほぼ明らかだといえるが、それは、〈オールド・ヴィック座〉の舞台そのものをとおして語る必要があるだろう。

3　舞台の回転軸・タルチュフとオルゴンの〈ある異常な関係〉

まず、最初に指摘しておきたいことは、〈オールド・ヴィック座〉の舞台では、オルゴン家の崩壊を救いようのない深みにまで追いこんで行くのはタルチュフではなく、オルゴンの数々の愚行、常軌を逸した行動であり、タルチュフは、いわば、その触媒の役割しか果たしていないということである。いいかえれば、オルゴン家の分裂と崩壊は、タルチュフがこの家に現れるか否かに関わりなく、多分、それ自身の深い病患によって、行き着くべきところに行き着くであろうこと、ただ、その時期を早めたのは、タルチュフとオルゴンのある異常な関係であったといえるのだ。以上のことは、〈オールド・ヴィック座〉の舞台を語る場合、決定的な重要さをもっている。

わたしは、いま、〈ある異常な関係〉という表現を試みたのだが、ガスリーのいう、オルゴンの「タルチュフにたいする過度な愛着と狂気じみた妄信」とは、いったい何だったのか。この問題は、〈オールド・ヴィック座〉の客席にいる間、たえず、わたしを悩まし、また、わたしの興味と関心をひきつけた難問であった。二十歳すぎのタルチュフ、息子のダミスと同年輩のタルチュフに、すでに素描で示したような怪物的なオルゴンが信仰の拠り所を求めるはずはなく、また、オルゴン自身、信仰を口にはしているものの、およそ信仰とは無縁な人間として感じとられるのだ。しかも、マリアンヌとの婚約、全財産の贈与、秘密の告白など、それが信仰による行動でないとすれば、いったい何故なのか。この問いにたいする答えとして、例えば、後になって読む機会のあったアウエルバッハの指摘、タルチュフはオルゴンのサディストとしての衝動を満足させるための隠れ蓑という解釈も可能とはいえる。しかし、〈オールド・ヴィック座〉の舞台をとおしてわたしの感じとったものは、タルチュフとオルゴンとの〈ある異常な関係〉、すなわち、男色の世界が、この問題を解く鍵であった。

これは、わたし自身にとっても、かなりショッキングな発見であった。しかし、三幕三景での、タルチュフとエルミールの間で繰りひろげられた一件（口説きの場）が、その場面を盗み見たダミスによってオルゴンの前で暴かれたとき、オルゴンの腰にまといつき、そこに顔を埋めてしゃくりあげ、訴えるように語りかけるタルチュフとそれに応じるオルゴン（六景）、狂気のような凄まじさでダミスを追放した後、オルゴンとタルチュフが繰りひろげる一種のグロテスクな濡れ場（七景）は、具体的な描写は避けるにしても、男色の世界としてしか理解しえないものであった。たしかに、言葉は語りつづけられ、そのなかでダミスの廃嫡、タルチュフへの全財産の贈与が宣言されるのだが、この場では、言葉は重みをもっていない。肉体と肉体が語りあう場であったのだから。

それにしても、わたしのこの発見あるいは推測は、あまりにも大胆にすぎると考えられるかもしれない。わたし自身、この問題を取りあげることにかなり躊躇したことを白状しておこう。しかし、この問題にふれなければ、〈オールド・ヴィック座〉の舞台は理解できないことも、また事実なのである。例えば、プランションも、彼自身の『タルチュフ』演出(13)において、無意識のものではあっても、タルチュフにたいするこの種の欲望をオルゴンのなかに想定していた節がある。プランション自身がタルチュフを演じた日本公演では、この解釈は成り立たないが、M・オークレールがタルチュフを演じた初演の舞台の演出ノートでは、これらの景や五幕最終景、警吏に引きたてられていくタルチュフにオルゴンが投げかける言葉「この、裏切り者……」に付けられたプランション自身の演出ノートや舞台写真などから、そのようにいいうると思う。しかし、わたしが〈オールド・ヴィック座〉の舞台で見たものは、「無意識のもの」ではなく、現実の男色関係であり、それによって、ガスリー演出の『タルチュフ』は、わたしにとって一挙に興味ある舞台、といって悪ければ、納得の行く舞台になったことも事実であった。

例えば、エルミールも、このタルチュフとオルゴンの関係を承知しているとすれば、この場に先立つ三幕三景あるいは四幕五景の、まことに猥雑で猛烈な舞台も大きな意味をもってくる。それはエルミールが仕組んだ罠であり、オルゴンにたいする復讐と挑戦の場なのである。三幕三景、いわゆる〈口説きの場〉は、ジュリアン・ソレルとドゥ・レナール夫人の場ではなく、エルミールの挑発によって繰りひろげられる一種の性的遊戯として展開される。まさに、ジュベのいう「破廉恥な」場面である。例えば、一七三四年版のト書きによれば「タルチュフはエルミールの膝に手を置く」（第九一九行）はずのところで、このタルチュフはすでにエルミールの肩を大きく抱きこみ、胸に手をさし入れながら、乳房をもみあげており、エルミールもまた嬌声をあげながら、それを軽く受けながしている始末である。四幕五景はさらに猥雑でグロテスクな空気に満ちている。それは、逃げながら挑発するエルミールと、彼女の意図を承知のうえで、あえて応じて行くタルチュフとの間の奇妙に陽気な鬼ごっこなのである。エルミールを追って机の上に跳びあがったタルチュフ——机の下には、もちろん、オルゴンが隠れている——には、遊びを楽しむ子供のような快活さがある。彼は、椅子に座ったエルミールの膝の上に、股を大きく開いたままとび降り、ふたりは真っ向から抱き合ってみせる。「そんな愚かしい恐怖はあとかたもなく吹きとばしてあげましょう……」（第一五〇二行）ではじまる、モリエールの有名な台詞を口にするタルチュフの語調には、しばしば演じられたような、押さえきれない性的衝動を裏書きする切迫した響きはない。むしろ、彼自身の肉体的な運動のリズムと同様、軽やかな、ふざけた調子であり、言葉はただタルチュフの口をついて走りでるだけのもの、おそらく、言葉の意味そのものは、タルチュフにとってなんらの重みももっていないというべきであろう。

これはモリエールにたいする冒瀆なのだろうか。いや、〈常識〉のモリエールとは決定的に異なっていても、やはり、この舞台はモリエールの『タルチュフ』なのだとわたしには了解できるのだ。不必要と思われるほどのエルミールの嬌声はオルゴンにたいする復讐、勝利の宣言なのだし、机の下から現れるオルゴンを支配しているものは、妄信からさめた人間の憤怒ではなく、失おうとしているもの（男色の相手であったタルチュフ）への執着と悲痛さであった。ガスリー演出の舞台は、タルチュフとオルゴンの間での〈異常な関係〉さえ認めれば、終始一貫して、いささかの破綻も見せていないのだから。〈オールド・ヴィック座〉の舞台では、エルミールもまた怪物であった。そして、そのグロテスクさは、タルチュフとオルゴンの〈異常な関係〉を承知しているエルミールを前提にしたとき、はじめて納得の行くグロテスクさだったといえるのである。

4　終幕のもつ意味・「秩序の維持」と〈パリの五月〉

最後に、国王の使者の登場とともに明らかにされるこの舞台の意味、すなわち、演出者ガスリーが、崩壊したブルジョワ家庭の徹底した描写をとおして語りかけていた、あの「秩序の維持」という主題についてふれるべきだろう。しかし、わたしなりにそれが理解しえたと思うのは、観劇後間もなく、偶然のようにわたしが身を置くことになったある特異な状況のおかげであった。それに、わたしがコットの『タルチュフ』論を手にしたのもこの時期であった。したがって、以下の記述は、観劇の直接の印象としてよりも、その特異な状況とコットの『タルチュフ』論との接触をとおして、この舞台がふたたびわたしに語りかけてきたものとして書きとめることとしたい。

わたしが身をおいたある特異な状況とは、一九六八年の、あの動乱の〈パリの五月〉——当時は〈五月革命〉と呼ばれていた——である。〈オールド・ヴィック座〉の舞台を観た後、わたしが、ソルボンヌ近くの旅宿に帰りついたちょうどその日（五月三日）、動乱の火の手は郊外のナンテール分校からソルボンヌへ本格的に移動していた。それから約一ヵ月の間、わたしは、「街頭に権力を！」という標語を掲げながら、舗石とモロゾフ（当時使用された火炎瓶）を手に、街頭におどりだしていった無数の若者たちの姿を身近にし、また、彼らと語りあう機会をもった。しかし、わずか一ヵ月ばかり前の、彼らの心情や生活ぶりを承知していただけに、彼らのこの大きな変貌はわたしには非常な驚きであった。そして、偶然のように遭遇したこのあまりにも今日的な状況のなかで、〈オールド・ヴィック座〉の舞台は、ふたたび、わたしに多くのことを語りかけてきたのである。例えば、いま、街頭を走る若者たちは、あの〈オールド・ヴィック座〉の舞台にいたタルチュフであり、ステファンズの演じたタルチュフは、まぎれもなく、この若者たちだったのではないかということであった。そして、フランスの既成秩序をその根底から揺り動かしたこの動乱が、ド・ゴールの武力を背景とした強圧以後、急速に体制のなかに収束されて行く過程に立ちあうとき、〈オールド・ヴィック座〉の『タルチュフ』の象徴的な終幕のもつ意味が、わたしにもはっきり理解されはじめたといえる。光の輪のなかを歩みよる国王の使者は、イギリス的状況のなかでは、まさに女王陛下の使者であり、それは「秩序の維持」のための「より高い段階の権力の介入」を象徴していたのだ。オルゴン家の内部と同様、深い病患によって完全に腐敗したブルジョワ社会を、それが既成秩序の存立の基盤であるが故に、強権によってでも維持する政治権力の姿を、あの終幕は見事に浮きぼりにしていたのだ。その意味において、〈オールド・ヴィック座〉の終幕は、〈パリの五月〉の悲劇的な結末をあまりにも明確に予告していたといえるだろうし、また、この舞台『タルチュフ』は、一九六八年五月以前の、ブルジョワ社会とその若者たちを描いた象徴的な舞台であったともいえるだろう。

5　ガスリー演出の『タルチュフ』とコット

すでに述べたように、オルゴンの異常な誘いを受けいれ、また、エルミールのグロテスクな挑発にも、その意図を承知のうえで、あえて応じて行くタルチュフには、奇妙に自虐的な、いわば、自己破壊の衝動すら感じとられるのだが、それは、現代の若者たちの、あの暗く、屈折した反抗の情念を思わせるものであった。舞台のタルチュフは、若者たちを責め苛む完全な（時代の）閉塞感、あるいは、彼らがあらゆるものに感じとる〈虚妄〉の意識と、それからの脱出、あるいはそれとの戦いを反映していたのかもしれない。ステファンズの演ずる暗く、呪われたジュリアン・ソレルとしてのタルチュフ像は、政治的な反抗のすべての道を閉ざされた若者たちの、「コンフォルミストの仮面をつけた小悪魔」としての反抗と、そのあまりにも自虐的な心情をも映しだしていたというべきだろう。

そして、このようなタルチュフ像こそ、コットの主張していたタルチュフ像の完全な舞台化だとわたしには思われる。オルゴン像にしても同様である。一方、ガスリー演出の舞台が示している、崩壊したブルジョワ社会とそれを強権によってでも維持する政治権力というパターンは、例えば、古典『ハムレット』のなかに徹底的に現代の政治状況を読みとるコットのシェイクスピア批評の姿勢と疑いえない親近性をもっている。コットが、その『タルチュフ』論において、戯曲の全体像として捉え、また、それに与えようとしていたであろう現代的な意味内容が、この〈オールド・ヴィック座〉の舞台で、ほぼ完全に実現されていたと考える理由である。

（一九七二年十二月）

第五章 『タルチュフ』の結末
——ガスリー演出とリュビーモフ演出の結末——

彼の喜劇の結末は、もっとも完璧な、
そしてもっとも見事な演劇的約束事である。

ルイ・ジュベ (1)

一 『タルチュフ』批評史における戯曲『タルチュフ』の結末の捉え方

国王の意志を伝達する警吏の登場によって、急転直下の解決をみせる戯曲『タルチュフ』の結末が、安易で不自然な結末、すなわち、ギリシャ劇に特有な〈機械仕掛けの神〉に堕しているという見方は、ほぼ三百年間、ほとんど変わることのなかった定説であり、いわば、一種の〈常識〉であった。というより、『タルチュフ』にかぎらず、モリエール喜劇の結末そのものが、このような批判をたえず受けつづけてきたといった方が、むしろ、より現実に則しているといえるだろう。

例えば、第一章の「ルイ・ジュベのモリエール観」でも紹介したが、ジュベが、ある有名なフランス文学史の記述として挙げている「モリエールの本領は、筋立ての巧みさにあるのではない。結末についても同様であり、それは純粋な約束事である。モリエールは、彼の戯曲で継起する事件については、関心をもっていなかったと考えるべきである」(2)という一節は、モリエール喜劇の結末をめぐる伝統的な評価のあり方、とくに、アカデミック批評のそれを典型的な形で示しているといえるだろう。事実、神の業火によって終わる『ドン・ジュアン』が、親子の突然の邂逅・認知によって大団円を迎える『守銭奴』や『女房学校』が、そして、陽気な歌と踊りの幕合劇によって閉じられるモリエール後期作品のコメディ・バレーの諸作品が、いずれも、その結末の不自然さや安易さを非難されてきたのである。いわば、モリエール的天才のほとんど唯一の欠点として理解され、また説明されてきたのだが、そのような非難とバランスを取るかのように、例えば、先の一節に見られるような弁護論、モリエールは筋立てや結末の問題については「関心をもっていなかった」などというまことに奇妙な弁護論が、モリエール批評の定説として受けとられてきたのである。もちろん、そのような論理の背後には、モリエールの本領は風俗描写や性格の創造にありとする、いわゆる、〈風俗劇的性格喜劇〉の主張が隠されていたことは、改めて指摘するまでもないだろう。

ところで、この章で取りあげる『タルチュフ』の場合には、作品の成立をめぐる特異な事情から、さらに、もっともらしい弁護論が語りつがれてきたのである。それは、ヴォルテールをはじめ、後世の学者や批評家のほとんどが一致した見解として、『タルチュフ』の結末は、作品の上演阻止を企図する〈聖体秘蹟協会〉を中心とした狂信者たちの激しい攻撃をかわすために、さらに、ルイ十四世から作品の上演許可を獲得するために、モリエールがあえて行った政治的な妥協の産物であり、したがって、戯曲『タルチュフ』の結末は〈仮の結末〉あるいは〈偽りの結末〉だとする見方が、モリエール批評の世界をたえず支配しつづけてきたのである。

事実、一六六四年五月十二日、ヴェルサイユで行われた魔法島歓楽の第五日に、はじめて上演された『タルチュフ』第一稿——完成された三幕喜劇だとする説と、五幕のうちの最初の三幕だけが上演されたとする説が対立しているが——と、その後、さまざまな迂余曲折をへて、一六六七年八月五日に、ただ一度だけ上演された五幕喜劇としての『タルチュフ』第二稿としての『偽善者』、あるいは一六六八年二月五日、ルイ十四世の最終的な許可によって一般公開され、今日、われわれが定本としてもっている最終稿との間には、宗教的な問題をめぐって数多くの改変が加えられ、とくに、その結末は、第二稿への改変時に、決定的な変更が加えられたものと推定されている。さらに、この数年に及ぶ『タルチュフ』改変劇——これは単に戯曲の改作というレヴェルでの問題ではなく、むしろ、当時の政治的・宗教的状況全般をまきこんだ〈タルチュフ事件〉と呼ぶべき性格のものであった——の背景である、ルイ十四世と〈聖体秘蹟協会〉との間の激しい政治的闘争の歴史など、作品成立の背後の事情を考えあわせると、『タルチュフ』の結末を一種の必要悪、すなわち、政治的な妥協の産物として捉えてきた伝統的な理解の仕方にも、それなりの真実が含まれていたといわねばならないだろう。

しかし、そのような解釈あるいは弁護論がなんらかの真実を含んでいたとしても、結局のところ、それらの真実は、演劇そのものの次元ではまったく無意味でしかないということも、また事実なのだ。終幕の警吏登場の長台詞のなかに、〈タルチュフ事件〉の渦中でのモリエールの苦衷を読みとることは、モリエールの伝記的事実に寄与することはあっても、『タルチュフ』の結末から、その演劇的な意味や機能をまったく奪い去る結果にしかならないからである。いいかえれば、このような伝統的な解釈あるいは弁護論は、『タルチュフ』の結末を完全な〈機械仕掛けの神〉として捉える見方を暗黙のうちに補完するとともに、フランスの舞台に、警吏の長台詞を大幅にカットして上演するという、悲しむべき伝統をも生みだしてきたといえる。多くの演出家たちが、警吏の長台詞のなかになんらかの演劇性を探りあてる努力に先立ち、まず、その時代的なずれを、したがって、その冗長さを意識した理由の一半は、このような〈仮の結末〉あるいは〈偽りの結末〉という弁護論にあったとさえいわざるをえない。

ジュベが、『タルチュフ』にかぎらず、モリエール喜劇の結末にたいするさまざまな弁護論を退け、あえて「モリエールは、彼の喜劇の結末があのような形以外で終わることを決して望まなかった」(3)と断言し、あるがままの結末のなかに高度の演劇性を探りだす努力、いいかえれば、モリエール喜劇の結末を、安易で不自然な結末とする従来の〈常識〉そのものの再検討を呼びかけた理由なのである。

冒頭に掲げたような言葉によって、ジュベが、モリエール喜劇の結末をめぐる〈常識〉に挑戦し、その高度な演劇性を主張したことをひとつの契機として、『タルチュフ』あるいはモリエール喜劇全体の結末をめぐる伝統的な捉え方を否定する見解が、幾人かの学者・批評家や実際の舞台をとおして、次々と表明されることになった。

研究者としては、ブレイ、J・ギシャルノー、J・シュレル(4)のような人びとの仕事がそれである。例えば、ジュベの提唱した「新しいモリエール」の継承者ブレイは、「大部分の批評家たちは、モリエールを文学者として捉え、また、そのように取りあつかってきた。ところが、モリエールの演劇との関わり方は、コルネイユやマリボー、ミュッセの場合と同じではない。彼は、まず俳優であり、また、最後まで俳優であった。……彼は文学者ではなく、演劇人」(5)であり、したがって、彼の結末は「劇場の、そして俳優にとっての結末であり、モラリストの、まして心理学者の結末ではない。その場を支配しているのは、自由な想像力であって、論理ではない」(6)とする。つまり、人びとは、モリエールの結末を「書かれたもの」として机上で検討するが、「そのような見方が、(モリエールの)結末のもつ本質を見誤らせるのだ。舞台の光のなかでそれを見ること。そうすれば、舞台の流れがその結末を支え、また、それを必要としていることが見えてくるだろう」(6)という。

一方、二、三の前衛的な演出家の手によって、『タルチュフ』の結末は、逆に高度な演劇性を与えられ、それを梃に、現代の政治的・社会的・人間的な状況に鋭く迫る舞台が作りあげられている。本章では、結末をめぐる研究者たちの議論はしばらくおき、(わたしにとって)より興味ある問題として、そのような現代的な上演例を紹介しながら、『タルチュフ』の、そして、モリエール喜劇全般の結末について考えてみたいと思う。

二　ガスリー演出・〈オールド・ヴィック座〉の結末

1　ガスリーが結末に与えた演劇的機能

まず最初に、ガスリー演出の舞台を取りあげよう。前章で、『タルチュフ』批評史や上演史の常識からはおよそ異様とも思われるコットの『タルチュフ』論と、その提案をほぼ完全に舞台化したといえる〈オールド・ヴィック座〉の舞台を紹介した。そのなかで、観劇直後にわたし自身が身を置くことになった〈パリの五月〉での経験をまじえながら、〈オールド・ヴィック座〉の終幕について、わたしは、次のように書いた。長文になるが再録する。

「わたしが、偶然のように遭遇したこのあまりにも今日的な状況のなかで、〈オールド・ヴィック座〉の舞台は、ふたたび、わたしに多くのことを語りかけてきたのであった。それは、いま、街頭を走る若者たちは、わずか一ヵ月足らず前、あの〈オールド・ヴィック座〉の舞台にいたタルチュフであり、ステファンズの演じたタルチュフは、まぎれもなく、現代の、この若者たちだったのではないかということであった。そして、フランスの既成秩序をその根底から揺り動かしたこの動乱が、ド・ゴールの武力を背景とした強圧以後、急速に体制のなかに収束されて行く過程に立ちあうとき、〈オールド・ヴィック座〉の『タルチュフ』の象徴的な終幕のもつ意味が、わたしにもはっきり理解されはじめたといえる。光の輪のなかを歩みよる国王の使者は、イギリス的状況のなかでは、まさに女王陛下の使者であり、それは「秩序の維持」のための「より高い段階の権力の介入」を象徴していたのだ。オルゴン家の内部と同様、深い病患によって完全に腐敗したブルジョワ社会を、それが既成秩序の存立の基盤であるが故に、強権によってでも維持する政治権力の姿を、あの終幕は見事に浮きぼりにしていたのだ。その意味において、〈オールド・ヴィック座〉の終幕は、〈パリの五月〉の悲劇的な結末をあまりにも明確に予告していたといえるだろうし、また、この舞台『タルチュフ』は、一九六八年五月以前の、ブルジョワ社会とその若者たちを描いた象徴的な舞台であったともいえるだろう。」

観劇直後の異様な経験があったとはいえ、〈オールド・ヴィック座〉の舞台には、一観客にこのような印象を語らせるだけの、生々しいまでの今日性があり、一方、幕切れの警吏登場の場を「秩序の維持」のための「より高い段階の権力の介入」として印象づける、ガスリーの周到な演出があった。詳細は前章を参照していただくとして、ここでは、演出者ガスリーが、戯曲の全体的な構造のなかで、その結末をどのように捉え、それをどのように演出していたかという点に焦点をしぼってみよう。

まず、ガスリー自身の〈演出者のノート〉から、この問題に関する二、三の言葉を紹介しておこう。「われわれの狙いは……『タルチュフ』をファルスとしてよりも喜劇として上演することであった。つまり、そこで起こる出来事の背後に隠されている意味を暗示することである。その意味とは、われわれの信ずるところでは、秩序の維持ということなのだ。」「モリエールは、この宇宙を、全能の神を頂点とする、ひとつのヒエラルキーとして捉えている。つまり、神のもとには、さまざまな段階の権力が存在するということである。国王たちは、政治的領域における神の代理人であり、家庭のレヴェルでは、一家の父親がその権力を代表し、全能の神の愛の英知を体現しているはずなのだ。」「タルチュフは……この戯曲の中心人物ではない。むしろ、それはオルゴンである。彼は、タルチュフにたいする過度の愛着と狂気じみた妄信によって、神の権威を傷つけ、父親が体現すべき神の英知を裏切る。（このような行為がもたらす）恐るべき結果は、ただ、より高い段階の権力の介入によってのみ救われうるものなのだ。あのギリシャ劇に特有な約束事、〈機械仕掛けの神〉にしたがって、モリエールが国王の使者を導きいれるのもそのためである。」

以上に挙げたガスリーの言葉からも察せられるように、ガスリー演出の特異性あるいは革新性は、まず第一に、この作品をとおして暗示されるべきもの——スタニスラフスキーの言葉を借りれば、戯曲の〈超課題〉——を「秩序の維持」という言葉で捉えたことであり、第二は、『タルチュフ』の結末を、そのような〈超課題〉、すなわち、「そこで起こる出来事の隠された意味」が、突如としてあらわになる決定的な契機として捉えたことであろう。三百年間、完全な〈機械仕掛けの神〉としてのみ捉えられてきた『タルチュフ』の結末に、ガスリーは、逆に、全戯曲の意味が集約的に凝縮される演劇的モメントとしての機能を発見し、そのような高度な演劇性をこの結末に担わせようとしていたのである。

もちろん、そのためには、戯曲の劇的構造の捉え方における大転換が前提になっていることはいうまでもないが、とくに、警吏登場の場を「より高い段階の権力」の介入として捉えたこと、いいかえれば、それ自身、完全な〈機械仕掛けの神〉として作動する政治権力のイメージを登場する警吏の姿にオーバー・ラップさせたことが、ガスリー演出の決定的な特徴であり、それが、〈オールド・ヴィック座〉の舞台をコットのシェイクスピア論の世界に、例えば、『ハムレット』のなかに徹底的に現代の状況を読みとるコットの世界に近づけ、先に述べたような、あの終幕の強烈な印象を可能にしたといえるだろう。

2 ガスリーとギシャルノーの結末観の類似性と相違点

ところで、『タルチュフ』の結末にたいするこのようなガスリーの捉え方の特徴をより明確にするために、例えば、先に挙げたギシャルノーの捉え方と多少の比較を試みてみよう。実をいえば、ガスリーの〈演出者のノート〉に記された言葉は、ギシャルノーの捉え方から多くの示唆を得たというべきかもしれないからである。それほど、多くの類似性がある。

事実、ギシャルノーも、モリエール喜劇の世界に階層化された秩序の世界を想定し、『タルチュフ』の結末を、水平的な人間の世界に、突如、超越的な力が垂直に働きかけてくる瞬間として捉えている。ただ、ギシャルノーの捉え方において特徴的なことは、それが一種の〈予定調和の世界〉として捉えられているという点にある。例えば、ギシャルノーは「国王は、警吏の口をとおして、タルチュフとオルゴンの冒険にたいする、天上の世界の判断を語っているのだ。彼は、数多くのバロック芸術の作品に見られるように、戯曲の宙空にその位置を占めている」(7)と述べ、戯曲『タルチュフ』は「この世界にたいするかなり〈バロック的な〉ヴィジョン」(8)を前提にしているという。したがって、『タルチュフ』の結末のもつ〈機械仕掛けの神〉としての構造が、ガスリーの舞台においては、政治権力の運動方式そのものとして、あらわに作動していたのにたいし、ギシャルノーにとっては、それはバロック的な詩の世界であり、ある超越の契機を意味している。このように、ガスリーとギシャルノーの見解の間には、かなり明白な類似性とともに、決定的な相違点が存在している。より具体的にいえば、ギシャルノーも、警吏の背後に国王の姿を明確に読みとるのだが、その国王を、家庭のレヴェルでの秩序の代表者オルゴンの誤りを矯正し、本来あるべき秩序を回復する存在、すなわち、彼自身、賢明にして正義なる存在として捉えているのにたいし、ガスリー演出の舞台では、後に述べるさまざまな理由によって、そのような神あるいは超越者につながるようなものとしての国王の存在する余地はまったく残されていないのである。ガスリー演出における警吏、あるいは警吏が代表する国王は、ただ単に、秩序を回復するために発動された強権、すなわち、非情な政治のメカニズムそのものの象徴でしかなかったのである。

以上に述べたような、警吏の捉え方に見られるガスリー演出の特徴は、それが戯曲の意味を決定付けるものであるだけに、きわめて重要な役割を担っているが、同時にそれが、ギシャルノーとの多くの類似性にもかかわらず、彼の舞台をより多くコット的な世界に近づけるものであった。警吏の捉え方において見られたガスリー、ギシャルノーの両者を隔てる決定的な相違は、必然的に、両者のタルチュフ像の相違になって現れてくる。例えば、ギシャルノーの捉える戯曲『タルチュフ』は、「タルチュフのギャング的行為、その陰謀にたいして、国王の（代表する）正義が対置される」(9) 世界であり、タルチュフが基本的に否定されるべき存在であるのにたいし、ガスリーのタルチュフには、コットの主張するタルチュフ像、すなわち、もはや、いかなる意味においても〈偽信者〉ではなく、むしろ、呪われたジュリアン・ソレルあるいはカミュ的な〈不条理の人〉としての〈反抗者〉のイメージが濃厚なのである。事実、〈オールド・ヴィック座〉の舞台においては、登場してくるオルゴン家の人びとのなかで、タルチュフだけが、ただひとり観客の同情をひきうる人物、ジュベの言葉を借りれば、「観客に嫌悪感を感じさせない人間」(10) として演じられているのである。要するに、ガスリーは、その終幕において、二十歳をすぎたばかりのジュリアン・ソレル、すなわち、〈不条理の人間〉としての〈反抗者〉タルチュフを、法と秩序の名において苦もなく圧殺していく政治権力というパターンを成立させるために、周到な演出的布石を全幕を通じて試みているのである。したがって、以下に、そのようなガスリー演出の布石、つまり、主要人物の描き方について述べよう。

3　ガスリー演出における戯曲の劇的構造の捉え方

このことは、前章でも述べたことだが、ガスリー演出の第一の狙いは、分裂し、崩壊したブルジョワ家庭としてオルゴン家の内部を描きだすこと、すなわち、完全に人間的な繋がりを絶たれた家族相互間の、憎悪とエゴイズムのグロテスクな葛藤の姿を徹底的に暴きだすことにあった。そのために、登場する主要人物のいずれもが、『タルチュフ』上演史の〈常識〉から遠く隔たった人間として登場してくる。例えば、ペルネル夫人の家族全員にたいする毒舌は、彼女の信仰心から出たものではなく、信仰を隠れ蓑とした家族にたいする憎悪の爆発であり、普通、魅力的で貞淑な妻として演じられるエルミールも、ユビュ親父的なオルゴンにたいしてユビュおっ母を思わせるしたたかな女、オルゴンより一枚も二枚も役者が上という感じさえある怪物として演じられる。気性の激しい好青年として理解されてきたダミスとて例外ではない。大ブルジョワの子弟にありがちな、甘ったれた傲慢さと独善的なエゴイズムにみちた厭味な青年なのである。彼らは、何故、これほどにまで異常なのか。それは、彼らが崩壊の道を歩むブルジョワ家庭の極度に拡大された象徴であり、それを示すことが、終幕において、ガスリーが意図する認識をひきだすために必要だったからであろう。

ガスリー演出の舞台での主役はタルチュフではなく、オルゴン、あるいはオルゴンを先頭としたオルゴン家の家族たちであった。このような家族相互間の戦いの場でしかないオルゴン家の分裂と崩壊は、タルチュフがこの家に現れるか否かに関わりなく、また、強権によってタルチュフが排除されるか否かにも関わりなく、オルゴン家は、それ自身の深い病患によって行き着くべきところまで行き着くであろうことを感じとらせる舞台を提示することが、ガスリーの狙いだったといえるだろう。事実、この舞台で起こる諸事件、つまり、オルゴン家の崩壊に拍車をかけ、それを決定的なものにして行くのは、タルチュフの偽善者的な策略ではなく、オルゴン自身の狂気じみた意志、常軌を逸した行動なのである。もっとも、一家の独裁者オルゴンをそのようなユビュ親父的な愚劣な行動に駆りたて、一家のなかに利害にからんだ憎悪の渦をまき起こさせる直接の契機が、タルチュフにたいするオルゴンの異常な欲望、すなわち、タルチュフとオルゴンとの間の男色関係であったという点では、タルチュフはオルゴン家の騒動に一役買っているといわねばならない。いわば、オルゴン家におけるタルチュフの存在は、その崩壊を早め、決定付けるための〈触媒〉というべき役割であり、タルチュフは、この役割を奇妙に屈折した快感とともに演じていたともいえそうである。何故なら、〈オールド・ヴィック座〉のタルチュフには、不思議なことに、金銭や女にたいする欲望がほとんど見うけられず、むしろ、彼自身の内部に鬱屈した感情（虚妄の意識）と戦っているといった様子、さらにいえば、自虐的な、自己破壊の衝動すら感じとられるのである。この印象は、タルチュフの反抗が強権によって圧殺されて行く終幕においてより鮮明であり、「秩序の維持」という名目のもとに押しつぶされる好青年タルチュフへの挽歌として、タイトル・ロールとしてのタルチュフは主役の座を回復することになる。

きわめて図式的ではあるが、以上に述べた諸点がガスリー演出の基本的な骨格であり、警吏登場の終幕において、すでに崩壊したブルジョワ社会を、それが権力そのものの存立基盤である故に、強権によってでも維持する政治権力というパターンを成立させる要因であった。そして、その場合、タルチュフとオルゴンをむすぶ絆が彼らの間の男色関係でしかなかったという事実は、ガスリー演出の舞台から、伝統的な〈偽善〉あるいは〈偽信〉という主題をほとんど完全に排除するものであった。いいかえれば、ガスリー演出の舞台は、伝統的な主題だけでなく、『タルチュフ』理解の基本とされた〈性格喜劇〉という捉え方からも完全に解放されており、現代の政治的・社会的・人間的な状況に鋭く迫る一個の現代劇として上演されていたといえる。その意味からも、シェイクスピアについて、「劇場におけるシェイクスピアの人物は、たとえ、歴史的な衣装をまとっていようとも、現代人の相貌をしている。そして、俳優たちのしぐさまでが様式化されていようとも、情熱と心の動きは彼らの情熱であり、彼らの心の動きである。つまり、われわれの時代のものである」(11)と書いたコットの言葉が、ほぼ、そのまま当てはまる舞台であった。呪われたジュリアン・ソレルとしてのタルチュフの形象が、現代の若者たちのものであったように。

ガスリー演出の舞台によって示された、『タルチュフ』の結末のまったく新しい捉え方は、当然のことながら、戯曲の全体的構造にたいするまったく新しい捉え方を提示しており、この舞台は、十七世紀の古典『タルチュフ』にきわめて現代的な照明を与えたものといえるだろう。それは、『タルチュフ』の結末にたいする従来の〈常識〉を完全に更新するという戯曲論的な意味だけでなく、モリエール喜劇の現代的上演というより大きな問題についても、多くの有益な示唆を含んでいるといわねばならない。

主題との関係もあって、前章での記述と重複する場合が多くあった。〈オールド・ヴィック座〉の舞台についての別の角度からの詳論として、お読みいただければ幸いである。

三　リュビーモフ演出・〈タガンカ劇場〉の結末

1　『タルチュフ』上演にこめられたリュビーモフの意図

いまひとつ、ガスリー演出の舞台と同様に、伝統的な〈常識〉から見事に解放された非常に大胆な上演例を紹介しよう。それは、一九七〇年に、モスクワの〈タガンカ劇場〉で上演された『タルチュフ』の舞台であり、わずかな時間的な違いで観ることができなかったこの舞台を、《Revue d'Histoire du Théâtre》, 1971-2 に掲載されたG・アバンスールの詳細な報告(12)を参考にして、リュビーモフ演出の舞台を再現してみよう。

リュビーモフ演出の最大の特徴は、先に少しふれたような作品成立の背後にあった事情、すなわち、〈タルチュフ事件〉の主要な経過をも舞台に織りこみながら、この戯曲を上演したということであろう。そんなことが、いったい可能なのかと問われる方も多いと思うが、それは事実なのである。それにしても、『タルチュフ』上演史上にもおそらく例のない、この大胆な試みをとおして、演出者リュビーモフは、いったい何を語ろうとしたのか。まず、その点について明らかにする必要があるだろう。

アバンスールによれば、ソヴィエト演劇界の自由派の旗手と目されていたこの若手前衛劇団〈タガンカ劇場〉は、当時、政治的にかなり深刻な状況に直面していたという。すなわち、この劇場の芸術的指導者リュビーモフによって準備された数多くの上演候補作品が、検閲の手によって次々と上演禁止の処置を受けていたのであり、そのような状況のなかで、リュビーモフは、「この『タルチュフ』上演をとおして、検閲と偽善、そして崇高な理想への献身を口実に芸術的創造を窒息させる党派性の問題を提起しようとした」のだとアバンスールは伝えている。このように、現代のソヴィエト社会がかかえている重大な政治的・芸術的問題を、真っ向からその主題としたこの『タルチュフ』の舞台が、〈タガンカ劇場〉の直面している困難な事態を承知し、しかも、この劇場に圧倒的な支持を送っているモスクワの若い観客層に、どのような衝撃と感動を与えたかは容易に想像されるだろう。事実、アバンスールの証言にかぎらず、他の断片的なニュースからも、この政治的にも芸術的にもきわめて大胆な『タルチュフ』の舞台が、シーズン最大の反響を呼んだ問題作であったことは、われわれのすでに承知しているところである。

2 〈タルチュフ事件〉の経過とともに上演された『タルチュフ』劇

リュビーモフ演出の舞台展開について語る前に、まず、その特異な舞台装置について述べておく必要がある。この舞台のために、リュビーモフが準備したのは、軽い木製の枠で作られた等身大の額縁十一個であり、それがフランス語の〈accent circonflexe〉の形に、ただし、かなりゆるやかな角度で、山の先端部を舞台奥に向けて配置されている。そして、俳優たちの出入りを可能にするために、この額縁の上縁から十センチ幅のすだれ状に吊るされた透明なゴム質の膜上には、この劇に登場する十一人の登場人物たちの姿がロココ風の衣装をつけて描かれている。山の先端部、すなわち、中央の額縁には警吏の姿が描かれており、その警吏を中心に舞台下手に向けて、オルゴン家の人びとが、オルゴン、マリアンヌ、ダミス、エルミール、ペルネル夫人の順に、一方、舞台上手に向けて、ドリーヌ、クレアント、ヴァレール、ロワイヤル氏、タルチュフの順に、それぞれの画像が描かれている。この額縁は、主として、それぞれの俳優の登退場口として使われるほか、登場人物そのものを、あるいは、各人の居室を示すなど、まことに巧妙な手法によって見事な演出的効果を発揮するのだが、いまは、その詳細についてふれる余裕はない。

それ以上に重要なことは、舞台の両袖前面に二個のマリオネット用の小舞台が設けられており、その幕が開かれると、下手の小舞台からは〈タルチュフ事件〉当時のパリ大司教アルドゥーアン・ドゥ・ペレフィックスのマリオネットが、上手の小舞台からはルイ十四世のそれが現れる仕組みになっていることである。

リュビーモフ演出常用の手法として、幕を挙げきったままの裸舞台に、以上に述べたような額縁の列とマリオネット用の小舞台を準備した演出者の意図は明らかだろう。そこに示されているのは、戯曲『タルチュフ』成立の背後にあった激しい政治的葛藤の世界であり、そこには、大司教ドゥ・ペレフィックスが代表する宗権とルイ十四世が象徴する王権という、ふたつの敵対的な権力の相対峙する姿が表現されているといえるだろう。額縁の中央に位置する警吏は執行権力の象徴でもあろうか。そして、その中間の本来の舞台上では、両権力の狭間にあって翻弄される戯曲『タルチュフ』、あるいは、モリエール一座の俳優たちの姿が示されるのである。

こうして、リュビーモフ演出の『タルチュフ』は、その時代的背景としての〈タルチュフ事件〉の流れとともに観客に提示されるのだが、この舞台の理解のためには、リュビーモフが宗権の代表として選んだ大司教ドゥ・ペレフィックスを中心に、〈タルチュフ事件〉の若干の事実経過を以下に補足しておこう。

一六六四年、ルイ十四世が『タルチュフ』第一稿の一般公開禁止を決断するにいたる背後には、母后アンヌ・ドートリッシュのほか、ルイ十四世のかつての師父であったドゥ・ペレフィックスをも通じて、〈聖体秘蹟協会〉の意向が強力に国王に伝えられていたという事実はよく知られており、一方、モリエールは〈第一請願書〉を国王に提出するなど、さまざまな努力を試みるが、〈聖体秘蹟協会〉側の国王への強力な圧力によって、その努力はすべて徒労に終わる。ようやく、一六六七年にいたって、『タルチュフ』第二稿として改作された『偽善者』――題名の変更と結末の大幅な修正のほか、主人公の名も、教会側の反発を和らげるためにパニュルフと改名されていた――にたいし、ルイ十四世が一般公開の内諾を与えてフランドルの戦場に向かい、モリエールは、その留守中の八月五日、前述の『偽善者』の初演を行って大成功を収める。しかし、翌六日には、〈聖体秘蹟協会〉の会員であったパリ高等法院長ギローム・ドゥ・ラモアニョンが、国王より委託された職権を逆用して続演を禁止し、一警吏を派遣してモリエールにその旨を伝達する。突然のこの処置に驚いたモリエールが、八月八日、〈第二請願書〉を使いに託してフランドルに滞陣するルイ十四世のもとに送った直後、大司教ドゥ・ペレフィックスは、八月十一日付けで大司教令を発し、「本教区のすべての人びとにたいし、今後、その形式の公式たると私的たるを問わず、また、いかなる名目、いかなる口実においても、上記の喜劇を上演し、あるいは、朗読または聴取することを明らかに禁止し、これに違反したる者は破門に処す」(13)と宣言する。つまり、破門という教会最大の武器を用いて、教区民でもあるルイ十四世の行動、とくに、モリエールに有利なあらゆる処置を未然に阻止するという強硬策に出たのである。ルイ十四世治下の前半を特徴付ける宗権と王権の戦いの典型的な一幕であり、この場合、ドゥ・ペレフィックスは宗権の代表であるとともに、とくに、狂信者たちの秘密結社〈聖体秘蹟協会〉の意向をも代表していたのである。一六六九年一月末、ルイ十四世と法皇クレマン九世との間で、長年の不和を解消する和親条約が成立する一方、国内的には、〈聖体秘蹟協会〉の活動が少なくとも政治の領域から排除されてはじめて、『タルチュフ』の最終的な一般公演は許可されるにいたる。以上が、いわゆる〈タルチュフ事件〉の概略である。

では、このような〈タルチュフ事件〉の流れを、リュビーモフはどのような形で舞台上で展開してみせたのか、それを次項で紹介しよう。

3　リュビーモフ演出の舞台・第一部

先に紹介したような舞台装置を背景として、リュビーモフ演出の『タルチュフ』は、まず、この劇団特有の、俳優たちの登場と持ち役の自己紹介によってはじまる。舞台に照明が入ると、左右の小舞台の幕が開かれて二個のマリオネットが姿を現し、一方、舞台中央では、十一個の額縁に緑のライトが当てられて、それぞれの画像が浮かびあがる。やがて、舞台奥から通ずる中央通路を通って俳優たちが次々に登場し、自己紹介を行うのだが、それは「ぼくはオルゴンです……わたし、マリアンヌです、恋する女ってわけ……本当なら、わたしがエルミールの役をやるはずだったんですけど、今日は、わたし、マリアンヌをやります……今日は、同志諸君！　いや、失礼、ぼくはクレアントです、（髪をひっかきまわしながら）あのー、ぼく、ちょっとしたインテリなんですよ……ぼく、ローランです、ほんの端役なんですが……」といった調子である。最後に、明らかに僧侶であることを示す黒い衣装と白い胸飾りをつけたタルチュフが現れる。もっとも、彼の歩きぶりは、右腕をなかば気取った形にもちあげて、なにか政治的指導者を思わせるものがある。舞台先端に歩みよった彼は、ただ「タルチュフ」とだけ自己紹介する。つまり、このような嫌な奴を演ずる羽目になったことは自分の本意ではないことを、彼は観客たちにその身振りによって伝えさえする。「ぼくに何ができるってのです？　だって、ぼくは役者なんですから……」というわけである。

ところで、このような俳優あるいは持ち役の紹介は、ブレヒト劇を演じることで成長してきた〈タガンカ劇場〉が、開幕時に多用する重要な手法なのだが、この『タルチュフ』劇の場合には、とくに重要な意味をもっているように思われる。わたし自身観る機会のあったブレヒトの『ガリレオ・ガリレイの生涯』の開幕時にも、ほぼ同様の手法が用いられていたが、それは〈異化〉と〈認識〉の演劇としてブレヒトが提唱した〈叙事詩的演劇〉の演出・演技法の、この劇場独特の実践形態といえるだろう。すなわち、俳優が持ち役に〈同化〉し、観客もまた舞台で演じられている出来事や主人公に〈同化〉して行く、いわば〈感情移入〉型の従来の演劇を否定したブレヒトが、「上演される出来事にたいする、詮索的な、批判的な態度を観客に与えることを目的」(14)として提唱した〈異化効果〉にもとづく演技法なのである。開幕直後のこの持ち役紹介において、俳優たちが、ブレヒトの要求するように、自分の「持ち役を、驚く者、異論を唱える者の態度で読む」(14)俳優、つまり、あくまで生身の俳優として登場し、かつ、語った理由である。例えば、その典型的な例をタルチュフやマリアンヌの自己紹介において認めることができるだろう。

もちろん、リュビーモフ演出の基調となっているこのようなブレヒト的手法は、開幕時の持ち役紹介にかぎらず、さまざまな形で駆使されている。戯曲『タルチュフ』を〈タルチュフ事件〉の経過とともに演じるという発想自体が、すでに、そのひとつの現れであり、さらに、この『タルチュフ』劇の第一部をモリエール一座による稽古の形で展開しているのも、おそらく、同様な発想によるものと考えられる。したがって、以下の紹介は、このようなリュビーモフ独特の演出手法に焦点を合わせ、その狙いと舞台的効果について語りながら、彼が示した演出的冒険の意味を考えてみようと思う。

開幕時の持ち役紹介につづいて、いよいよ第一部がはじまるのだが、ここで注意すべきことは、オルゴンを演じる俳優はモリエールを思わせる鬘をつけており、この戯曲の初演の舞台がそうであったように、彼はオルゴンを演じたモリエール自身をも演じることになる。例えば、このオルゴン＝モリエールは、まず、舞台下手の小舞台に近づき、大司教に向かって何事か嘆願の言葉を述べる。大司教からの書類が渡されるが、その答えは「ノン」である。気を取り直した彼は、さらにルイ十四世のマリオネットに向かい、かつてモリエールがルイ十四世に提出した「第一請願書」のテキストを読みあげる。彼の背後に従う一座の俳優たちの願いもむなしく、ようやく、もたらされた国王の返書も、やはり「ノン」であった。深い失望の空気が一座の俳優たちを支配するが、座長オルゴン＝モリエールは稽古をつづけようと俳優たちを励ます。どんな困難な状況に直面しようと、俳優たちの集団にとって、それ以外になすべき仕事のありえようはずはないからである。

こうして、リュビーモフ演出の『タルチュフ』劇の第一部は、〈タルチュフ事件〉の発端の紹介から、ごく自然な形で戯曲の第一幕へ移行して行くのだが、第一部で演じられる第一幕から第三幕は、当然のこととして、上演禁止を受けた『タルチュフ』第一稿の、モリエール一座による稽古の形式によって展開される。すなわち、オルゴン＝モリエールを演じる俳優は、オルゴンの役を演じつつ、しばしば、その演技を中断し、他の俳優たちにさまざまな指示を与えるなどの動きを示し、また、舞台監督の登場や戯曲と直接関わりのない小事件の挿入など、リュビーモフはきわめて斬新な演出を展開する。

では、リュビーモフが、このような形で第一部を演出する理由は何か。リュビーモフの狙いとしてまず考えられることは、モリエールの戯曲『タルチュフ』を、〈タルチュフ事件〉、すなわち、狂信者たちにたいするモリエール自身の戦いとともに提示することによって、観客が、戯曲の世界に没入し、〈同化〉するのではなく、時代の政治的・社会的背景のなかでモリエールのテキストのもつ重みと激しさを正確に理解することを求めたのであり、第二の狙いは、きわめて容易に成立する照応によって、モリエールのテキストのなかに、〈タガンカ劇場〉が、そして、モスクワの観客たち自身が直面している現代のソヴィエト的現実を意識すること、いいかえれば、観客の意識の内部での視点の重層化をはかることであったといえるだろう。例えば、すでに第一部の冒頭において提示された〈タルチュフ事件〉の発端によって、観客は、モリエール一座の直面していた状況を知ると同時に、それが〈タガンカ劇場〉の直面している状況でもあることを理解するのだが、さらに、リュビーモフは、第一幕以降を稽古の形式によって演じることで得られる演出上の可能性を駆使しつつ、モリエールのテキストとソヴィエト的現実との間の照応関係をより鮮明なものにしようと試みる。要するに、十七世紀の古典『タルチュフ』の稽古に接しながら、観客がたえず現代のソヴィエト社会の問題をそこに読みとること、それがリュビーモフ演出の大きな狙いであったと考えられる。その典型的な実例として、一幕五景のクレアントの長台詞の場を挙げよう。

第一幕の稽古がはじまって間もなく、オルゴンを理性の世界へ連れもどすために、クレアントが、理性と良識の美徳、そして自由な判断について熱弁をふるいはじめると、それまで主人タルチュフの額縁（画像）の前でうずくまっていたローランが、クレアントの台詞をしきりにメモしはじめる。やがて、一座の人びともローランのこの奇怪な行動に気付くが、とくに、クレアントの動揺は激しく、彼の台詞は生気を失い、相手役のオルゴンから怒鳴りつけられる始末である。しかし、オルゴン＝モリエールは、すぐに座長としての立場を取りもどし、ローランに、座内でのそのような密告者的な行為は禁止するといいわたし、舞台監督を呼び寄せて、ローランから鉛筆とノートを取りあげさせるとともに、稽古場からローランを追い出してしまう。こうして稽古はふたたび正常な流れにもどり、クレアントは、第三六五行以降の「利欲に目のくらんだ心から、信仰を商売と思い、売りものと考え、意味ありげなまばたきや、これ見よがしの信心ぶりで、信用と威厳を買い取ろうとするやつら、こういうやつらこそ……」(15)という台詞を、高く、激越な調子で語りはじめるのである。

以上に紹介した具体例によっても、先にわたしが指摘したようなリュビーモフ演出の狙いとその見事な舞台的成果は充分に感じとれるだろう。事実、アバンスールもこの場のリュビーモフ演出を賞賛し、従来、しばしばその冗長さや説教調が指摘されてきたクレアントの長台詞が、ソヴィエトの現代的状況への微妙な暗示ともいえるローラン事件の導入という、創意にみちた演出によって、一挙に、その本来の迫力とリアリティを回復するとともに、そこに含まれていたモリエールの痛烈な批判の言葉が、そのまま現代のソヴィエト社会への鋭い問題提起になりえていたことを指摘している。

このように、リュビーモフが駆使する演出手法、例えば、モリエールのテキストの巧みな利用、現代的状況への自由な飛躍、そして挿話的小事件の導入による演劇的イリュージョンの完全な遮断や舞台のリズムの効果的な転換などは、いずれも、モリエールの戯曲を稽古の形式で演じることから生まれるものであり、その舞台的な機能からいっても、リュビーモフ独特のブレヒト的手法と呼びうるものである。そして、リュビーモフのこのような手法があってはじめて、彼が『タルチュフ』劇の主題として掲げた「検閲と偽善と党派性の問題」も、現代のソヴィエト的現実に密着した形で観客に印象付けることが可能になったといいうるのではないだろうか。

4　リュビーモフ演出の舞台・第二部

幕間の休憩をはさんで演じられる第二部は、『タルチュフ』全五幕の完全上演という形で演じられるが、そのことは、第一部から第二部への転換の過程で見事に提示されている。すなわち、第一部の終わるころ、警吏が登場して（第一稿）稽古中の座長オルゴン＝モリエールに国王よりの文書を手わたす。それは一般公開禁止の令状であり、落胆した俳優たちは額縁の列に覆いをかけて舞台から散っていく。座長のオルゴン＝モリエールも重い足どりで舞台前面に歩み寄り、「休憩」を宣して舞台から立ち去る。

第二部も、オルゴン＝モリエールの大司教への嘆願ではじまるが、結果は依然として「ノン」である。しかし、国王にたいして試みたモリエールの努力はかなりの効果を収め、事態は好転の兆しを見せはじめる。モリエールが、これ以上、教会側を刺激しないために、タルチュフに俗人の衣装をつけさせ、戯曲の終幕に大幅な修正を加えることなどを申し出たからである。国王もモリエールのこの新たな措置を良しとして、上演許可の内諾を与えるが、「大司教令」などの教会側の抵抗で、第二稿は一日だけの上演に終わる。

このように、『タルチュフ』第二部は、「第二請願書」を含め、『タルチュフ』の最終的な上演許可にいたる経過が紹介された後、中央の舞台で『タルチュフ』全五幕が通しで演じられることになる。つまり、

第一幕から演じ直されるのである。もっとも、先刻、稽古の形で演じられた最初の三幕、すなわち、第一部に相当する部分は、今回はパントマイムの形で、それも映写速度をあげた無声映画を思わせる猛烈なスピードで演じられる。それによって得られる喜劇的な効果が、単なる肉体的表現による拡大の面白さに止まるものでないことはいうまでもなく、すでに、第一部において獲得された現代ソヴィエト社会にたいする痛烈な諷刺を、この自動人形化されたパントマイムによって、グロテスクなまでに拡大してみせるのである。

つづいて演じられる第四、第五幕は通常の上演形式で演じられるが、とくに、警吏登場の終幕が注目に値いするだろう。ファンファーレのリズムに乗って、鵞鳥のような歩きぶり、あるいは、古い大時計の自動人形を思わせる歩きぶりで登場してきた警吏は、荘重な調子で国王の決定を伝える。すなわち、第一九〇六行以下の有名な警吏の長台詞「われわれは詐欺欺瞞を目の敵とされる国王陛下のもとに生きているのです……」(16) が語りはじめられるのだが、この終幕の警吏登場の場において、リュビーモフ演出の狙いは、ほぼ、その全容を現すことになる。すでに述べたように、リュビーモフは、〈タルチュフ事件〉の経過とともに上演されるこの『タルチュフ』劇を、偽善・偽信の徒にたいするモリエール自身の戦いの物語として観客に提示しながら、同時に、現代のソヴィエト的状況との密接な照応によって、「検閲と偽善と党派性」という主題を浮き彫りにしてきている。したがって、このようなリュビーモフ演出によって重層化された観客たちの意識のなかで、いま、語りはじめられた警吏の言葉は、先のクレアントの言葉と同様に皮肉な変貌をとげ、警吏の言葉とは裏腹のソヴィエト的現実を観客に強烈に印象付けることになる。すなわち、「検閲と偽善と党派性」の横行する現実を決定的に暴露するのである。

たしかに、観客たちの眼前で展開されている結末は、第一次的には、モリエール喜劇の結末がそうであったように、あまりにも唐突なハッピー・エンドであり、偽善や偽信の徒にたいするオルゴンの勝利を告げている。そのかぎりでは、演劇の世界でのみ可能な虚構の勝利、虚構の解放感が舞台と客席を支配するのだが、『タルチュフ』第二稿を襲ったあの厳しい現実——ただ、一日かぎりの大成功の後、狂信者たちの策謀によって再度上演を禁止されたという——とも照応して、それはきわめて切実な現実認識へと瞬間的に転化して行くのである。警吏登場の足どりが強度に様式化されているように、この結末が非現実的な虚構の世界として強調されればされるほど、〈タガンカ劇場〉の直面している暗く、切迫した状況は、より切実に観客たちによって意識されるのである。

このように、リュビーモフ演出の『タルチュフ』の結末は、もはや単なる〈機械仕掛けの神〉、不自然なハッピー・エンドではなく、むしろ、そのような性格を逆用することによって、かえって、雄弁な結末、切実な主題の認識の場となりえているといえるだろう。

結論的にいえば、〈タルチュフ事件〉の経過とともにこの戯曲を上演するというリュビーモフの発想は、古典の現代的上演という彼自身の演出姿勢が要求した冒険であるとともに、『タルチュフ』の結末を〈仮の結末〉〈偽りの結末〉とする弁護論にたいして、リュビーモフの寄せた皮肉な回答なのだ。何故なら、リュビーモフはそのような弁護論のいう〈仮の結末〉あるいは〈偽りの結末〉を逆用することによって、『タルチュフ』の結末に高度の演劇性を回復しているからである。

あるいは、〈タガンカ劇場〉の終幕に現出する虚構の勝利と、それと表裏をなす、暗く、切実な認識は、演劇にのみ可能な認識法であり、演劇にのみ許された結末の付け方だという意味において、リュビーモフの作りだした終幕は、見事に演劇的なのだというべきかもしれない。

最後に――

戯曲『タルチュフ』の結末をめぐって試みた以上のような上演例の紹介から、このふたりの演出家の激しい演出姿勢、すなわち、十七世紀の古典『タルチュフ』をとおして、現代の政治的・社会的・人間的な状況と激しく切りむすんで行く姿勢が印象的であったことと思う。第三章で、わたしはこのような姿勢をもった舞台を〈状況のなかの演劇〉という言葉で呼んだが、このふたつの上演例も、まさにその具体例だと考えている。と同時に、このようなモリエール劇は、アカデミック批評の伝統に抗して、ジュベ、ムア、ブレイらが試みた〈演劇人モリエール〉を回復するための戦いの後に現れた、より強烈な、より自由奔放なモリエール観を代表している。一言でいえば、それは、コットが彼のモリエール論の表題として掲げた〈われらの同時代人モリエール〉という言葉で集約できるような新しいモリエール観、あるいは、モリエール劇上演のまったく新しい姿勢の誕生を告げているといえるだろう。

（一九七三年三月）

第六章 『ドン・ジュアン』と現代

――ベッソン、ベルイマン、エーフロス演出の三つの『ドン・ジュアン』劇――

一 モリエール作品中の最大の謎・『ドン・ジュアン』

モリエールの全作品中、もっとも気になる作品を挙げよといわれたら、誰でも『ドン・ジュアン』の名を挙げるだろう。わたしも、そのひとりである。とくに、演出の視点からこの作品に向かいあったとき、それは、ますます謎にみち、矛盾に溢れたものになるといわざるをえない。主人公ドン・ジュアン、あるいは戯曲『ドン・ジュアン』について、ある演出イメージを捉えたと思った瞬間、この戯曲のもつある要素、あるいはある場面が、その手のなかからはみ出し、手痛い反撃を加えてくる。コットが「『ドン・ジュアン』は最初から最後の幕まで曖昧な劇」(1)だという理由である。もっとも、この曖昧さ、あるいは多義性が、逆に、この戯曲に矛盾にみちた豊かさを与え、さまざまな解釈による現代的演出を可能にする理由ででもあるのだが。

事実、わたし自身かなり数多く見た『ドン・ジュアン』の舞台のなかで、それなりに手応えのあった舞台、例えば、一九六七年十二月、〈コメディ・フランセーズ〉のA・ブールセイエ演出、一九六八年六月、〈ドイツ座〉でのB・ベッソン演出、一九八三年四月、〈モスクワ・ドラマ劇場〉でのA・エーフロス演出、そして、同じく一九八三年十月、ミュンヘンの〈バイエルン州立劇場〉でのI・ベルイマン演出の舞台などを想いおこしてみても、それらの舞台の示す解釈あるいは演出の間での振幅はまことに大きく、また、それぞれに刺激的で、かつ、示唆に富んだ舞台でありながら、どこかの場がその流れからはみだし、舞台の統一性を混乱させ、あるいは矛盾を生みだしてくるという印象があった。

この章では、先に挙げた舞台のうち、とくに、ベッソン、エーフロス、ベルイマンの舞台を紹介しながら、モリエールの戯曲『ドン・ジュアン』の現代的な演出をめぐる諸問題を考えてみることにする。ただ、その前に、特異な展開をみせた『ドン・ジュアン』上演史や批評史の流れについて、若干ふれておく必要があるだろう。

二　上演史あるいは批評史のなかでの戯曲『ドン・ジュアン』

1　上演史のなかでの戯曲『ドン・ジュアン』

一六六五年、『ドン・ジュアン』の初演が予期以上の大当たりを取りながら、わずか十五回の上演の後、突如、中止されたことは衆知の事実だが、その後、百七十年以上にわたって、モリエールの原テキストがフランスで上演されなかったという事実は、あまり知られていないようだ。この上演禁止事件の背後に、『タルチュフ』の場合と同様に、〈聖体秘蹟協会〉を中心とする各方面の圧力が働いていたのだが、モリエールの生前に上演許可が得られた『タルチュフ』の場合と異なり、『ドン・ジュアン』には遂にその機会は訪れなかった。モリエール没後の、一六六七年の再演時から一八四一年にいたる間、実は、

T・コネネイユによって改作された『石像の宴』――原テキストの散文が韻文に書き改められる一方で、〈聖体秘蹟協会〉を中心とする狂信者たちの怒りを避けるため、〈貧者の場〉や原テキストの大胆な詩句のほとんどが削除され、単なる誘惑者として描かれたドン・ジュアンが断罪される教訓的な劇になっていた――が、モリエールの原テキストに代わって上演されていたのである。原テキストがフランスの舞台に復活するのは、一八四一年十一月、〈オデオン座〉が試みた復活上演によってであった。

しかし、『ドン・ジュアン』上演にまつわる受難史は、原テキストの復活によって終わったわけではない。コルネイユの改作本時代だけでなく、原テキストが復活した後も、『ドン・ジュアン』の舞台が成功した例は皆無に近く、俳優たちにとって、ドン・ジュアンは多彩な資質を要求される〈難役〉でありながら、まったく舞台的成功の期待しえないまことに〈嫌な役〉であった。改作本時代に確立した演技伝統にしたがって、ドン・ジュアンを単なる誘惑者としてのみ捉え、スガナレルをコメディア・デ・ラルテ風の陽気な道化役として演じつづけたことが、舞台的不成功の大きな原因だったといえるが、演劇人たちの間に、『ドン・ジュアン』の上演を不可能視する風潮さえ生まれていた。

それを反映するように、モリエールの作品のなかで、『ドン・ジュアン』の上演回数は極端に少ないのである。いま、試みに、〈モリエールの家〉として、一六八〇年に創立された〈コメディ・フランセーズ〉での上演回数を、一九二五年の時点(2)で比較してみよう。例えば、『ドン・ジュアン』とともにモリエールの四大喜劇とされる他の三作、『タルチュフ』の二、一三二回、『人間ぎらい』の一、三三〇回、『女学者』の一、三一七回にたいして、『ドン・ジュアン』の上演回数はわずかに六六二回であり、モリエールの原テキストによるものは、そのうちの九八回を数えるにすぎない。かなり長期にわたる改作本時代を考慮にいれても、この数字はやはり異常に少ないといわざるをえないだろう。

2　批評史のなかでの戯曲『ドン・ジュアン』

上演史において、あまり上演されない、そして、ほとんど舞台的成功を収めえない傑作であった『ドン・ジュアン』は、批評史においても、もっとも評価の定まらない作品、傑作とされることがあっても、たえず、留保付きで評価される作品であった。事実、『ドン・ジュアン』はモリエール作品のなかでも破格の、いや、一種異様な作品と呼ぶべき特徴をもっている。例えば、この戯曲が、時・所・行動の、いわゆる、三一致の法則を完全に無視している点で、フランス古典劇の〈常識〉を大きく逸脱していることは明白だが、それ以上に、悲劇的で荘重な場面や調子とファルス的なそれとが、いきなり交錯し、また、石像や妖怪の登場する奇怪な雰囲気の突然の出現、演劇的にも、かなり派手な〈からくり仕掛け〉の終幕とスガナレルの滑稽な独白によるラストなど、後代の批評家や演出家を困惑させるにたる要因が、この作品のなかにはみち溢れているのである。この作品の劇構造にふれて、〈抽出し式戯曲〉とか〈エピソードのレビュー式羅列〉といった表現がしばしば使われるのも、そのためである。具体例を挙げてみよう。

劇の様式の問題について、ルメートル(3)が「この幻想的で滑稽な悲喜劇は、あらゆるジャンルの信じがたいほどの混ぜ物である」と非難し、主人公ドン・ジュアンの性格についても、ブリュンチエール(4)が「あらゆる悪徳の混合物、あるいは、むしろ化合物」だとし、ファゲ(5)が戯曲『ドン・ジュアン』

は「ドン・ジュアンを描いた一枚の肖像画ではなく、何枚かの肖像画……さまざまな年齢におけるドン・ジュアンの……連続的な肖像画である」として、戯曲の各幕に現れる誘惑者、自由思想家、偽善者などの諸要素の間に、人物としての統一性がないと指摘する。この作品を前にした批評家たちの困惑ぶりが見てとれるだろう。

このように、『ドン・ジュアン』は、戯曲の行動においても、様式においても、そして主人公の性格においてすら、「首尾一貫しない、奇妙な作品」であり、モリエール作品のなかでは例外的に出来の悪い作品とするのが『ドン・ジュアン』批評史における長年の〈常識〉であった。

3　上演史の転回点・ジュベの『ドン・ジュアン』新演出

ところが、モリエールの原テキストが復活上演されるようになってほぼ百年をへた一九四七年、上演不可能とされてきた『ドン・ジュアン』に二百回をこす舞台的成功がもたらされ、この「首尾一貫しない、奇妙な作品」に統一的な舞台的表現が与えられて、大きな反響を呼ぶことになる。〈アテネ座〉におけるジュベの大胆な新演出の舞台がそれである。そして、劇評家たちが等しく認めるように、ジュベのこの舞台を契機として、『ドン・ジュアン』上演史はその様相を一変することになる。すなわち、上演不可能とされてきたこの作品は、モリエールの作品のなかで、さまざまな解釈による現代的演出を可能にする最大の宝庫となり、かつて〈嫌な役〉であったドン・ジュアン役は、俳優たちにとって〈もっとも魅力的な役〉へと変貌するのである。では、その転回点を提供したジュベ演出の革新性はどこにあったのだろうか。

上演に先立つ一九三九年、〈コンセルヴァトワール〉での授業で『ドン・ジュアン』を教材に取りあげたジュベは、そこで、来たるべき彼自身の舞台の骨格を語っている。ジュベは生徒たちに、フランスにおける『ドン・ジュアン』の演技伝統を説明し、その上演の不成功の歴史にふれながら、「わたしは、この戯曲の上演はそれほど難しいとは思わない。難しいのではなく、人びとがこの作品を誤解してきた」(6)のであり、その意味では「モーツアルトのオペラの大成功が、モリエールの戯曲の成功を妨げてきた」(6)のだという。つまり、伝説のドン・ジュアン観による作品理解、誘惑者ドン・ジュアンという演技伝統にこそ問題があったのである。ジュベによれば「ドン・ジュアンは誘惑者ではなく、求め、信じようと願いながら、それが為しえない人間」(7)あるいは「いかなるものも信じない、また、信じることのできない人間、信じるためのあらゆる手段を求めている人間」(7)である。したがって、この戯曲は「十七世紀の人びとがいう、神の恩寵を奪われた人間、呪われた存在」(6)をめぐる物語なのである。

ジュベ自身が語るこのような言葉によっても、その舞台のイメージはある程度想像することができるだろうが、それをより具体的に理解するために、ジュベの舞台に最大の賛辞を送った劇評家のひとりF・アンブリエールの言葉を、以下に紹介しよう。

アンブリエールはいう。「このドン・ジュアンを衝きうごかしているのは、まさに、愛の探究以外のものというほかないだろう。エロティスムも、(女たちを)征服するという知的な自尊心も、そして、多くの詩人たちのドン・ジュアンが、その最良の正当化を見出した、あの絶対への激しい渇望さえも彼を捉えてはいない。……この完全な無神論の角度から見るとき、この作品はなんと明確になることか！　それは、精神的な、そして超自然的な諸力に立ち向かう、狂気じみた合理主義者の戦いをわれわれに提示している。ドン・ジュアンは、この戦いを極限まで押しすすめ、その戦いへの執念のなかには、一種の偉大さがある」(8)と絶賛する。しかし、その一方で、「このドン・ジュアンは、なによりも、まず悪魔的であり、瀆神的である。このドン・ジュアン演技はドン・ジュアンを悪の天使の列に押しあげる。それが美しくさえあることを、わたしは否定しない。それは感動的であり、強烈な印象を与えてくれる。しかし、まったくモリエール的ではない」(9)というR・ケンプの批評も、ジュベの舞台の真実を伝えていたといえる。

事実、アンブリエールも認めるように、「百姓娘の場がバレエのリズムで演じられる」一方で、「常に重苦しい動きで演じられたディマンシュ氏の場は……もはや、笑いを誘う場ではなく、モリエールが狙ったコントラストの効果は、まったく無視されていた」(10)と述べている。いわば、ジュベの舞台の本領は、〈貧者の場〉や石像登場以降の場で発揮されるのであり、第一章で紹介したように、「喜劇を喜劇として演じる」ことを主張してきたジュベは、この『ドン・ジュアン』演出にいたって姿勢を一変し、それをメタフィジックなドラマあるいは悲劇として演じているといえるだろう。このようなジュベの姿勢の変化は、第二次大戦後の演出作品において、次第にあらわになってくるが、いま、その問題を取りあげる余裕はない。

4　批評史の転回点・ヴィリエの『ドン・ジュアン』論

次に、『ドン・ジュアン』批評史の重要な転回点となり、ジュベの舞台とともに『ドン・ジュアン』の現代的演出に大きな影響を与えたものとして、一冊の『ドン・ジュアン』論を紹介しよう。それは、一九四七年、ジュベの上演にわずかに先立って刊行されたA・ヴィリエの『モリエールのドン・ジュアン』である。〈マスク叢書〉の第三冊目として刊行された百ページばかりのこの書物は、著者自身がその序文(11)で語るように、「古典研究の通常の方法」によって書かれたアカデミックな研究書ではなく、「作品を前にした演劇芸術の働き手たちの方法」、つまり、『ドン・ジュアン』を「演技や演出の問題」として考える、いわば、『ドン・ジュアン』演出のための覚書であり、上演不可能と考えられてきた『ドン・ジュアン』のための弁明の書、あるいは新演出待望の書なのである。アンブリエールも書くように、ジュベの舞台によって「その願いが、こんなにも早く実現されるとは考えもしないで」(12)書かれたこの書物は、大筋において、ジュベの舞台を予告していたといえるだろう。

例えば、『ドン・ジュアン』上演史を克明に分析したヴィリエは、その上演が常に不成功に終わった理由について、ジュベと同じ結論に到達し、「作品と演じ手の間に、そして演じ手と観客の間に、ひとつの誤解がしのびこんだ」(13)からだという。彼のいう誤解とは、いうまでもなく、ドン・ジュアン伝説であり、それに基づいた演技伝統を意味する。すなわち、「ドン・ジュアン伝説が、ほとんどいつの場合にも、観客と演技者を誤らせた」(14)のであり、「この作品がいまだかつて舞台で成功を収めえなかったのは、演じ方が悪かったから」(14)である。したがって、ヴィリエによれば、モリエールのドン・ジュアンはミュッセやホフマンの、そして、バイロンのドン・ジュアンではなく、「誘惑者であるとともに自由思想家」(15)、「猟色家であるとともに既成の信仰や道徳を徹底的に無視する人間」(15)であり、ドン・ジュアンの行動は「己の行動の準則を絶対的な形で確立しえない知性が試みる反抗」(16)なのである。あえていえば、ヴィリエの捉えたドン・ジュアン像は、カミュが『シジフォスの神話』のなかで描いた〈反抗的人間〉としてのドン・ジュアンの相貌を帯びている。事実、「ドン・ジュアンの現代的意味」を論じた章で、ヴィリエは『カリギュラ』終幕の台詞――「だが、裁き手のないこの世界で、誰一人罪のない人間のいないこの世界で、いったい誰がこの俺を罰するというのだ！」(17)――を引用しながら、モリエールのドン・ジュアンとカミュのカリギュラの間の血縁関係を指摘するように、このドン・ジュアンは「出口をもたない、人間の運命との対決のなかで、不可能事にとり憑かれ、人間をして神々に比肩させるあの自由へのかぎりない渇望に苦しむ」(18)人間だと述べている。このように、解放直後の一九四五年に初演され、大きな反響を呼んだカミュの『カリギュラ』と、一九四七年のジュベの『ドン・ジュアン』の舞台、そして、ヴィリエの『ドン・ジュアン』論は、明らかに同じ時代の刻印を帯びているといえるだろう。

ただ、ジュベの新演出が、メタフィジックなドラマあるいは悲劇としての方向を示していたのにたいし、ヴィリエの『ドン・ジュアン』論は、それをあくまで喜劇として捉えている点で大きな違いがある。そして、その鍵を握っているのは、彼のスガナレル論であった。スガナレルは「この芝居の進行係であり、芝居の流れのなかで第一級の重要性をもち……ファルスのもつ活力と陽気さと笑いを維持している」(19)ことはいうまでもないが、それ以上に重要なのは、スガナレルは「ドン・ジュアンの分身」だとする指摘であり、「スガナレルはドン・ジュアンによって提示される問題のもうひとつの側面を明らかにしているのであり、彼らふたりは、議論のなかで、そのボールを投げ合っているのだ。舞台の上で実際に交わされる議論のなかだけでなく、この戯曲の哲学が暗黙のうちに明らかにしている議論のなかで、スガナレルは対立とコントラストを示しているはず」⒆なのだ。

このように、スガナレルをドン・ジュアンの分身として捉え、ドン・ジュアンとスガナレルというコンビをとおして、この喜劇の主題が明らかにされると考えるヴィリエにとって、スガナレルをコメディア・デ・ラルテ風の単なる下男役、道化役として演ずる従来の演技伝統は、ドン・ジュアンを単なる誘惑者として演ずるのと同様に大きな誤りであった。そして、ドン・ジュアンの分身としてのスガナレルという、ヴィリエの重要な指摘は、一九五三年、〈国立民衆劇場〉のJ・ヴィラール演出の舞台において、ほぼ完全に実現されることになった。A・シモンは、それを「もし、〈国立民衆劇場〉の舞台がジュベのそれに勝る点があるとすれば、それは、この舞台が戯曲にその平衡の本質的な条件である、主人＝従僕のコンビを取りもどさせたからだ」⒇と述べ、デスコットは、スガナレルを演じた「D・ソラノが、いわば、ドン・ジュアンの分身であることを感じとらせた」(21)とし、『ドン・ジュアン』上演史をふり返りながら、「たえず、ドン・ジュアンのみを前面に据え、それをバイロン的なイメージで表現したロマン主義的解釈」から脱却するためには、「まず、ドン・ジュアンの真の相貌を明らかにするための……厳しい仕事が必要であった。そして次に、スガナレルの役の重要さとその重さが、単に滑稽な効果に終わるものでないことを発見することが必要であった」(22)と述べ、ヴィリエのスガナレル論の果たした大きな役割を裏書きしているのである。

以上に述べたように、上演史におけるジュベ演出の舞台と批評史におけるヴィリエの『ドン・ジュアン』論は、『ドン・ジュアン』の現代的演出を準備する重要な転回点であり、両者が基本的に指向するものは、良識の人、中庸の美徳の擁護者モリエールというアカデミック批評の常套的な枠組みから遠く隔たったところで、『ドン・ジュアン』を捉えなおすということであったろう。現代のさまざまな『ドン・ジュアン』演出がもっている自由さの最初の表現が、ジュベの舞台であり、ヴィリエの『ドン・ジュアン』論であった。

次項では、以上に紹介した上演史や批評史の流れを念頭におきながら、わたし自身、観る機会のあった三つの『ドン・ジュアン』劇を紹介しよう。

三　三つの『ドン・ジュアン』劇をめぐって

1　各舞台の演出の基本線とドン・ジュアン像

ここで紹介するのは、冒頭でふれた〈ドイツ座〉でのベッソン演出、〈バイエルン州立劇場〉のベルイマン演出、そして〈モスクワ・ドラマ劇場〉でのエーフロス演出の三つの舞台だが、まず、それぞれの舞台での主人公ドン・ジュアンの人物像とそれを軸にして展開された演出の基本線を概括しておこう。

同じように、喜劇として演出されていたベッソン演出とベルイマン演出の場合、ドン・ジュアンの年齢設定はともに二十五歳前後だが、ベッソン演出のドン・ジュアンが、中肉中背のどこか坊ちゃん臭を残した貴公子であったのと対照的に、ベルイマン演出では、美男ではあるが、むしろ、無骨さと男性的な生気を発散させる壮漢、あえていえば、武人として育てられ、戦場経験さえありそうな青年貴族として登場してくる。そして、エーフロス演出の場合は三十歳前後、武人的な側面をのぞけば、外面的には、ベルイマン演出のドン・ジュアンと非常によく似た相貌をもっている。ジュベが六十歳、ヴィラールが四十一歳で、みずからドン・ジュアンを演じたことを想起すれば、いずれも、まことに若々しいドン・ジュアンである。もちろん、この歳若いドン・ジュアンという設定は、それぞれの演出にとって重要なポイントになっていることはいうまでもない。以下、三つの『ドン・ジュアン』劇の舞台を比較してみよう。

① ベッソン演出のドン・ジュアン像

ベッソン演出は、貴族の放蕩息子の駄々っ子的な反抗とでも呼ぶべきものを軸に展開される。もっとも、反抗とは呼んでみたものの、このドン・ジュアンを反抗に駆りたてるほどの内的な屈折や執念はなく、彼は、むしろ楽しげに、ゲームを楽しむように悪業にふけるのだ。彼は、このゲームをとおして、相手が変わるごとに新たな策略を考えだす楽しみ、その策略に乗せられた相手の反応を見る楽しみ、そして、驚き、怒り、嘆くスガナレルの反応を見る楽しみにふけっているのであり、最終的には、そんなゲームを巧みに操る自分自身を楽しんでいるといえるだろう。要するに、彼は自分自身と戯れる完全な〈ナルシスト〉なのである。各幕ごとに、派手な衣装に変えて現れるドン・ジュアンが、いつも頸にかけて携行する小さな手鏡は象徴的だ。ドン・ジュアンは、そのゲームを楽しみながら、繰りかえし手鏡に己の姿を写し、それに見入る。彼は、鏡に写る自分の姿に見惚れているのだ。そして終幕、神の業火に焼かれるドン・ジュアンは、高く掲げた手鏡のなかに己を写しながら奈落の底に沈んで行く。彼が挙げる叫びは、業火に焼かれる苦痛の叫びではなく、業火に焼かれる己を見る悦楽、一種のエクスタシーの叫びとして、わたしには聞きとれたのである。ベッソン演出の主人公を自分自身と戯れる〈ナルシスト〉と表現した理由である。それにしても、不思議な舞台であり、楽しいことは楽しいのだが、演出の意図が、まったく捉えられない舞台であった。

②　ベルイマン演出のドン・ジュアン像

ベルイマン演出におけるドン・ジュアンの登場（一幕二景）ぶりは圧巻であり、また、観客の度胆を抜くものであった。舞台は旅先の宿の居室であり、衝立のかげから聞こえるドン・ジュアンの悪夢にうなされたような唸り声に、あわててギュスマンを追いだしたスガナレルが衝立を取りのぞくと、ドン・ジュアンがベッドから起きあがるのだが、彼の下半身は素裸のまま、長めのシャツを羽織っただけの異様な姿であり、しかも、頭は青々と剃りあげられて丸坊主である。口をすすぎ、小便をし、ふたりの小姓に衣装を着せかけられるドン・ジュアンの表情や振舞いには、寝起きの不機嫌さや物臭さというより、むしろ、内心の激しいうっ屈をうかがわせるものがある。世話をする小姓にあたり散らし、被せられた鬘をうるさそうに投げすて、なおも、鬘を被せようとするスガナレルを衝動的に突き倒すなど、いまだ台詞のはじまらない登場直後の動きのなかで、ベルイマン演出は、スガナレルの演技によって客席を十二分に笑わせながら、主人公ドン・ジュアンに取りついた内心のうっ屈の激しさを観客に印象付ける。そして実は、むしろ好感さえもてるこの若者の、暗い内心の屈折こそ、ベルイマン演出の基盤であった。

舞台の展開とともに、次第に明らかになるこのドン・ジュアンは、一言でいえば、〈遅すぎた登場者〉なのだ。この作品の書かれた時代に則していえば、フロンドの乱が終息して急速に絶対王政が確立して行く時代――すべてが、体制のなかに組みこまれて行く時代――のなかでの、時代的閉塞感の体現者だといえるだろう。例えば、その時代的閉塞感からの脱出の方向を社会的上昇の道に求めたジュリアン・ソレルとは逆に、武人として育てられた一本気なこの青年貴族は、己の所属する貴族としての生活を捨て、放蕩無頼の旅へ出発する。宮廷とサロンを急速におおう虚礼と偽善は、彼の若々しい生を窒息させるからである。その意味では、このドン・ジュアンは荒野にさまよい出たアルセストに似ている。いや、それ以上に、現代のヒッピーに似ている。

しかし、彼の反抗には、ジュベ、ヴィラール演出の場合のような、神々と比肩しようとする自由人の哲学的な反抗の気配はない。むしろ、彼を体制のなかへ組みこもうとする力の手先としての、宗教や既成道徳への反発であり、心情的な反抗なのだ。ノン・コンフォルミストではあるが、思想的な基盤をもったそれではなく、きわめて心情的なのだ。それだけに、このドン・ジュアンの感情の振幅は激しい。四幕六景、おそらく、かつてドン・ジュアンが愛し、尊敬したであろう剛毅で武人肌の父ドン・ルイの、叱責と鞭打ちと足蹴による激しい折檻を、小さな子供がするように、頭をかかえてうずくまったまま、ひたすら受けいれるドン・ジュアン。立ち去る父親を見送るドン・ジュアンの愛憎の分裂に狂いそうな暗い表情と苛立ち。そして、父親への暴言をいさめようとしたスガナレルの言葉に爆発し、手元にあったナイフで衝動的に切りかかるドン・ジュアンの姿からは、この若者の苦悩のありざまが痛々しいほどに感じとれる。観る者が思わず涙するほどに、この若者は心情的に共感しうる若者なのである。

しかし、その一方で、二幕二景以降の〈百姓娘の場〉や三幕の〈森の場〉でのドン・ジュアンは、解放され、彼本来ののびやかさを回復している。彼には、スガナレルと稚気溢れる遊びと笑いを共にする瞬間がある。後に紹介する〈百姓娘の場〉が典型的だが、彼らは主従であるとともに、放浪の旅を共にする仲間でもあるのだ。そして、三幕三、四、五景の意表をつく演出で、ベルイマンは、この青年武将ドン・ジュアンの本来の人間像を描きだしてみせる。すなわち、追剥に襲われたドン・カルロスを救いだし、抜身の剣を手に、息切れひとつ見せず登場するドン・ジュアンは、自信と生気にみち、まことに堂々としている。彼は、いまこそ自由であり、彼本来の時間を生きている。このドン・ジュアンは、つづいて登場するドン・カルロス、ドン・アロンソの兄弟とは、見事に対照的である。何故なら、ベルイマンは、この兄弟を、モリエールがしばしば戯画的に描いてみせた〈プチ・マルキ〉として登場させるからである。彼らの宮廷風の華美な衣装、鬘、羽飾り、全身をおおうリボン、そして虚飾にみちた物言いと立居振舞の前に、なんの飾りもない戎衣を思わせる簡素な衣装をつけ、鬘も着けず、丸坊主のまま突ったつドン・ジュアンは、かつて戦場に立った日のドン・ジュアンなのだ。両者の間の勝負は明らかであり、名誉にかけて復讐を叫ぶドン・アロンソにも、助けられた恩を口実に、弟をひきとめるカルロスにも、戦う意志はさらにない。それは、対面を保ってひきさがるための、苦しまぎれの口実であり、演技でしかないことが見てとれるのだ。おそらく、この場を喜劇的に演出した舞台のなかでも、出色のものであろうか。それは、アルセストに一喝されて右往左往する〈プチ・マルキ〉たちを想起させ、大きな笑いの渦をまき起こしていた。

以上に述べた二例からも推測されるように、悲劇的・ドラマ的な場とファルス的な場が交錯するモリエールの喜劇から、ベルイマンは、その創意にみちた解釈と演出によって、〈遅すぎた登場者〉ドン・ジュアンへの心情的な共感をひき出し、その一方で、ややメロドラマ的な展開を活用しながら、随所に笑いの渦を盛りあげて行くのである。それにしても、このドン・ジュアンには、第四章で紹介した〈オールド・ヴィック座〉のタルチュフを想いおこさせる何かがあった。共通したものは、何なのか。もちろん、このドン・ジュアンにはジュリアン・ソレル的な要素はない。時代的な閉塞感に悩む若者という点なのかもしれない。〈オールド・ヴィック座〉のタルチュフは、自虐的な自己破壊の道を突きすすんだ。そして、このドン・ジュアンは脱出の道、ヒッピーの生活を選んだということなのかもしれない。いずれにしろ、現代の若者に通ずる刻印を帯びている点では、共通していたといえるのだが。

③　エーフロス演出のドン・ジュアン像

これは、恐ろしいほどに強烈な舞台であった。たしかに、外面的には、ベルイマン演出の舞台と多くの類似点をもっている。例えば、三十歳前後と思われる主人公ドン・ジュアンは、エーフロス自身が「彼は、われわれの前に感じのいい人物として現れてもかまわない。かなり美丈夫であるが、美男子というより強健な感じの方がいいだろう。食べるのも、飲むのも、煙草を吸うのも好きな男である。身に備わった男性的な魅力がある」(23)と書くように、ベルイマン演出のドン・ジュアンと非常に似通っており、スガナレルとも主従の関係をこえた繋がりを感じとらせる。

そして、このドン・ジュアンの内部にも、彼を反抗へ駆りたてる何かがあるのだが、彼の場合、それは内心のうっ屈と呼ぶにはあまりにも激しく、それが、このふたつのドン・ジュアン劇をまったく異質なものにする理由であろう。エーフロス演出のドン・ジュアンを行動に駆りたてるものは、内心のうっ屈や屈折でもなければ、哲学的な不信や懐疑でもない。それはきわめて直接的で具体的な経験――それが何事であれ、何かを信ずることの可能性を彼から一挙に奪い去るような事件、経験――とでもいう他はなく、彼の内部には、その経験によって引き裂かれ、いまも血を吹き出している生々しい傷口が見えるようだ。したがって、このドン・ジュアンは、ジュベのように傲然たる瀆神者ではなく、ヴィラールが演じた氷のように冷たい不信者、嘲弄者でもない。彼は、火のように激しく、狂おしいほどに執拗な否定者であり、その否定の炎によって己自身をも焼きつくすほどの激しさとエネルギーを発散する。エーフロス演出の舞台でも、スガナレルの演技は随所で笑いをひき起こすが、全体的な舞台の印象はドラマ、それも凄絶なドラマというべきだろう。

例えば、四幕六景の〈ドン・ルイの場〉は、ベルイマン演出の舞台とは対照的な激しさで演じられる。小柄で小心な廷臣といった感じの父親が繰り言めいた小言をはじめるやいなや、ドン・ジュアンは、そこにあった直径一メートルはあろうかと思われる木製の車輪――舞台は大きな農業用倉庫の内部といった設定になっている――を、「オー、オー」と奇声を発しながら、舞台狭しと転がしはじめる。その勢いに押されたように、スガナレルも奇声を発して車輪を転がそうとする。最初、客席は、車輪をもてあまし、車輪にふり回されるスガナレルの無様な姿に笑いを誘われるが、その荒々しい動きによって父親の言葉を圧殺していくドン・ジュアンの猛々しさに客席の笑いは次第に細り、父親の言葉が終わるとともにピタリと動きを止めたドン・ジュアンの、吐く息の荒さだけが客席に滲みわたるように広がって行く。この動から静への際立った対照のなかから、ドン・ジュアンの、この引き裂かれた魂の内部の苦悩、傷口の深さが、そこに実体として提示されていたといえそうだ。エーフロス演出の舞台に、一種の殺気さえ感じとられる凄絶なドラマを見る所以である。

三幕一景の〈森の場〉の印象も同様である。スガナレルと医学談義を交わしていたドン・ジュアンは、そのうち受け答えの口数が次第に少なくなり、ついには、視線を宙に据えたまま完全に黙りこむ。おそらく、ドン・ジュアンは、彼を全面的な不信の淵に投げいれた、あの具体的な事件の時間に立ち戻っているのだろう。ドン・ジュアンの異様な状態に気付いたスガナレルは、ドン・ジュアンを笑わせようと滑稽なステップを踏んでみせるが、ドン・ジュアンの異様な様子にスガナレルの試みも凍りつき、かすかに挙がりはじめた客席の笑いも消えて行くほかはない。そして、気をとり直して、ドン・ジュアンを揺さぶり、議論を吹っかけてくるスガナレルに、ドン・ジュアンは「……俺が信じているのは、な、スガナレル、二に二を足せば四になる……」(24)という有名な台詞で答えるのだが、この流れのなかで語られるとき、それは己の信じて立つ原則の確信にみちた宣言ではなく、信じることの可能性をすべて奪い去られたという事実の、苦い自己確認の言葉なのだ。

そして、四幕十二景、石像の騎士が食卓を去った後、ドン・ジュアンは、ふたたびあの忌まわしい過去の時間に運び去られたかのように黙りこみ、狂気と紙一重の状態を耐えるかのようだ。しかし、一転して、ドン・ジュアンは己に取りついたオプセッション、あの過去の事件の亡霊を、わが身を傷つけることで振り払おうとするかのように荒れ狂い、それを静めようとするスガナレルとの間に凄まじい格闘を演じる。たしかに、ベルイマン演出のドン・ジュアンにも、時に爆発する瞬間はあるのだが、それは舞台のメロドラマ的な展開と笑いのなかで中和されていた。しかし、エーフロスの舞台では、スガナレルによって誘いだされる笑いの芽も、ドン・ジュアンの異様な行為によって凍りつき、舞台には、一種の痙攣的な激しさと殺気が支配していた。両者の違いは、それぞれの演出の基本線の違い、つまり、時代的な閉塞感から発した心情的な反発と、己の拠って立つ人間的な基盤を突き崩された人間の絶望的な反抗の違いと表現できるかもしれない。

以上に述べたように、ベッソン、ベルイマン、エーフロスの三者三様のドン・ジュアン像とその演出の基本線を概括したが、なお、二、三の重要な場面を例に取りあげてみよう。

2　〈百姓娘たちの場〉

まず、戯曲『ドン・ジュアン』の難問のひとつ、二幕の〈百姓娘たちの場〉を取りあげよう。ジュベが「バレエのリズムで」簡単にすませてしまったこの場で、三人の演出家は、かなり入念な、そして、まことに対照的な舞台を作りあげている。

①　ベッソン演出の場合

自分自身と戯れるベッソン演出のドン・ジュアンは、この場、とりわけ、シャルロットとマチュリーヌに取り囲まれて、結婚を迫られる六景では楽しげであり、彼はこの状況に困惑するどころか、むしろ、倍加したゲームのスリルを喜んでいるかのようだ。顔を突きあわさんばかりに詰め寄ったふたりの娘の間で、この甘いマスクの坊ちゃん臭の抜け切らない貴公子が繰りひろげる、図々しさを通りこした軽やかな口説きと振舞いに、観客は思わず共犯者的な笑いに引き込まれる。かつて、モスクワ来演時に、ヴィラールが演じたこの場を評して、エーフロスは「二人の娘を自分の両膝に座らせ、二人の娘は自分の顔の幅しか離れていないのに、右を向き左を向きしてそれぞれに誓いの言葉を囁くのである。それは魅惑的に恥知らずであった」(25)と書いたが、このドン・ジュアンも、「魅惑的に恥知らず」なのだ。ただ、ヴィラールのドン・ジュアンが徹底的な冷笑家であり、恋だとか結婚だとか、まして恥の意識などもその冷笑から逃れえないのにたいし、このドン・ジュアンは妖精のように「魅惑的」であり、その意味では、彼にとっては、恋も結婚も、そして恥もまるで関わりのないもの、彼はまことに軽やかに、妖精のように戯れているだけである。

② エーフロス演出の場合

エーフロスの舞台では、この場はまったく別の展開をみせる。エーフロス自身が書くように、このドン・ジュアンは「恋をもてあそぶのではない。彼は実際に恋をしてしまう人間である。この場合も彼は嘘を言っているわけではない。実際に結婚するつもりなのだ。」(26)したがって、もうひとりの娘マチュリーヌが現れたとき、ドン・ジュアンは彼女の前でも、本気になって結婚を誓う。そして、数メートルを隔てて叫ぶ二人の娘の間を、猛烈な勢いで往復し、それぞれの娘にその真情を誓い、あげくの果て、どうしても信じない二人の娘にかんしゃくを起こして、その場にぶっ倒れる始末である。相変わらず、火のように激しく、激情的なドン・ジュアンであり、その一途な性格の反映として納得もいくのだが、突如、現れたこのファルス的な調子には戸惑いさえ感じさせられたのである。つまり、凄絶なドラマとして印象付けられる前後の場面の流れの中で、正直なところ、この場だけが浮きあがり、芝居の流れからはみ出し、異質なドン・ジュアンを感じ取らせるのだ。妙な話だが、この場がなければ、エーフロスのドン・ジュアン像は鮮明な統一像になりえたのだが。先にも指摘した、モリエールの『ドン・ジュアン』のもつ厄介さであり、どこかの場が舞台の流れからはみだすとした理由である。ジュベが、この場を軽く流したのも、そのためだったろうと改めて納得した次第だ。しかし、次に取りあげるベルイマンは、この難問を見事に解決してみせる。ただし、ひとつの留保付きで――

③　ベルイマン演出の場合

才気煥発といったベルイマン演出は、機略にみちたある手段を使って、この場を最大の見せ場に仕上げてみせる。実をいえば、これは完全な反則なのだが、同時に見事な反則なのだ。何故なら、ベルイマンは、この場のドン・ジュアンとスガナレルの役割を完全に入替え、H・ターテの演じるスガナレルに娘たちを口説かせ、娘たちの間を右往左往させたのである。一九六〇年代の〈ベルリーナ・アンサンブル〉の中心的俳優であり、わたし自身、ブレヒトの『男は男だ』の主役を演じたターテを見る機会があったが、小柄な、村夫子然とした風貌のターテは、たくまないその表情や動作のひとつひとつによって、飄々とした可笑しみを漂わせる生来の喜劇俳優であった。ベルイマンは、スガナレル役にこのターテを得て、彼の喜劇としての『ドン・ジュアン』を組み立て、また、それに成功したのではなかったか。何故なら、ベルイマンの舞台は、ドン・ジュアンよりスガナレルの活躍によって、その光彩を放っていたからである。

三本の立木の間に張りめぐらされた洗濯綱に、シーツや小物を干すシャルロット、それにまつわりつきながら、ピエロは鄙びた恋の口説を繰りひろげている。そんな場に行きあわせたドン・ジュアン主従は、目くばせを交わすや、早速、衣服を交換しはじめる。彼らは、いったい、何をはじめるつもりなのか。実は、つい先ほど、ドン・ジュアンに唆されたスガナレルが、主人になりすまして、マチュリーヌを相手にやってのけた悪戯を、この娘（シャルロット）にも、というわけである。貴族になりすましたドン・ジュアン＝スガナレルの、どこかぎこちない立居振舞も観客の笑いを誘うが、色とりどりの洗濯物の列でできた迷路――胸くらいの高さ――の間を出没して、言葉よりも動きと身振りを先にたてたスガナレルの口説きがはじまると、最初、この反則に戸惑いをみせていた客席はどよめき、次第に笑いの渦がまき起こる。マチュリーヌの登場によってその笑いは頂点に達するが、スガナレルが、とぼけた動きで二人の娘をさばきながら、生来の好き者ぶりも充分に発揮するからである。一方、ドン・ジュアンは、奮戦するスガナレルに悪戯っ気たっぷりの合の手を入れ、ふたりの娘の喧嘩をあおり、この観物に笑いが止まらないといった様子である。放浪の旅の間中、ふたりの主従は、この種の遊びをけっこう繰りかえしていたことだろう。そんな印象をもつほど、この場は、彼らふたりの人物像とごく自然に溶け合っていたといえる。

それにしても、フランスの俳優たちの間で、どんな風に演じても悪評しかもたらさないドン・ジュアン役は、ジュベのいうように「ひとりの女も物にしない誘惑者」(27)と呼ばれつづけてきたのだが、ベルイマンのこの機略にあふれた演出は、それにたいするまことに効果的な対抗策というべきであり、その反則ぶりには唖然としながらも、笑いの止まらない舞台であった。「百姓娘の場」は、戯曲『ドン・ジュアン』の難問――どのように演じても、統一的なドン・ジュアン像に破綻を招くという意味で――

のひとつだが、この難問を前にしたベルイマンが、スガナレル役にターテを得て、この場の演出を構想したのか、あるいは、その逆だったかは別にして、また、これが見事に反則であったことを棚に挙げれば、たしかに、ひとつの解決ではあった。いや、難しい話は抜きにして、この場のこれ以上面白い舞台は想像できないと、正直にいった方がいいのかもしれない。そんな舞台であった。

この場と関連して、ベルイマン演出には、もうひとつ指摘しておくべきことがあった。それは、このドン・ジュアンには誘惑者の面影がないという点である。もちろん、ジュベが、彼のドン・ジュアン像から誘惑者的な側面を切り捨てた場合と異なることはいうまでもない。むしろ、これは、ベルイマンがこの舞台で見せるメロドラマ的な展開の一例であり、百姓娘を口説く楽しみをスガナレルに任せ、自分は見物役にまわったドン・ジュアンには、ある秘密があった。宮廷やサロンへの反発から放浪の旅に出たこのドン・ジュアンは、エルヴィールを捨てきってはいないのだ。彼は、エルヴィールより脱出の道を選ばざるをえなかったということであろう。一幕三景のエルヴィールへの言葉とは裏腹に、彼はエルヴィールへの未練を隠さない。さらに、四幕九景で、紫の衣に身を包んで現れたエルヴィールとドン・ジュアンが繰りひろげる場面は、まさに一種の濡れ場であり、エルヴィールが身を振りほどくようにして逃れ去った後のドン・ジュアンの荒れ方は、彼がいう「おい、おれはあの女にまたちょっとばかり未練が出たよ……」という言葉が虚勢でしかないことを明らかにしている。戯曲『ドン・ジュアン』の難問に立ち向かうための、ベルイマンの苦肉の策といえるだろう。しかし、それなりに、ドン・ジュアンの人物像は一貫しており、納得できるのが不思議なほどであった。

ベルイマンは、各場面の意表を突くその演出で、『ドン・ジュアン』の難問に立ち向かっていたが、いま、ひとつ、非常に示唆に富む対抗策を打ち出していた。それは、舞台空間の設定の仕方とそれを活用した上演形式での新機軸であった。取り扱う角度が一転するきらいがあるが、是非、報告しておきたい問題である。

3　ベルイマン演出の舞台空間の設定

緞帳が上げられたまま、薄明かりの入った舞台前面に、木組みの演技台――間口・八メートル、奥行き・六メートル、高さは七〇センチほど。両サイド及び舞台奥に向けて階段、ただし移動可能であり、各場面で位置は変化する――が置かれており、演技台の上には人形に着せかけたドン・ジュアンの衣装のほかには、背景らしいものもない裸舞台である。開幕の明かりとともに、すでに持ち役の衣装をつけた俳優たちが現れ、机、椅子その他の小道具を配置し、ドン・ジュアンの旅先での居室ができあがったところで、小屋掛け芝居で使うような派手な引き幕がふたりの俳優によって、演技台前面に張られ、一俳優が鳴らす鐘と口上によって、第一幕が開始される。以後、舞台装置の転換と新しい幕ないし景の開始は、同様の手法で行われる。基本的には、ミラノの〈ピッコロ座〉が上演したゴルドーニの『二人の主人を一度に持つと』で、演出者G・ストレーラーが用いた手法の変形だといえるだろう。

ところで、ベルイマンの舞台がかけられたのは〈クヴィリエ・テアター〉、すなわち、ミュンヘンの旧王宮劇場であり、有名なロココ風装飾をもつ額縁舞台のなかに、かつて大道で用いられた見世物式演技台を設定したベルイマンの意図は何だったのか。ベルイマンのこの舞台空間の利用の仕方から、わたしには、その意図がかなり明瞭に読みとれたように思う。まず第一に、場面の変化が激しく、しかも、各場面ごとに、悲劇的ないしドラマ的な場とファルス的な場が交錯する『ドン・ジュアン』を上演するために、ベルイマンは、額縁舞台のもつ〈本当らしさ〉の制約から解放されることを狙ったということ。次に、先に述べた舞台転換の技法とも相まって、演技台上で演じられる物語を観客にはっきり〈お芝居〉として意識させ、各場面のトーンや演技のリズムの急激な変化、いいかえれば、ドラマ的な場とファルス的な場との間の双方向的な転換を自由なものにすることであったといえるだろう。その意味で、ベルイマンの舞台空間の設定はまことに効果的であり、戯曲『ドン・ジュアン』のもつ演出上の難問にうまく対応し、舞台の統一性も見事に確保されていたと思う。しかも、この技法は反則ではないのだ。モリエールの初期作品の多くは、劇場外の空間で、形こそ違っても、このような演技台を用いて上演されており、モリエールの「大喜劇」のひとつとしての『ドン・ジュアン』という固定観念さえ捨てればいいのだから。ベルイマンの創意に富んだ示唆として報告しておきたい。

4　終幕の問題

終幕の石像登場（五幕四景）以降は、戯曲『ドン・ジュアン』のもつ難問中でも最大の難問だが、映像作家でもあるベルイマンは、ここで、突如、その演出手法を転換する。それまでの舞台展開から、わたしが予想し、また期待していたのは、この演技台の機能を最大限に活用した終幕であっただけに、それは意外であり、また残念であった。舞台上手のバルコニーに、さまざまな色彩のスポットを浴びて、時の鎌をもった死神をはじめ奇怪な妖怪たちがうごめき、一方、舞台では、演技台奥に壁状に張られた白い厚紙を破って石像が登場する。最終景、色彩が乱舞するなか、白煙が吹きだす白壁の破れ口へ、石像に手を引かれてドン・ジュアンが吸いこまれて行くという結末は、一種の夢幻劇的な紙芝居という印象であり、演技台を駆使したそれまでの舞台とは、まったく異質なものであった。ジュベ演出の舞台で、ドン・ジュアンが業火で焼かれた後、骸骨を舞台にもち出した、やはり夢幻劇的なエピローグがつけられ、多くの非難を浴びたといわれるが、この場合も、演出者の意図がまったく理解できない終幕であった。

その点からいえば、先に紹介したベッソン演出の終幕やエーフロス演出の場合は、簡潔ではあるが、それぞれの演出の流れの延長線上にあって、そのドン・ジュアン像から導き出された終幕であったといえるだろう。とくに、エーフロス演出の、登場人物すべてが見守るなかで、頭上から落ちてくる石像の声に応えて、動ずる様子もなく腕をさしだしたドン・ジュアンが、強烈なスポット＝稲妻のなかで業火に焼かれる力強い終幕は、体制にたいする絶望的な反抗者が、従容として己の死を受けいれて行く姿として印象付けられるものであった。石像と相対したドン・ジュアンには、終始、そのような潔さがあった。

5　三つの舞台の総括

最後に、紹介した三つの舞台について、わたしの総括的な印象をまとめておこう。

まず、才気煥発といった感じのベルイマン演出の舞台は、各人物、各場面について、従来の解釈や上演例を各所で逆転してみせた、その演出上の発想の面白さや大胆さに驚かされ、また、それなりに示唆に富んだものであった。とくに、その舞台空間の設定と生かし方がそうだ。しかし、最終景にいたって、それまでの舞台の統一性は一挙に失われ、また、演出上の多彩な工夫がかえって演出の主題をあいまいなものにしたきらいがある。もっとも、わたしが受けとめた〈遅すぎた登場者〉ドン・ジュアンの心情的な反抗という演出の基本線では、石像登場以降の場は支えきれず、演出者ベルイマンは夢幻劇的な終幕に逃げ道を求めざるをえなかったのではないだろうか。結局のところ、わたしの印象を率直に語れば、この舞台は観客サービス満点のエンターテーメント、観客の満足度一〇〇パーセントの舞台であった。しかも、演出上の問題として、教えられるところの非常に多い舞台であったことも、たしかである。そして、戯曲『ドン・ジュアン』のもつ難解さ、その恐ろしさを改めて痛感させられた舞台であった。

ベッソン演出のドン・ジュアンが、エルヴィール、百姓娘、ドン・カルロス、父親、そしてディマンシュ氏と戯れる場は、たしかに楽しい。しかし、それは実在感のない妖精が繰りひろげる悪戯であり、わたしが「共犯者的な笑い」と表現したのも、この悪戯がひき起こす笑いなのである。したがって、この実在感のないドン・ジュアンが石像と向かいあう場は、稲妻が走り、色彩が乱舞する、やはり夢幻劇の様相を呈し、一方、貧者やピエロは社会主義リアリズムの舞台によく見られる肯定的人物、いわゆる健全な民衆として描かれており、そのため、ドン・ジュアンの駄々っ子ぶり、貴族であることへの甘えや傲慢さが浮き出してくることはたしかだが、演出の主題がここにあると思えない以上、演出者の意図が理解しがたい場面であった。要するに、自分自身と戯れる妖精のようなドン・ジュアンを中心に据えたベッソン演出の舞台から、このリアルな、批判劇的な場面は明らかにはみ出していたのである。いってみれば、ベッソン演出の場合、戯曲『ドン・ジュアン』の難問への回答が、それぞれの問題にたいする個別的な回答に終始し、その演出に、全体を一貫する統一的な視点が欠けていたというべきであろう。

最後に述べるエーフロス演出の舞台から、わたしはモリエールの戯曲『ドン・ジュアン』のもつアクチュアリティ、その今日性を強烈に印象付けられた。そして、この笑いさえ途絶えがちな凄絶なドラマから、わたしはある政治的なメッセージを受けとったといえば、いい過ぎであろうか。ドン・ジュアンがその人間としての基盤を一挙に突き崩され、信じることの可能性のすべてを奪われた事件、具体的な経験とは、おそらく、政治的なものであっただろうという印象は、その終幕によってさらに強められたといえる。ベルイマン演出のドン・ジュアンは確立して行く体制にたいする心情的な反発者であったが、このドン・ジュアンは体制からはね飛ばされ、その衝撃のなかで見舞われた人間的な崩壊感から狂気のように自己破壊の道を突き進む全面的否定者と表現すべき存在である。そして、このような狂気への引き金は、直接的で具体的な、血のほとばしるような経験、すなわち、政治的な経験以外にありえないと、わたしには思われるのだ。実をいえば、石像登場以後の各場面で、超自然的な力を示す石像を、わたしは、このドン・ジュアンを不信の淵に投げ込んだ政治的事件の根源、政治的権力の象徴として受けとめはじめていたと思う。屈伏を迫る巨大な力の前で、毅然としてそれを拒否するドン・ジュアンは、終幕にいたるまで、その姿勢を貫きとおす。終幕のドン・ジュアンを「従容として己の死を受けいれる姿」と捉え、「石像に相対したドン・ジュアンには、終始、そのような潔さがあった」と書いた理由である。前章「タルチュフの結末」で取りあげたリュビーモフにしろ、このエーフロスにしろ、ソヴィエトの自由派劇場のリーダーたちは、いま、芸術と政治権力の悲劇的な葛藤の時代を生きている。彼らの舞台に政治的なあるメッセージが含まれていたとしても不思議ではない。一九七〇年、リュビーモフが、その『タルチュフ』上演をとおして、自由派劇場が直面している検閲の問題と、自由派劇場を弾圧する演劇界の偽善と党派性の問題を浮きぼりにしていたが、エーフロスの『ドン・ジュアン』初演はそれから三年後の一九七三年なのである。そして、エーフロス自身、一九六〇年代の演劇活動の故に、一九六七年には、〈レーニン・コムソモール劇場〉の首席演出家の地位を追われ、現在の〈モスクワ・ドラマ劇場〉へ移るのだが、その追放のひとつの理由になったのが、彼が演出したM・ブルガーコフの戯曲『モリエール』――次章で取りあげる――であり、盟友リュビーモフが主役のタルチュフを演じたのである。このふたりの演出者とモリエールの深い繋がりを感じとらざるをえない。もちろん、モリエール劇のもつ今日性は、常に政治的であると主張するつもりはない。ただ、現代のきわめて悲劇的な政治状況のなかでは、それはありうる形であり、しかも、きわめて強烈な今日性を発揮するという事実だけを指摘しておきたい。最後に、エーフロス演出の『ドン・ジュアン』が、果たしてモリエール的であるのかという問いにたいして、演出者自身が答えた言葉を以下に引用しておこう。

「モリエールに関して、たとえばその守銭奴はたんにけちであるだけだと言われるが、それでもなお、と言うより、そうならなおいっそう現代のモリエール劇は、すでに単にモリエールではないし、ただモリエールだけではないのだ。」(28)

（一九八四年三月）

第七章　ミハイール・ブルガーコフと戯曲『モリエール』

―― モリエールとブルガーコフの不思議な照応関係 ――

一　〈ロイヤル・シェイクスピア劇団〉上演の戯曲『モリエール』

〈ロイヤル・シェイクスピア劇団〉上演のM・ブルガーコフの戯曲『モリエール』（一九八三年十一月所見）の舞台では、台本作成者D・ヒューグによって、原作にはなかったプロローグが書き加えられていた。ヒューグ自身「プロローグについてはヒューグには弁解の余地はない。だが、英語圏の観客にとっては、この戯曲のもついくつかのもっとも重要なニュアンスを理解するためには、ブルガーコフが戯曲を書きながら直面していた状況を理解することが必要であった」(1)と書いたように、このプロローグは、太陽王ルイ十四世の時代と一九二〇～三〇年代のソヴィエト的現実との間の不思議な照応関係を観客に意識させることによって、戯曲の主題を明瞭に浮かびあがらせるために書き加えられたものといえる。すなわち、ルイ十四世の王権とその背後で策動する〈聖体秘蹟協会〉の狂信者たちの圧力のもとで苦闘するモリエールの姿に、スターリン体制下の政治と芸術の軋轢の姿、とくに、その相剋のなかで悲劇的な運命に見舞われた作者ブルガーコフ自身の姿をオーバー・ラップさせ、観客に明確な視点を与えながら戯曲の世界への効果的な導入を実現していたのである。したがって、以下に、〈R.S.C. Playtext〉版の戯曲《MOLIERE》のプロローグ部分(2)を、わたし自身の観劇時のメモを参考にしながら紹介しておこう。

舞台にスポットが入ると、やや猫背だが、がっしりした四十代なかばのブルガーコフが浮かびあがる。おだやかな皮肉っぽい微笑。グレイのスーツとタイを着用したブルガーコフは内心の想念を追うかのように立ちつくしている。そして客席には、ルイ十四世に『タルチュフ』上演の許しを懇願するモリエールの声がマイクをとおして聞こえてくる。ブルガーコフは、いま、モリエールの「第一請願書」冒頭の一節(3)を思い浮かべているのだ。

「国王陛下、喜劇の役割は、人を笑わせながら人びとの過ちを正すことにあると信じております、わたくし、ジャン・バチスト・ポクラン・ドゥ・モリエールは、わたしの職務を果たすにあたって、滑稽な振舞いにおよぶ人びとを描きながら同時代の悪を攻撃することこそ、陛下のお役に立つ最大の道と信じております。国王陛下、もし、わたしが偽善者たちを、すなわち、偽りの熱情と口先だけの偽善を手段にして、その同胞をおとしめんとする偽りの信心家どもを攻撃する劇を書くならば、陛下の人民のすべての善き人びとに、わたしが少なからぬ貢献をなすであろうという考えを抱くにいたったのであります……」内心をよぎるモリエールのこの言葉に聞きいっていたブルガーコフは、観客に向きなおり、静かに話しはじめる。

「一九三二年のはじめ、わたしは日記にこう書きしるしました。〝それが何年のことだったか、もう想い出せないが、わたしは十七世紀のパリ、幻の、お伽話の世界に生きていた……〟と。」

この言葉をきっかけに、舞台の奥に設けられたアッパー・ステージ(パレ・ロワイヤル座の舞台を表現）にはモリエール一座の俳優たちが集まり、今宵、国王のために上演する芝居の準備をはじめる。彼らの動きを見やりながら、ブルガーコフは語りつづける。

「わたしが書き、モスクワ芸術座が上演台本として受けいれたこの戯曲が、舞台で陽の目をみる機会はとうてい望みえないものでした。わたしの作品はすべて上演禁止になったのですから。絶望したわたしはスターリンに手紙を送り、ソヴィエト連邦を去りたいと書きました。モリエールもまた彼の国王に手紙を書いたのです。おそらく、わたしはあのモリエールの言葉につづけて、こんな風に書くこともできたでしょう。〝陛下、わたしが置かれております状況がこのようなものである以上、いま、わたしが庇護をお願いしております貴方以外の誰に、わたしは庇護を求めうるでしょう？　至上の命令の正しい発令者、至上の判定者、すべての人間の支配者以外の誰からそれを求めうるでしょう？〟と。その後数日を経ずして、わたしが床についてからかなりたって、そう、朝早くに電話が鳴りました。ジョゼフ・スターリンからでした。わたしたちは作家の責任の本質についてしばらく話しました。その後、ソヴィエト連邦を去りたいというわたしの決心を考え直したこと、この地に留まって書きつづけることが愛国者としてのわたしの義務だと考えたことを彼に話しました。この言葉は彼の気にいったようでした。次の日、モスクワは雷雨によって洗いぬぐわれたようでした。空気はいきいきと蘇り、わたしの心は和らぎ、わたしはもう一度生きようと思いました。」

「モスクワ芸術座はわたしの作品『白衛軍』を蘇らせ、スターリンはその特別公演に足を運んでくれました。……しかし、一九三二年、モスクワ芸術座は、今後、戯曲『モリエール』の上演準備をこれ以上進めないことを決定しました。十年ほど前、脂ぎった豚どもといっしょになった革命派の芸術家たちから攻撃されていたこの劇場が、いまや、ふたたび体制側の支柱となりはてたのです。作品の書き直しが示唆されましたが、わたしは拒絶しました。五年間、二百九十回のリハーサルの間、このゲームはつづきました。三〇年代もなかばになって、劇場の外の世界が変化しはじめました。新しいカトリシズムがやってきて、異端者にたいする戦いがはじまったのです。わたしのふたつの世界は、次第にひとつの世界に追いこまれていったのです。揃いのお仕着せを身につけ、白粉まみれの鬘をかぶったおべっか使いどもが、上演事務所に届けるカナッペを捧げもってペルシャ絨毯の上を進んでくる御時世でした。」

「マスケット銃をもった兵隊どもがメイエルホリド劇場に乱入し、火撃ち式銃を鉄格子のなかに打ち込みました。プロレタリア文化活動に献身したジョルジアの詩人たちが、パリの路上でギロチンにかけられる御時世でもあったのです……」

このようなブルガーコフの述懐につれて、舞台はパレ・ロワイヤル座の楽屋に変化し、ごく自然な形でドラマの世界へと移行して行くのだが、ここで示したように、台本作成者ヒューグのプロローグは、ブルガーコフの作品、例えば『巨匠とマルガリータ』の表現様式と同様、まことに難解な比喩的表現にみちている。次項では、戯曲『モリエール』執筆と上演にあたって、ブルガーコフが直面していた状況をより具体的に明らかにしてみよう。それは、戯曲『モリエール』の主題そのものの理解のためにも必要な作業なのだ。

二　一九二〇年代の状況とブルガーコフ

ブルガーコフは、一八九一年、キエフの神学校教授の家庭に生まれた。一九一六年、キエフ大学医学部を卒業したブルガーコフは、同一八年、キエフで開業医となる。しかし、革命と内戦の嵐は彼の住むキエフを巻きこみ、帝政派としての白衛軍とドイツ干渉軍の傀儡政権ウクライナ総統派、ウクライナ民族独立派のペトリューラ軍、そして革命派（ボルシェヴィキ）という四つの勢力の争奪の的となり、一年半の間に十数回の権力交代があった。その渦中に生きたブルガーコフは、そのうちの十回の権力交代を体験したという。このような体験のなかで、思想的にも革命と反革命の間を揺れうごいたブルガーコフは、次第に文筆活動への傾斜を深める。一九二一年、医師生活を捨ててモスクワへ出たブルガーコフは、業界新聞などの記者・編集者として生活しながら、二三年ごろから最初の長編小説『白衛軍』の執筆にとりかかり、二五年には、その第一部及び第二部が雑誌『ロシア』に掲載された。

小説『白衛軍』は、一九一八年の冬から翌年一月にかけて、（先に挙げた四派のうちの最初の）三派の争奪戦の渦中にあったキエフを舞台に、白衛軍に参加した若い医師とその弟妹、彼らの家に出入りする白衛軍の将校たちの敗北と没落の過程を描いているが、そこにブルガーコフ自身の体験と、革命と反革命の間を揺れうごいた彼自身の心情が色濃く反映されていることはいうまでもない。歴史の帰趨にたいする予見は充分にありながらも、内戦の悲惨な現実の描写は、革命が家庭の平和や文化の破壊者でもある一面を浮きあがらせ、帝政の崩壊を祖国ロシアそのものの崩壊と感じとるブルガーコフの喪失感も否定できない。一九二五年当時の状況のなかで、このような小説が反革命の陣営を同情的に描いたものと受けとめられたのは当然であり、単行本としての出版は望みえなかった。一方、ザミャーチン、ピリニャークなどの作品を掲載してきた雑誌『ロシア』は当局の文芸政策に反するものとされ、編集長レジネフの国外追放、雑誌の廃刊という事態を招いたため、『白衛軍』の続編の発表も不可能であった。

ところで、革命前、チェーホフやゴーリキーの戯曲によって精緻なリアリズム演劇を完成し、世界的な名声を確立していたモスクワ芸術座は、この時期、深刻な危機に直面していた。先のプロローグで「十年ほど前、脂ぎった豚どもといっしょになった革命派の芸術家たちから攻撃されていたこの劇場……」と表現されていた時期であり、革命の時代を反映した現代作家の戯曲を上演しないモスクワ芸術座は、一時代前のブルジョワ演劇の最後の担い手と非難されていたのである。そのことに関連して、例えば、『芸術におけるわが生涯』のなかで、スタニスラフスキーは次のように書いている。

「かつては運命が私たちに、その時代の精神のすばらしい表現者であるア・ペ・チェーホフという劇作家をおくってくれた。以前のものより広汎でもあり、また複雑でもある現在の演劇界の革命の悲劇は、それの劇作家がまだ生まれていないことにある。しかも私たちの集団的創造は劇作家からはじまるのであって――劇作家なしでは、俳優も演出家も何もすることがないのだ。このことを、どうも、現在の革新家＝革命家たちは考慮に入れようとしていないようである。」(4)

それは、自分たちが陥っている袋小路から脱出するために、「ある距離をおいて、遠くから全般的な情勢を眺め、それをもっと正しく把握することが必要」(5)と考えたスタニスラフスキーをはじめとする劇団の主力メンバーが、ほぼ二年間――一九二二年九月から一九二四年八月――にわたる欧米への客演旅行を試み、帰国した時期でもあった。このような時期に、チェーホフ、ゴーリキー、ゴーゴリといったモスクワ芸術座にとってもっとも重要な作家たちと資質的にもきわめて近いと思われるブルガーコフの小説『白衛軍』が現れたのである。当時、革命の時代を反映した現代作家の手になる戯曲を必死に探し求めていたモスクワ芸術座の文芸部長マルコフが、ブルガーコフのこの小説に注目し、戯曲化を要請したのも当然であろう。『白衛軍』をもとにして戯曲化された『トゥルビン家の日々』は、一九二六年十月、スタニスラフスキーの指導のもと、スダコフの演出によってモスクワ芸術座の舞台にかけられ、芸術座創設時の『かもめ』以来といわれるほどの大成功を収めた。これはモスクワ芸術座とブルガーコフとの最良の蜜月時代であった。

しかし、この成功はモスクワ芸術座にとって、とりわけ、ブルガーコフにとっては危険な成功であった。『トゥルビン家の日々』の成功によって注目を集めたブルガーコフは、その後劇作家として活動し、一九二六年にはヴァフタンゴフ劇場で『ゾーイカの住居』、一九二八年にはカーメルヌイ劇場で『赤紫色の島』が上演されるにいたる。しかし、『トゥルビン家の日々』の成功をめぐって、その成功の原因は、白衛軍に共鳴あるいは同情した人びとの関心を集めただけであり、作者ブルガーコフの本質はきわめて反ソ的・反革命的であるとする政治的な批判がすでに出ていたのであり、つづいて上演されたこれらの戯曲は、反動的・反革命的イデオロギーの戯曲だとするより強烈な批判を呼び起こし、レパートリー統制委員会によって次々と上演中止に追いこまれた。このような状況のなかで、一九二七年、『トゥルビン家の日々』の続編として書かれた戯曲『逃亡』はモスクワ芸術座の上演台本として採択され、最高の配役によって上演の準備が進められたが、一九二八年、この戯曲を「白衛軍への鎮魂歌」だとするレパートリー統制委員会からの指示で上演禁止の措置がとられ、翌二九年三月には、『トゥルビン家の日々』もモスクワ芸術座の上演目録から外されるにいたった。このように、教育人民委員部（後の文化省）及びその傘下のレパートリー統制委員会からの政治的弾圧によって、ブルガーコフは作品の出版及び上演のすべての機会を奪われたのである。問題は戯曲だけでなく、一九二五年、初期の短編小説を集めて出版された作品集『悪魔物語』に革命後のソヴィエトの現実にたいする鋭い風刺が含まれていたため、ブルガーコフは反動作家と目され、以後、彼の小説は出版の機会を閉ざされていたのだが、一九二八年頃からは、彼の著作は図書館の書棚から撤収され、新聞、雑誌等への寄稿も不可能となった。戯曲『モリエール』を構想し、その第一稿を書きあげたとき、ブルガーコフが直面していた状況はこのようなものであった。

三　伝記的小説『モリエールの生涯』と戯曲『モリエール』

一九二九年から一九三二年の冬、すなわち、スターリンからの電話によって戯曲『トゥルビン家の日々』がモスクワ芸術座の舞台で復活上演されるまでの間、ブルガーコフは発表の見込みもないまま著作活動をつづけるという状況におかれるが、一九三〇年、せめてモスクワ芸術座の舞台監督あるいは裏方としてでも働きたいと政府当局に願いでて、許可される。この時期、ブルガーコフは演出助手の仕事のほか、端役ながら俳優として舞台にたったこともあるようだが、その一方で、戯曲『モリエール』の決定稿作成の仕事をつづけ、三一年中にはそれを書きあげ、モスクワ芸術座に提出している。

ところで、戯曲『モリエール』のフランス語版の翻訳者P・カリーニンは、その序文(6)で、《偉人の生涯》叢書の一冊としてモリエールの伝記の執筆を依頼されていたブルガーコフは、この同じ時期に、後に『モリエールの生涯』として死後出版（一九六二年）されるものの原稿を並行して執筆していたこと、そして、提出されたブルガーコフの原稿は叢書の編集部によって拒否され、「より主観的でない批評家」S・モクルスキーに改めて委嘱され、一九三六年に出版されたと書いている。拒否の理由は「伝記というジャンルの伝統からあまりにもかけ離れている」という点にあった。

しかし、編集部のこの拒否理由にもそれなりの理由があった。カリーニンが、そのフランス語版のタイトルに、わざわざ「伝記的小説」と銘打ったように、詳細な伝記的事実を踏まえながらも、ブルガーコフのこの作品はやはり〈小説〉なのである。その意味では、『モリエールの生涯』とともに、原稿のままブルガーコフ未亡人の手元に残され、ブルガーコフの死後、出版された作品『劇場』に通ずるものがある。すなわち、この作品『劇場』が、自作の上演を契機としたモスクワ芸術座との交渉の経過、その稽古過程での事件等を含め、一九二〇～三〇年代のモスクワの演劇界、とくにモスクワ芸術座の状況を反映した自伝的要素のきわめて濃い作品でありながら、ブルガーコフ独特の想像力によって、むしろ、虚構の小説的世界として描きだされていたのと同様に、『モリエールの生涯』も伝記というより伝記的小説『モリエール氏物語』とでも名付けるべき内容をもっていた。例えば、『モリエールの生涯』冒頭のプロローグ(7)は「産婆さんとの対話」と題されているが、驚いたことに、この伝記作者はいきなり一六二二年のパリに現れ、いましがた若くかわいいポクラン夫人の産床から、月足らずの男の子を取りあげたばかりの産婆さんに語りかける。「マダム、あなたの手のなかのその赤ちゃん、大事に扱ってくださいよ。月足らずで生まれたことを忘れないで！　この子を死なせては、お国のたいへんな損失になりかねません！」と。驚く産婆さんに、伝記作者は、この子が、その後の世界の人びとにとって、とりわけ、三百年後の異国（ロシア）の人びとにとって、どんな意味があるのかを語りはじめる。世界演劇史あるいはロシア演劇史のなかでモリエールが占めた位置、それがこれほどの楽しさで語られうるとは！　それだけではない。ヒューグのプロローグに登場したブルガーコフは、「それが何年のことだったか、もう想い出せないが、わたしは十七世紀のパリ、幻の、お伽話の世界に生きていた……」と語ったが、まさにその言葉どおり、ブルガーコフの想像力は十七世紀のパリを自由にかけめぐり、この伝記作者はモリエールの生涯のさまざまな場面に姿を現して、モリエールとルイ十四世との会話――例えば、『タルチュフ』の上演許可をめぐって交わされたであろう彼らの間の何度かの会話――を報告し、あるいは、ボワロー、ラ・フォンテーヌ、シャペル、ラシーヌ等の友人たちとの交流と議論を再現してみせる。とくに、オートゥイユの秋の森を散策しながら、妻アルマンドの不実と病に苦しむモリエールが、親友のシャペルにその胸の内を告白する場面は、そのまま芝居の、あるいは映画の一場面でもあるといえよう。客観的な伝記的史実を踏まえながらも、ブルガーコフ独特の想像力によって、そうであったかも知れないモリエールの生涯、いわば、『モリエール氏をめぐる伝記的物語』を書きあげたのだ。

このような、きわめて独創的な伝記を書きすすめるブルガーコフの筆が、『タルチュフ』や『ドン・ジュアン』をめぐる狂信者たちとの戦いの場に及んだとき、そこに展開される芸術と政治権力とカトリック教会という三極構造の戦いのなかに、彼自身のおかれている状況と戦いを発見し、そのようなモリエールの苦悩や戦いに自分自身のそれをオーバー・ラップさせながら、戯曲『モリエール』を構想したとしても、それはきわめて自然な流れであったといえよう。ルイ十四世の時代と一九二〇年代のソヴィエト的現実の間の強烈な照応関係は、改めて指摘するまでもなく明らかなのだから。

そして、ブルガーコフは、かつてモリエールが行ったように、ルイ十四世＝スターリンに手紙を送り、作品の上演か、国外への退去か、さもなければ、銃殺されることを望んだという。一九三二年冬のある朝早く、ブルガーコフにかかってきたスターリンの電話については、ブルガーコフの未亡人セルゲーエヴナの日記に書き留められていたという。イエラーギンの『芸術家馴らし』(8)にもこのエピソードは紹介されているので、ここでは『トゥルビン家の日々』の復活上演を認めたスターリンの、この戯曲にたいする評価だけを紹介しておこう。すなわち、「この戯曲から観客のもとに残る根本的な印象はボリシェヴィキーにとって都合のよいものであることを忘れないでください。もしトゥルビン家の人々のような人たちさえもが、自分たちの事業が最後的にやぶれたものと認めて、武器を捨てて人民の意志に従うことを余儀なくされたとするならば、つまり、ボリシェヴィキーは不敗であるということになるからです。『トゥルビン家の日々』はボリシェヴィズムの何ものをも打ち破る力の示威です。もちろん、この示威において作者はいかなる程度にもかかわりがないのです。しかし、それはわれわれにはどうでもよいことです」(9)と。

政治権力を握る人間の見事なまでに冷徹な見方といえるが、それは『タルチュフ』上演許可をめぐるルイ十四世の態度に相通ずるものがある。一六六四年、ルイ十四世が『タルチュフ』第一稿の一般公開禁止を決断するにいたる背後には、母后アンヌ・ドートリッシュとかつての師父ド・ペリフィックス大司教をとおした〈聖体秘蹟協会〉の圧力があり、ルイ十四世の決断は彼の治世の前半期を特徴付ける王権とローマ・カトリック教会に代表される宗権との間の微妙な力関係、そのバランスの問題に関わっていたのだ。狂信者たちの偽善を暴きだすモリエールの戯曲『タルチュフ』が、〈聖体秘蹟協会〉の狂信者たちにたいするある種の武器――この戯曲のなかでも、そのような判断をくだしているルイ十四世が描かれている――にはなりえても、政治的状況を左右する力は別の次元にあるということだ。一六六七年、題名を『偽善者』に、主人公タルチュフの名をパニュルフに変え、王権を賛美する警吏登場の場を加えた第二稿にたいしルイ十四世が与えた上演許可も、宗権側の反撃によって阻止される。すなわち、〈聖体秘蹟協会〉の会員であったパリ高等法院長の職権を利用した上演禁止、破門という教会最大の武器を用いて教区民ルイ十四世を牽制した〈大司教令〉によって、ただ一日だけの上演で、『偽善者』の上演は中止に追いこまれたのである。『タルチュフ』一般公開の最終的な許可が与えられるのは、一六六九年一月末、法王クレマン九世とルイ十四世との間で長年の不和を解消する和親条約が締結され、国内的には、〈聖体秘蹟協会〉の影響力が政治の領域からほぼ排除されえた時点であった。政治権力にとって、芸術作品の運命は、より大きな政治的状況のなかでは一個の将棋の駒でしかないということなのだ。電話によってブルガーコフに恩恵を与えたスターリンを、カリーニンは「その犠牲者と鬼ごっこを楽しみ、意識的にか無意識的にかはわからないが、犠牲者の命を引き延ばすために恩恵をほどこした暴君」(7)と表現しているが、事実、政治的状況の変化とともに、ブルガーコフだけでなく、間もなく、ソヴィエトの全演劇界をも呑みこむ大激動の波が押し寄せようとしていたのである。

四　一九三〇年代の状況と戯曲『モリエール』の上演停止

スターリンの特別命令で『トゥルビン家の日々』の復活上演が可能となった機会に、モスクワ芸術座はかつて上演を企画しながら、実現しえなかった『逃亡』とともに『モリエール』の上演をも企画する。しかし、一九三二年の時点では、スターリンの電話の件を知ってブルガーコフの戯曲を争って上演しようと企画した各劇場の場合と同様、レパートリー統制委員会の許可は得られず、むしろ、各劇場の責任者たちは、その「初歩的政治感覚の欠如をはげしく叱責された」(8) とイエラーギンは伝えている。後に、この戯曲の演出者となったゴルチャコーフが記録しているところでは、「ブルガーコフはこの戯曲を一九三一年に書きあげ、劇場にわたしたのだが、劇場がその仕事にかかったのは、一九三四年のこと」(10) であったという。先のプロローグにもあったように、戯曲を提出してから五年間、二百九十回のリハーサルを経て、一九三六年二月に戯曲『モリエール』はモスクワ芸術座の舞台にかけられた。この間、どのような事情があってレパートリー統制委員会の上演許可が得られたかについては明らかでないが、この稽古の全期間を通じて、演出の指導にあたったスタニスラフスキーと作者ブルガーコフとの間で、戯曲の改作をめぐってかなり激しい対立があったことは周知の事実である。その結果、「脚本にたいする確信なしに」、責任をとることはできないとするスタニスラフスキーが、モスクワ芸術座の劇場管理部に「自分の責任においてこの劇を公開することはできないと通告」し、結局、二月十五日、演出者ゴルチャコーフの責任において『モリエール』の一般公開は実施される。しかし、わずか七回の上演のみでこの公演は無惨にも打ち切られた。この間の事情をゴルチャコーフは、次のような文章で報告している。

「スタニスラフスキーとネミローヴィチ＝ダーンチェンコによって代表される芸術座の指導部は、観客に公開されたこの上演において、モリエール自身の線にたいする客席の反応のなかに、その芸術に当時の進歩的理念を反映し、不撓不屈の精神をもって戦い、時代の封建＝絶対主義制度を暴露した、勇敢な、たくましい人間および諷刺作家の形象を、舞台から示すという課題は実現されなかったことを発見した。」(10)

「中央の党機関紙の発言とソヴィエトの世論にかんがみ、ネミローヴィチ＝ダーンチェンコとスタニスラフスキーは、劇文学最大の古典作家の生活と芸術を、正しく舞台から見せるという課題にこたえない劇として、『モリエール』を劇場の上演目録から削除した。」(10)

五　戯曲改作問題・スタニスラフスキーとブルガーコフの確執

戯曲『モリエール』の一般公開停止の措置及びモスクワ芸術座の上演目録からの削除が、モスクワ芸術座指導部の名においてなされたのは事実だが、実質的にはスタニスラフスキーの意向から出たものであることは明らかである。それほどに、戯曲の改作をめぐるスタニスラフスキーと作者ブルガーコフの間の対立は激しかった。演出の任にあたったゴルチャコーフは、スタニスラフスキーの指導下で進められたこの戯曲の稽古過程を『演出者の作者との仕事』のなかでかなり克明に記録しており、一方、ブルガーコフもまた、小説『劇場』[11]のなかで、あくまで小説的虚構の形を取りながらも、この間の事情を語っている。しかも、この稽古過程には、晩年のスタニスラフスキーがその完成に全力を傾けた〈身体的行動の方法〉と呼ばれる創造方法が適用されたことが知られており、それがスタニスラフスキーとブルガーコフの間の確執をさらに大きなものにしていたのである。以下に、ゴルチャコーフの記録を参考にしながら、この問題について若干ふれておきたい。

戯曲『モリエール』の演出者ゴルチャコーフは、稽古の準備がほぼ整った時点で、演出の指導をひきうけたスタニスラフスキーの私邸に出向き、準備状況を報告するが、その席でスタニスラフスキーが語った言葉は、スタニスラフスキーとブルガーコフの間に激しい対立・確執を生じさせた理由が何だったのかを明らかにしてくれる。

まず、スタニスラフスキーは、戯曲『モリエール』についての彼の評価を、次のような言葉で語る。「この戯曲のモリエールの形象には、いくつかの特徴がまだ不足しているような気がする。私は脚本を二度読みかえしたが、印象は前と変わらない。この脚本には天才としてのモリエール、当時の偉大な作家としてのモリエール、偉大なフランス百科全書編集者、哲学者、思想家たちの先駆者としてのモリエールが示されていない……脚本の仕組はたいへんおもしろく、舞台的だ。各幕に、おもての行動を急速におし進める、むきだしのバネ、人目につかないバネが無数にあり、鮮やかな急場や上手なトリックがふんだんにある。多くの部分が、モリエール個人のドラマにあてられている。しかし天才的な反逆者、抵抗者としてのモリエールはない。これは脚本のマイナスである」(傍点は筆者)と。そして、スタニスラフスキーは、このマイナスを埋めるために「稽古をはじめる前に、作者とテキストの仕事をはじめるべきだ」というのである。

ゴルチャコーフのこの記録を読んだとき、わたしがもった最初の印象は、『トゥルビン家の日々』の場合はいいとしても、この、きわめて特異な戯曲『モリエール』上演にあたって、演出指導の立場でスタニスラフスキーがふたたびブルガーコフと出会ったことは、まことに不幸な出会いだったということにつきる。いってみれば、ふたりの、まったく異質な天才の間で、その出会いの第一歩からボタンのかけちがいが起こっているのだ。第二には、当時のソヴィエトの文学・芸術の分野で公認の理論として大きな力を振るいはじめていた社会主義リアリズムの影が、この問題にも影響を及ぼしているのではないかということであった。

まず第一の問題だが、ブルガーコフにとってみれば、戯曲『モリエール』で描いた『タルチュフ』事件をめぐるモリエールの生涯は、一九二〇～三〇年代のソヴィエト的現実、すなわち、政治主義的な検閲と芸術作品の運命の在り方を象徴的に表現する一種の〈仮面劇〉のための口実であり、先にも述べたルイ十四世治下の三極構造――芸術と政治権力とカトリック教会――は、ブルガーコフが現代ソヴィエトの現実を描く場合の隠れ蓑でしかないのだ。だからこそ、『モリエールの生涯』では、小説的虚構を駆使したとはいえ、モリエールの伝記的事実を詳細に検討し、尊重したブルガーコフが、戯曲『モリエール』においては、歴史的事実の前後関係だけでなく、主要人物の間の人間関係からも自由になって、驚くほどの奔放さで虚構の演劇的世界を構築しているのである。いちいち例証を挙げるまでもないことだが、基本的事実にかぎっても、一六六九年には、ルイ十四世は『タルチュフ』の一般公開を最終的に許可しているのであり、晩年のモリエールはルイ十四世の寵を音楽家リュリに奪われていたとはいえ、アルマンドとの不法な結婚を理由に宮廷への出入りを差止められていたわけでもない。加えて、一六六三年、モリエールの演劇上の仇敵モンフルーリが、嫉妬のあまり、この件に関して国王に告訴状を発したとき、ルイ十四世は、その告訴状をまったく無視したという事実さえあるのだ。フランスの長いモリエール研究史のなかでも、いわゆる〈モリエールの近親相姦〉の問題は、結局、真偽不明の問題であり、むしろ、否定的見解のほうが支配的なのである。そのことを充分承知しているブルガーコフが、あえて、それを戯曲の筋の基本に据えた理由は、それを強力な演劇的バネとして、想像力による虚構の世界を構築しようとしたからにほかならない。いわば、戯曲『モリエール』は、遺稿『巨匠とマルガリータ』と同様、ブルガーコフの想像力が築きあげた魔術的世界であり、ＳＦ小説的表現を借りれば、ありえたかも知れない世界、すなわち、一種の〈並行宇宙〉での物語なのである。ブルガーコフがこの戯曲に与えた原タイトルは『モリエール』ではなく『狂信者たちの陰謀』であり、彼が描こうとしたのは、偉大な劇作家・俳優としてのモリエールの生涯ではなく、一九二〇～三〇年代のソヴィエト的状況にも通ずる、ある架空の物語だったのである。

一方、スタニスラフスキーのモリエール理解は、あまりにもまっとうであり、先に傍点をほどこした文章にも見られるように、それは十九世紀のアカデミック批評、あるいは文学史の教科書に登場してくるモリエール像そのまま――第一章「ルイ・ジュベのモリエール観」を想い出していただきたい――なのである。ゴルチャコーフは、それを「スタニスラフスキーは、その作品を通じて知り、理解していたところの、ほんもののモリエールにたいする感覚から、すべて出発したのだった。それなしでは、歴史的なモリエールの芸術なしには、彼はモリエールという人間を考えることができなかった」と書く。しかし、実をいえば、スタニスラフスキーは「(この作品は……) われわれが学校の時分からもっているモリエール観をゆがめている」(傍点は筆者) とゴルチャコーフにこぼしてもいるのだ。いってみれば、モリエールという仮面を借りてブルガーコフが築きあげた虚構の世界に、スタニスラフスキーは、彼が理解するほんもののモリエールを、歴史的な、あるいは教科書的なモリエールの芸術を接ぎ木しようとして、「作家ならびに哲人としてのモリエールの天才を示す」ような場面を挿入することによって、戯曲の補強を試みようとするのである。『トゥルビン家の日々』の場合には、表面に現れなかったふたりの芸術家の資質の違いが、この魔術的な作品『モリエール』の稽古を通じて表面化し、それが両者の決定的な対立を生みだしたといえるだろう。先に、わたしがこのふたりの出会いを「不幸な出会い」と書いた理由である。

では、戯曲の補強・改作について、スタニスラフスキーは具体的にはどのような提案をしたのか。スタニスラフスキーが、先に「天才的な反逆者、抵抗者としてのモリエール」といったとき、それは「仮借なくすべての人を摘発し、時代の悪徳を摘発」した諷刺作家としてのモリエールであった。したがって、スタニスラフスキーは、必要なら、「諷刺作家としてのモリエールの意義を主張するような、『タルチュフ』に関する考えを、いくつか(戯曲に) 付け加えること」を提案し、あるいは、劇作家としての「彼の創造過程、彼の霊感」を舞台で示すために、第二幕最終の場で、妻アルマンドとムアロン(モリエール一座のバロンがモデル) の浮気の現場を見つけたモリエールが、ムアロンを叩きだした場面の後に、さらに一場を付け加えることを提案する。いってみれば、偉大な人間観察家であり劇作家であるモリエールが、このような家庭の苦悩をも芸術創造の世界へ昇華させて行く姿を描きだす場であり、スタニスラフスキーは、俳優たちにそれを次のように説明し、みずから演じてみせる。すなわち、アルマンドが自室へひきあげた後も、モリエールは机の前にすわり、孤独と苦悩に耐えているが、「……沈思の数秒、すると彼のひたいが明るくなり、両眼は霊感の光に燃え、手はおのずから紙の上におかれ、ペンはさらさらと音をさせて走り、唇は『女房学校』の不滅の詩をささやく。（スタニスラフスキーは本を手にとり、大きな感動と悲痛な思いで読んだ）〝あの言葉、あの眼差し、わしの腹立ちも挫けてしまう――〟」と。ゴルチャコーフの記録によって、この場のスタニスラフスキーの姿が目に浮かぶようだ。

ところで、第一章「ルイ・ジュベのモリエール観」においても紹介したように、この『女房学校』五幕四景のアルノルフの傍白は、十九世紀的なアカデミック批評お好みの「苦悩の文学的・芸術的昇華」というテーマにとって最適の場であり、ジュベがその典型的な例として紹介したマルタンが取りあげたのも、まさに、この場面であった。しかし、アカデミック批評あるいは教科書的な理解とは、およそ、かけ離れた次元からこの戯曲を構想したブルガーコフが、この種の提案に困りはてるのも無理はないだろう。このほかにも、スタニスラフスキーはさまざまな提案を行ったが、ブルガーコフはその多くを拒否しつづける。ゴルチャコーフは、それを次のように報告している。「ブルガーコフはある点までの改訂は行ったが、スタニスラフスキーの望んだ根本的なものは、行わなかった。ブルガーコフはモリエールの作品のほんもののテキストを、自分の戯曲にとりいれることを、断乎としてこばんだのである」と。

一方、ブルガーコフ自身は、小説『劇場』のなかで、ふたつの戯曲――『トゥルビン家の日々』と『モリエール』――のうちのいずれとも明確にしていないが、戯曲の改作問題にふれて「それでもわたしは、もしもそんなことをすると、戯曲の存在意義がなくなることを知っていた。だが戯曲は、そこに真理があることをわたしが知っていたという理由からも存在する必要があった。イワン・ワシーリエヴィチ（この小説のなかで、スタニスラフスキーを思わせる人物）のこの戯曲の特徴付けはきわめて明白であった。そして、率直に言って、それは余計なことであった。」(12)このようなブルガーコフの記述は、『トゥルビン家の日々』についてのものと捉えるよりは、戯曲『モリエール』の改作問題と関連したものと理解したほうが妥当なのではないだろうか。(11)小説『劇場』のなかには、その稽古過程で〈身体的行動の方法〉にもとづいて展開されたさまざまな稽古場面が皮肉をこめて描写されているが、それはゴルチャコーフの記述とも符合するのだ。指摘したい問題もあるのだが、それは〈注11〉にゆずり、ここではブルガーコフの本音だけを紹介しておこう。「わたしが絶望に陥った第二の理由はもっと深刻だった。このノートだけには、わたしは秘密を隠さずに書きつけておくが、わたしはイワン・ワシーリエヴィチの理論（〈身体的行動の方法〉を指す）に疑問を抱いたのだ。そう。これは口に出して言うのは恐ろしいことではあるが、とにかくそう思ったのである」(13)と。そして、戯曲の改作問題で疲れはてた自分の心情を『劇場』の主人公の口を借りて、次のように告白している。「夜ごと、わたしは悲しみと憤慨にかられて寝返りを打ちつづけた。わたしははげしい侮辱を噛みしめていたのである」(14)と。

六 〈新しいカトリシズム〉＝社会主義リアリズムとの相剋

先にふれた第二の問題、すなわち、一九三〇年代後半からソヴィエトの文学・芸術界で猛威をふるいはじめた社会主義リアリズム理論、あるいはその名のもとで行われた形式主義批判との関わりの問題について若干述べておこう。一九三二年四月、「文学・芸術団体の再建」に関する党中央委員会決定にもとづいて、単一の作家同盟の組織化がはかられ、三四年八月、第一回全ソ作家大会が開かれたが、その席上で提起された社会主義リアリズムの理論は次第に公認理論としての地位を確立する。一九三六年に芸術事業委員会が組織され、それが絶大な権威をもつとともに、党主導下で形式主義批判の大キャンペーンが実施され、二月末には、第二モスクワ芸術座とレニングラードの青年労働者劇場が党中央委員会の命令によって閉鎖され、メイエルホリドにたいする批判も熾烈をきわめる。ブルガーコフの戯曲『モリエール』の上演停止措置は、まさにこのような激動の渦中で起こった事件である。戯曲『モリエール』の上演停止及び上演目録からの削除について述べたゴルチャコーフの文章「中央の党機関紙の発言とソヴィエトの世論にかんがみ……」以下の文章や、ゴルチャコーフ自身の自己批判の言葉「それらの要素は、不可避的に形式主義へ導くものである……」等のなかにも、このようなキャンペーンにさらされていたモスクワ芸術座の姿が、明らかに読みとれるだろう。

一方、このような事態に対応するために、スタニスラフスキーは、戯曲『モリエール』上演停止直後の四月、モスクワ芸術座の中心的な演出者や俳優を集めて対話集会を開き、その冒頭で「劇場はたいへん重要な瞬間を体験しています。われわれが劇場をどの方向に導いているか、このことを考えてみる必要があります。党と政府の側からは、真の芸術についての要求が出されています……世界中のどの劇場といえども芸術座のようにすみやかに〈崩壊〉しうる劇場はありません。芸術座は二ヵ月か、あるいは二つの公演で〈崩壊〉しないともかぎりません」(15)とその深い憂慮を語っている。いま「党中央の機関紙の発言」といわれているものの内容は知りえないが、このような状況のなかで、戯曲『モリエール』の上演を続行することは、スタニスラフスキーが危惧するように、劇場を〈崩壊〉に導く危険性さえはらんでいたのではないだろうか。戯曲『モリエール』の上演停止の措置は、おそらく、戯曲改作問題をめぐるスタニスラフスキーとブルガーコフの対立からというより、このような政治的状況への配慮から出たものであっただろう。スタニスラフスキーが、自分の納得できない戯曲の上演に関して、演出指導の立場からの参加を拒否したとはいえ、演出者の責任においてこの戯曲の上演は実施されたのである。しかし、それにつづく、七回の公演をめぐる党機関誌などでの反応は、モスクワ芸術座指導部の予想をこえた激しさであり、それが上演停止の措置へとつながったのではなかろうか。

こうして、ケドロフの「現代性というものが要求されるこれからの劇場、つまり新しい、社会主義世界観とする劇場を創造するにあたって、どういう要素がわれわれの力となりうるのか」⒃という問いに答えて、スタニスラフスキーは「われわれが明確な興味深い超課題をもち、その超課題にうまく到達する貫通行動をもつ――こういう戯曲においてわれわれは愛されるのです」⒃と述べ、それを可能にするものとしての〈身体的行動の方法〉の訓練をモスクワ芸術座の巨匠たちを相手に展開して行くのである。『モリエール』の稽古過程でのスタニスラフスキーの戯曲改作へのひたむきな努力、あるいは、ブルガーコフが『劇場』のなかで、苦々しい思いとともに書いていたように、しばしば、戯曲の稽古からさえ離れて、〈身体的行動の方法〉による稽古、すなわち、〈エチュード〉稽古、あるいは無対象行動の訓練そのものへの異様なほどの熱中ぶりは、このような状況のなかで、そして、モスクワ芸術座の未来にたいするスタニスラフスキーの強烈な危機意識のなかで行われていたのである。

この間の事情について、例えば、ゲルシコヴィチは「そのうちにソ連の芸術界では、いわゆる形式主義と戦うキャンペーンが張られる。これはまず第一にメイエルホリドに矛先が向けられていたが、また、ソヴィエト演劇の唯一の方法として宣告されたモスクワ芸術座の方法からのその他の〈離反者〉たちにも及んだ。二月二十八日、時代の要求に答えないものとして第二モスクワ芸術座を閉鎖するというソ連人民委員会議とソ連共産党中央委員会の決議が発表される。党は、芸術における最高の裁判官の役割を引き受ける。病いの身だったK・S・スタニスラフスキーは……決議が出るまでは、かれは第二モスクワ芸術座のためにたたかっている。……当局側はスタニスラフスキーの意見に耳をかたむけるのをやめて、政治路線の遂行のための衝立てとしてスタニスラフスキーの名前を利用するようになる」(17)と語る言葉は、晩年のスタニスラフスキーが立たされていた、厳しい政治と芸術の相剋の淵を明らかにしているだろう。

戯曲『モリエール』の上演停止以後、ブルガーコフとモスクワ芸術座との直接的な関係は切れる。執筆という、ただ「ひとつの世界に追いこまれた」ブルガーコフは、孤独と病気、失明への恐れをかかえながら、発表のあてもないまま、遺稿となった『巨匠とマルガリータ』、『劇場』、『モリエールの生涯』の完成に没頭し、一九四〇年三月十日、この世を去る。ますます熾烈になった形式主義批判のなかで、一九三八年、メイエルホリドの劇場が閉鎖され、同四〇年二月二日、メイエルホリド自身が銃殺されてから約一ヵ月後のことであった。

ブルガーコフとメイエルホリドは、スターリン独裁体制の確立とともにはじまった〈新しいカトリシズム〉＝社会主義リアリズムによって狩りたてられた異端者であり、その犠牲者であった。そして、ブルガーコフの名誉回復はスターリン死後の一九五四年十二月、ソヴィエト作家同盟第二回大会でのカヴェーリンの発言をきっかけとするが、その作品の刊行や再上演はかなり遅れ、『トゥルビン家の日々』の刊行が一九五五年、『逃亡』の上演が同五七年であり、六二年に『モリエールの生涯』、六六年に『白衛軍』、『劇場』、『巨匠とマルガリータ』が刊行された。戯曲『モリエール』の刊行時は不明だが、本書でも紹介したソヴィエト自由派劇場を代表するふたりの演出者——エーフロス演出、主役モリエールにリュビーモフ——の手によって、一九六四年から六七年の間に（正確な上演日時については不明）、レーニン・コムソモール劇場で上演されている。その後、このふたりの演出者は相次いでモリエール劇を上演する。例えば、リュビーモフは、一九六八年、ブルガーコフが戯曲『モリエール』で構想した場合とまったく同様に、「この『タルチュフ』上演をとおして、検閲と偽善、そして、崇高な理想への献身を口実に芸術創造を窒息させる党派性の問題を提起する」ために、『タルチュフ』上演をめぐる王権と宗権の戦いの歴史、すなわち、〈タルチュフ事件〉の経過とともに戯曲『タルチュフ』を上演し、エーフロスは、ブルガーコフの『モリエール』につづいて、一九八三年、メイエルホリド以来上演されることのなかった『ドン・ジュアン』を、一九八六年には、遺作となった演出作品『人間ぎらい』を上演する。

しかし、一九六〇年代に、ブルガーコフの戯曲『モリエール』や先に述べたような『タルチュフ』を上演することによって、このふたりの演出家は激しい批判にさらされつづけ、一九六七年、エーフロスはレーニン・コムソモール劇場の主席演出家の地位から解任され、一方、リュビーモフは、一九七七年、彼自身の構成・演出による『巨匠とマルガリータ』上演によって党の公式見解を代表する『プラウダ』

や文化省との決定的な対立関係にはいる。ゲルシコヴィチの伝えるところでは、「『プラウダ』紙がとりわけ憤激したのは、時あたかも大十月社会主義革命六十周年にあたり……『諸劇場がきそって革命的テーマの芝居を公演しようとしているのに』、タガンカの演出家リュビーモフが、サタンを中心的主人公にすえるブルガーコフの『巨匠とマルガリータ』をあえて演出したことである」(18)という。ブルガーコフの名誉回復は、あくまで条件付きということであったのだ。リュビーモフは、モリエールやブルガーコフの例に倣って、ブレジネフやアンドロポフといった政府首脳に手紙を送って支持を求めた(19)こともあったという。しかし、リュビーモフは、一九八三年夏、滞在先のロンドンでの発言を理由に帰国の道をとざされ、強制亡命、タガンカ劇場の首席演出家解任、市民権剥奪へと追いこまれていった。

モリエール、ブルガーコフ、そしてブルガーコフの戯曲『モリエール』を上演したエーフロスとリュビーモフ、これらの人びとが直面していた政治と芸術の相剋の問題は、政治が政治であり、芸術が芸術であるかぎりは、避けえないものであっただろう。しかし、逆に、それが表現行為の大きな力の源でもありえたのではないだろうか。一九九〇年春のシーズン、社会主義体制という、長年の政治的重圧から解放されたばかりの東欧圏の諸劇場で出会った舞台が、かつての生気を失っていたことを想い出しながら、いま、そんなことを考えている。

（一九九四年三月）

第三部　（付録）

第八章　ブノア・コンスタン・コクランの俳優論
――俳優の復権と〈感動派・非感動派論争〉――

一　〈俳優・非芸術家〉論の実体とその背後にあるもの

1　劇作家たちの嫉妬

「ちかごろ、世間の人びとは、われわれ俳優のことを盛んに論じたてる。彼らは演劇や俳優について論じながら、われわれ俳優を、この芸術の世界からの、この社会からの除け者にしようとしている。ある人は、俳優はオウムでしかないとまで断言した。……わたしは、俳優もまた一個の芸術家であり、他のすべての市民たちと同じ資格において、この国家のなかで、その地位を保持するものだということを、これから証明したいと思う。」

コクランの俳優論『芸術と俳優』(1)の冒頭の一節である。彼は、この書物を俳優のためのひとつのアポロジーとして、また、当時の劇作家たちを中心とした〈俳優・非芸術家〉論にたいする反撃の文章として書きあげた。

事実、この書が刊行された一八八〇年前後のパリでは、〈俳優は芸術家にあらず〉とする議論が非常に活発化していた。そのもっとも激越な、と同時に、もっとも典型的な議論が、一八八二年十月二十六日、パリの一流新聞『フィガロ』紙の第一面を飾ったO・ミルボーの論文「俳優」(2)であり、そこには、次に引用するような非常に感情的な議論、あるいは中傷の言葉が羅列されていた。例えば――

「俳優は、コルネットかフリュートのようなものだ。音を出させるためには、息を吹きこんでやらねばならない。」

「俳優とは何か? その職業の本性からいっても、俳優は下等な存在であり、社会からの除け者である。俳優は、彼が舞台にあがった瞬間から、その人間としての資格を放棄する。俳優はもはや彼自身の人格をもたない。もっとも無知な人間すら保持する人格を。そして、彼自身の肉体的な姿すらもっていないのだ。」

「神ご自身が、彼らをその教会から追放され、その墓地の、静寂にみち祝福された忘却のなかに、彼らの屍を横たえることをお許しにならなかったのだ。」

劇作家たちのこのような俳優攻撃の背後に、俳優にたいする彼らの嫉妬の感情が働いていたことは見逃せない。一八六四年、ナポレオン三世の演劇興行権の開放によって異常なまでの隆盛をみせた商業劇場は、俳優たちを一躍社会の寵児の位置に押しあげていた。商業劇場が採用したスター・システムと、このスター俳優の人気を巧妙に利用する、いわゆる〈ウェル・メイド・プレー〉がその大きな力として働いていたが、それは同時に、俳優を劇場内部の最高実力者にもしていた。「観客だけでなく、劇作家も劇場支配人も、俳優の前に跪き」(2)、俳優に仕える従僕であった。明らかに、劇作家と俳優の地位は逆転している――劇作家たちの多くはそう感じていた。例えば、ミルボーは、次のような言葉で、劇作家たちの内心を非常に正直にぶちまけている。「ひとりの芸術家が、ひとりの作家が、認められて世に出るまでに、二十年にも及ぶ長い努力と悲惨さにみちた生活を送っているのに、俳優たちは、ただ一晩のしかめっ面で、この地上の世界を征服してしまった」(2)と。

2　俳優にたいする社会的偏見
――俳優破門の掟と俳優の市民権・埋葬・結婚――

ところが、この〈地上の王者〉である俳優は、ごく最近まで教会によって破門されていた存在であり、市民権すらもたない「社会からの除け者」であったのだ。劇作家たちの俳優攻撃は、俳優にたいする社会の偏見を背景にした、いや、むしろ、その形を変えた表現であった。

フランスの俳優が、被選挙権や兵役の義務をも含むほぼ完全な市民権を与えられたのは、一七八九年十二月二十四日の憲法制定議会の決議(3)による。しかし、ユダヤ人や死刑執行人の市民権問題と同時に上程された俳優の市民権に関する法案が、その最終的な結論に到達するまでには、なお、多くの迂余曲折が必要であった。なかでも最大の障害になったのは、カトリック教会を代表する人びとの強硬な反対であり、俳優の擁護者クレルモン伯爵やロベスピエール、ミラボーらの革命勢力との間で大激論が展開され、俳優の市民権問題に決着をつけるためには、『人権宣言』で認められた自由・平等の大原則の再確認さえ必要とされるほどであった。

このような教会勢力の抵抗が、俳優破門の問題に関して、とくに強烈に展開されたのは当然であろう。すでに、ヨーロッパの他の国々では撤廃されている俳優破門の掟は、フランスにおいては、十九世紀の中期、すなわち、一八四九年のスワッソン宗教会議にいたるまで存続していた。いわば、俳優蔑視の悪習は、とくにフランスにおいて根強く生き残っていたのであり、その背後には常に教会勢力の頑強な抵抗が隠されていたのである。もっとも、一八八〇年代になると、モリエール(一六七三年)やルクヴルール嬢(一七三〇年)の埋葬にまつわる悲惨な物語や、一七九〇年、現役の俳優であるために、教会での正式な結婚を拒否された名優タルマのような例(4)は、さすがに見当たらない。しかし、三〇五年のエルヴィール宗教会議以来ほぼ十五世紀もの間生きつづけた偏見が、それほど簡単に消滅するはずもなかった。一九〇三年と一九一三年の二回にわたって、〈芸術アカデミー〉の会員に立候補したM・シュリーが、やはり、現役の俳優であるという理由によって、アカデミーへの入会を拒否された事件(5)が、われわれにその実情を教えてくれるだろう。

3　俳優叙勲問題

十七世紀の風俗を批判したラ・ブリュイエールの「俳優の身分は、ローマでは賤しまれ、ギリシャでは尊ばれた。わが国ではどうであろうか。人は彼らのことをローマ人のように考えながら、ギリシャ人のように彼らと共に暮らしている」(6)という言葉が、スワッソン宗教会議をへた一八八〇年代のフランスにも、そのまま当てはまるのである。なんとも息の長い話だが、このような状況は、当時の社会を騒がせていた俳優にたいする叙勲の問題によって、いっそう明らかになるだろう。コクランが取りあげて、反撃を加えている当時流行の反対意見を例に取ろう。曰く。「俳優は、それによって叙勲される、そことはできない」というのだ。驚いたことに、このような屁理屈が堂々とまかり通っていた時代であり、社会であった。

元来、フランスにおける俳優叙勲の問題(7)は、俳優にたいする偏見の強度を計るバロメーターであるとともに、それぞれの時代における教会権力の消長のあとを物語るものでもあった。長い歴史をもつ政教分離運動が、その突破口のひとつとして、この俳優叙勲の問題を取りあげていたのも当然だが、それだけに教会勢力の抵抗も強力なものがあった。例えば、「余に、不可能の文字はない」と豪語したナポレオン一世にとっての、ただひとつの不可能事は、この俳優叙勲の問題であった。ナポレオン一世は、友人タルマの叙勲を試みて果たせず、後年、セント・ヘレナの配所で、かたわらのベルトラン将軍に「あのとき、タルマに勲章を与えておくべきであったんだが……余にはその勇気がなかった」と述懐したという逸話がある。この逸話は、スワッソン宗教会議以前の状況を的確に反映しているだろうし、一方、ルイ・フィリップが、舞台を引退した俳優を対象に、その国民軍将校としての軍事的功績や〈コンセルヴァトワール〉教授の資格を名目とする、きわめて巧妙な妥協策を案出して、俳優にたいする叙勲に踏みきった最初の為政者であったということは、七月王政を支える政治的支柱の複雑な構造を物語っていたのである。

そして、一八八〇年、コクランがその『芸術と俳優』執筆を思いたった直接的な動機が、やはり、この俳優叙勲の問題であった。当時の状況は、〈コメディ・フランセーズ〉でのコクランの僚友エドモン・ゴが、現役俳優としてはじめて叙勲の対象になり、その可否をめぐる議論がパリを二分して渦まいていたのである。教会勢力を先頭とする反俳優派の人びとが、この問題での決定的敗北を意味する今回の叙勲を阻止しようとして、強力な抵抗を開始したことはいうまでもない。一八八〇年前後に、〈俳優は芸術家にあらず〉とする俳優攻撃が一段と活発化していたのも、そのためであった。

二　コクランの〈俳優・芸術家〉論

では、コクランの反論はどのような展開を見せるのか。コクランが提起するいくつかの問題に則して、かなり自由な要約を試みよう。俳優攻撃の論拠をみずから整理して、凝縮された文章のなかで、反論を展開するコクランの論旨は、筆者自身の補足をまじえながら紹介する以外に、その方法はないと思われるからである。

1　俳優に創造性はあるか・コクランの〈俳優・解釈芸術家〉論

コクランが最初に取りあげる問題は、戯曲という制約下にある俳優に、果たして創造性はあるのか、という問題である。「俳優はオウムでしかない」あるいは、後に、ミルボーによって「俳優はコルネットかフリュートのようなものだ。音を出させるためには、息を吹きこんでやらねばならない」という言葉で表現された俳優攻撃の論拠は、表現こそ違っても、当時の一般的な論拠であり、コクランはそれを、

「俳優が表現している思想は彼自身のものではない。しかるに、芸術の本質は創造にあるのだから、俳優の仕事は芸術家の仕事ではない」という言葉で捉え直してみせ、そこから彼の議論をスタートさせる。

たしかに、俳優は役の命ずるところにしたがって行動（演技）する。それは、演劇芸術そのものの基本的な構造であり、俳優に課せられた最大の責務である。したがって、このような役と俳優との関係を、ごく表面的なところで捉えれば、戯曲という制約下にある俳優は、ほとんど、その創造の可能性を奪われているかに見える。俳優が作者の思想を代弁するための単なる道具、あるいは、操り人形と非難されてきた理由である。

しかし、戯曲という制約下にあっても、俳優の独創性や創造力の働く余地は充分にあるとコクランは主張する。その証拠に、俳優の個性が生気のない役の人物を生き生きと蘇らせ、また、名優の名演技が作者も思い及ばなかった人間像を作りだすことがある。有名な劇作家たちが、自作の序文や献辞で、そのような名演技にたいして「協力者」の呼び名を与えて感謝している例は無数にあり、また、ヴォルテールは、自作の『エレクトル』を演ずるクレイロン嬢の演技に接して、「あれを創りだしたのはわたしではない。彼女があの役を創造したのだ！」と叫んだのだ。そして、F・ルメートルの有名な〈ロベール・マケール事件〉――この時代のパリの演劇界を描いた有名な映画『天井桟敷の人びと』のなかで、『アドレの宿』の初日の舞台で、名優ルメートルが、いきなり台本の描いている主人公ロベール・マケールの人物像を変えて演じだし、作者の抗議が観客の喝采のなかで無視される場面として登場していた――こそ、そのもっとも極端な場合であった。

しかし、〈ロベール・マケール事件〉のような場合は、「例外的な俳優と三流・四流の作者の場合」であって、一般的な演技の問題として論ずるには不適当であり、問題の本質は、一流の作品、天才の作品の場合にも、果たして俳優の創造はありうるか、ということだとして、コクランは「ラシーヌやコルネイユやユゴーのごとき天才の夢を演ずる場合にも、俳優は創造する。そして、さらに奇妙なことは、彼ら自身、俳優であったシェイクスピアやモリエールのごとき例外的な巨匠の手になる役を演ずる場合も、同様である」と断言する。何故なら、「夢みられたタイプと生きたタイプとの間には、常にかなりの距離があり、魂を創りだすだけでは充分ではなく、その魂に肉体を貸しあたえることが、いや、それでもまだ充分ではなく、その肉体がひとつの完全な生きた表現でなければならないからである」と述べている。

〈夢みられたタイプ〉から〈生きたタイプ〉へ、それに肉体を貸しあたえるのが俳優だとするコクランの見解は、さらに、一八八六年に刊行された彼の演技論『俳優術』(8)のなかにも受けつがれ、そこでは、「書斎で脚本を前にしている読書人」の脳裏に浮かぶ人物像が、「はなはだ捕捉しがたい、真の輪郭をはっきりさせることすら困難な、いわば、幻影」のようなものであるのにたいし、「天分ある俳優の扮したその人物は、もはや一個の実在」だと述べているように、俳優は戯曲の従属物ではなく、むしろ、演奏家の場合と同様に、一個の〈解釈芸術家〉、〈再現の芸術家〉だと主張する。つまり、俳優の仲介なくしては、戯曲はあくまで文学作品の域にとどまり、ひとつの演劇行為としての完結はありえないという真実を踏まえて、コクランの反論は自信と誇りにみちている。コクランによれば、俳優は「作者と観客の橋渡しをする、この光栄ある事業」の担い手なのである。さらに付け加えれば、それから二年後に起こった〈ミルボー事件〉の渦中で、「俳優は、コルネットかフリュートのようなものだ。音を出させるためには、息を吹きこんでやらねばならない」としたミルボーの中傷に答えたコクランは、「一俳優による俳優論」(9)と題した反論のなかで、「あなたは、音楽家と楽器の間に、演奏家がいることをお忘れらしい。試みに、演奏家を抜きにして、壇上に、フリュート、オーボエ、サキソフォン、クラリネットを並べて、ワーグナーその人に吹くようにいってごらんなさい。おそらく、ワーグナーの音楽以上に好ましい、沈黙の大交響楽以外のものが得られるとは思えないのだが」(9)と鋭い皮肉をあびせている。ただし、コクラン自身が認めているように、俳優は「自分自身が鍵盤であり、自分自身の弦で演奏する」特異な演奏家であった。そして、コクランがみずから語ったこの留保条件が、実は、俳優攻撃の強力な論拠を提供していた点については、後に、ふれることになるだろう。

2　〈氷の芸術としての演劇〉と俳優の有用性の問題

コクランが挙げる第二の問題は、演劇の時間性あるいは舞台的成果の持続の問題である。「俳優は、その死後になにも残さないのだから、俳優は創造しない」という非難は、たしかに、〈氷の芸術〉と呼ばれる演劇の宿命的な性格をついている。

この問題にたいして、コクランは次のように結論する。「なるほど、それは、われわれの芸術の大きな不幸ではある。」しかし、芸術作品の持続性だけを問題にするのなら、「それは相対的な程度の差の問題」でしかないといえる。その証拠に「如何に多くの絵画や彫刻の傑作が永久に失われてしまったことか！」その作品が失われたことの故に、人は、ギリシャの彫刻家フィジアスは芸術家でなかったというだろうか。「俳優の場合が、まさにそれなのである。彼の刻んだ彫刻は、彼とともに倒れる」運命にあるだけであり、「創造の行為とその（作品の）固定化とは、まったく別の問題なのだ。」それに、後世に伝えられることが問題だとしても、名優の名演技は、「型として、伝統として」、俳優たちに受けつがれており、一方、「名優の名演技の記憶のなかにしか残らない戯曲」も数多いことに注意すべきであろう、と。

コクランの反論は、「要するに、それは不幸ではある。しかし、だからといって、（創造の）価値はいささかも減じはしない。われわれは、それを嘆かねばならないだろうが、それだけのことである。そして恐らく、その故にこそ、われわれはよりいっそう演劇を愛するのだ」という言葉で結ばれている。

コクランが挙げる第三の問題は、俳優の有用性の問題である。「俳優は、女性と同様に人を楽しませることを目的」としているのだから、「単なる娯楽提供者」でしかないという非難を、俳優はしばしば受けてきた。いや、それ以上に、「俳優が与える快楽は人間性にとって有益か否か」の問題とも関連して、たえず、道徳の破壊者という汚名を甘受してきた。この種の非難攻撃がカトリック教会の演劇攻撃にとって最大の論拠であったことはいうまでもない。しかし、それは演劇そのものの道徳性・有用性の問題であり、俳優を責めるより、むしろ、劇作家をこそ責めるべき問題であった。その意味では、彼の理想の共和国から、俳優とともに詩人（劇作家）をも追放したプラトンの処置こそ公平な態度というべきだが、コクランもその点を指摘するだけで、多くを語ろうとせず、コルネイユ、モリエール、シェイクスピアのようなこの道の偉大な先人の言葉に、そして、アリストテレスの『詩学』の記述にすべてを任せたいという。

ただ、俳優は単なる娯楽の提供者にすぎないという非難にたいしては、「演劇にはさまざまな形（ジャンル）があるのだから、単なる楽しみや純粋に肉体的な弛緩を与えるものから、最高の道徳的教訓を与えるものまで、その有用性はさまざまであり」、俳優が「人を楽しませることを目的」とすることは認めるにしても、「観客の崇高な、洗練された本能を満足させながら楽しませるか否か」は、その俳優が「自分自身を、そして、自分の芸術を大切にする俳優か否か」の問題に帰着すると答えている。

なお、俳優の有用性の問題に関連して、コクランは「俳優（のもつ技術）は、一般教育の場においても有効に利用しうる」と主張して、弟コクランとともに、公衆の前ですぐれた詩や散文を朗読する〈モノローグ〉——一般に、演劇用語として理解されている〈独白〉とは異なる——の術を主唱し、俳優の有用性を実践活動においても証明しようとしていたことを付言しておこう。

三　俳優蔑視の根源としての〈人格の放棄〉

コクランが、その『芸術と俳優』の前半で取りあげているこれらの問題は、いずれも俳優自身の問題であるというより、演劇そのものの本性に根ざした問題であった。そして、これらの問題に関するかぎり、俳優に芸術家としての資格を拒否する決定的な理由は見当たらないといえる。

しかし、現実の問題として、俳優は厳しい差別待遇を被っており、芸術家として認められないばかりか、市民としても充分な待遇を与えられていないのだ。社会が俳優にたいして示すこの根強い偏見、ほとんど本能的ともいえる反発の感情は、いったい何をその真実の理由としてもっているのだろうか。

『芸術と俳優』の後半で、この問題を取りあげたコクランは、俳優が社会のなかで占めてきた地位を、ギリシャ以来の歴史のなかで回顧し、俳優に寄せられたさまざまな非難攻撃の論拠を検討しながら、俳優にたいする偏見の根本の理由は、俳優演技の本性そのものに根ざしているとして、次のようにいう。

人びとが俳優を卑しめるのは、俳優が「舞台のうえで足蹴にされ、肩に棍棒の一撃を食らうから」だろうか。「いや、それは単に役の問題でしかない。」その証拠に、俳優は帝王や偉人の役を演ずることも多いのだから。では、俳優はその職業の遂行にあたって「自分の肉体を用い、賛美の声と同時に嘲罵の声にわが身をさらすから」か。「腐ったリンゴ」や「嘲りの口笛」にわが身をさらすからか。いや、「それとても、俳優の場合にかぎったことではない。」俳優と同様に、己の肉体を駆使する歌手やダンサーにも、その例は多く、有名な教授「ルナン氏でさえ銅貨を投げつけられた」のだから。ところが、現実を見ると、世間の人びとの〈オペラ座〉のダンサーにたいする態度と〈コメディ・フランセーズ〉の俳優にたいする態度との間には、明らかな相違がある以上、これが根本の理由にならないことは明らかである。さらに、世間の人びとは、俳優のメーキャップや隈どりを非難して「俳優は自分自身の顔をもたない」といい、また、その衣装や鬘のゆえに俳優を非難する。しかし、「諸君の愛する貴夫人や祭式における高位の僧に、その例を見ないだろうか」と、コクランは皮肉っている。

そして、コクランは「これらすべての（俳優攻撃の）理由は、ただひとつの、純粋に本能的な理由に帰着する」と結論付け、それを「俳優が、自分以外の人間、それも十人、二十人の（役の）人物の衣を身につけるために、自分自身の肉体を脱ぎすてる事実のなかに、人びとが、人間としての尊厳の放棄の如きものを認めるから」だという。

コクランが規定したように、たしかに、俳優の職業は劇作家の創造した〈夢みられたタイプ〉に自分自身の肉体を貸し与えることにおいて成立する。そして、人びとは、そのような行為のなかに、「娼婦の如き売節行為」を、「死刑執行人のような人間性の否定」の事実を嗅ぎとったといえる。ミルボーの「俳優は、彼が舞台にあがった瞬間から、その人間としての資格を放棄する」とした非難も、二十世紀の偉大な演劇人コポー⑽が「俳優は己の顔を失い、己の魂を失う危険性にわが身をさらしている。……俳優の職業は己を変質させる傾向をもっている。何故なら、この職業は、見せ掛けの世界で生きるために、俳優に、自分自身から抜け出す能力の行使を迫るからである。しかし、それは、人びとが軽蔑する職業である。人びとはこの職業を危険なものと考えている」と述べ、俳優の職業が卑しめられるのは、「俳優が禁断の事実を行っているからであり、その職業の遂行に、自己の人間性を賭け、それを弄んでいるからである。彼の感覚や理性、彼の肉体や不滅の魂も、彼が、それを楽器と同様に扱いながら、あらゆる方向に捩じ曲げ、無理をさせるようには、決して作られてはいないからである」と述べたのも、やはり、同じ問題を指したものといえるだろう。

しかし、コクランは、「もし、俳優が芸術家であるとしたら、彼はあらゆる芸術家のなかで、自分が行う職務のために己の人格をいちばん犠牲にする芸術家である」というコポーの考え方とは、もっとも対照的な立場を選んだ。何故なら、コクランにとっては、教会による破門といい、人びとの心の奥底にひそむ反発の感情といい、すべては、このような誤った固定観念にその原因があると考えたからである。コクランの反論の基本的な立場は、次に挙げる言葉によって示されていると思う。

「そのような非難は誤っている。……俳優の職業には、人格の放棄などないのだから、非難されるような堕落はないと、わたしは主張する。なるほど、彼は他人の皮膚のなかへもぐり込む。しかし、彼は、彼の魂、彼の才能、彼の勇気によって他人の皮膚のなかへもぐり込むのだ。……彼は、支配者であり創造者である彼自身の自我の力によって、そこへもぐり込むのだ。そして、この自我の力によってこそ、人びとに、もっとも崇高な戦慄を味わわせ、もっとも美しい涙を流させ、もっとも人間的な笑いを与えるのである。俳優は自己を放棄しない。支配するのだ。……したがって、俳優は彼の尊厳を保持しており、一個の人間として止まっている。だから、俳優は一個の芸術家なのだ。」「俳優は……たえず、自分自身以外の存在でありながら、あたかも画家が裁然とその画布から区別されているように、彼の（演ずる）人物から完全に切り離されている。」

四 〈ホラチウスの公理〉と〈ディドロの逆説〉

コクランの主張する、創造者・芸術家である俳優の自我と役の人物、あるいは彼の肉体との間の明確な区別、そして前者による後者の完全な支配統制という見解は、俳優の演技にきわめて意志的な性格を与えることによって、「人格の放棄」や「魂を失う危険性」を否定し去ろうとするものであろう。俳優の演技が俳優自身の完璧な意志的統制のもとで展開されるものであれば、コクランの主張はたしかに正しい。しかし、現実は必ずしもコクランの主張するとおりではない。

例えば、ギリシャ以来、名演技として語りつがれてきた名優の逸話のほとんどすべては、霊感にかられた衝動的演技、すなわち、霊感的演技の逸話であり、また、「観客を感動させるためには、汝、みずから泣け」という〈ホラチウスの公理〉こそ、俳優芸術の金科玉条とされてきたのである。ところが、霊感的演技にしろ、俳優と役との情緒的合一にしろ、いずれも俳優の意志的統制を逸脱する傾向を多分にもっている。そして、偶然的要素の多い霊感的演技が、コクランの主張する解釈芸術家としての俳優の任務と矛盾することも明白な事実であり、一方、俳優と役との情緒的合一の問題は、人びとの俳優攻撃の論拠に格好の材料を提供してもいたのである。例えば、コクランのいうところによれば、人びとは、そこに俳優の道徳的頽廃の原因を見つけだし、俳優の職業を危険なものとして非難していた。すなわち、舞台において、さまざまな激情や欲望を繰りかえし演ずる俳優は、次第にそれへの抵抗力を失い、それを自分自身の身につけてしまうと人びとは考えるのだ。ドン・ジュアンを演ずる俳優はみずからも手練の誘惑者になり、セリメーヌ女優は浮気女になってしまうと。あるいは、その逆に、そういう男や女だからこそ、ドン・ジュアンやセリメーヌを上手く演じられるのだとする素朴な俳優観は、素朴であるだけに、かえって民衆にたいする大きな影響力をもってしまうのである。

コクランが、その反論を〈ホラチウスの公理〉の否定からはじめるのは当然であろう。事実、コクランは、ディドロが『俳優についての逆説』（一七七三年）で示した見解、すなわち、「より確実に観客を感動させるためには、俳優みずから感動すべきではない」という有名な〈ディドロの逆説〉を採用し、「この逆説は真実そのものである」と主張しながら、次のように述べている。

「俳優は、彼が完全に自己を制御することができ、また、彼が感じていない感情を、今後も感じないであろう感情を、そして、その感情の本性からいって絶対に感じえないであろう感情をも、彼の意志によって自由に表現することができるという条件によってのみ、偉大な俳優でありうると、わたしは主張する。そして、それ故にこそ、われわれの職業は芸術であり、それ故にこそ、われわれは創造するのだ！」「俳優は感動すべきではない。ショパンやベートーヴェンの葬送行進曲を演奏するときに、ピアニストが絶望している必要がないのと同様、俳優も絶望している必要はない」と。そして、芸術家としての俳優の目的は「汝（俳優）、みずからが泣く」ことではなく、「観客を感動させること」にある以上、問題は「より確実に、観客を感動させる」ための手段を求めることであり、〈ホラチウスの公理〉もそのひとつの手段を示したものにすぎない。「芸術は同化ではない。再現である」と主張するコクランは、その手段の選択にあたって〈ディドロの逆説〉を支持する。以下、コクランの論旨を要約すれば、次のようになるだろう。

俳優は、「彼が感じていない感情」を彼自身の研究と技術によって表現する。まして、俳優が舞台において表現する感情のなかには、「その本性からいって絶対に感じえない」ような感情も数多いのだ。したがって、常に役の感情を感じていると主張することは、かえって偽りとなるだろうし、また、みずから感じえない感情は表現できないと白状することは、芸術家としての俳優にとって名誉とはいえないだろう。むしろ、「感じえないであろう感情をも、彼の意志によって自由に表現する」からこそ、創造の行為はありうるのだと。したがって、コクランの主張する俳優は、「彼の役を築きあげるのである。彼は戯曲のなかから、伝統や自然のなかから、その役をつかみだし、彼自身の人間や事象についての知識のなかから、彼の経験や彼の想像力のなかから、それを汲みとってくる。」このように「自分の持ち役のたえざる錬磨」に没頭する「真の俳優は、常に準備ができている。彼は、何時、いかなる時にも、自分の役を演じ、彼が欲する効果をひきだすことができる。……したがって、彼は、天の恩恵（霊感）が彼を照らしてくれるのを待っている必要はない」のである。コクランが「わたしの考えでは、霊感を自慢にするのは間違っている」という理由である。

しかし、コクランは俳優演技における霊感や役との情緒的合一をまったく否定しているわけではない。コクランにとっては、「立派な準備の仕事こそ、霊感を導きだすのにもっとも適している」のであり、「完璧な、たえざる自己統制によってこそ、天才はそのひらめきをみせる」という。コクランが否定するのは、「偶然手に入る切り札のように」それを待ちうける態度であり、しかも、そのようにして得られた霊感的演技は、「崇高ではあっても、支離滅裂な、断片的なひらめき」でしかないからである。俳優を解釈芸術家と規定するコクランが、そのような偶然的要素に依存し、役の人物の統一性を破壊する演技を拒否するのは当然であろう。コクランが主張するのは、周到な稽古段階で得られたひらめき、すなわち、霊感や役との情緒的合一の体験を吟味し、その良きものを彼の演ずる人物像のなかに取りこんで行くことであった。

ここで、筆者から、ひとつの問題を提出してみたいと思う。例えば、公演の初日に、たまたま霊感に駆られたすばらしい演技に恵まれた俳優は、それにつづく日々の舞台では、どのような演技を披露するのかという問題である。賞賛を集めた初日の演技をつづけたとしても、それは、もはや衝動的な霊感的演技ではない。コクランのいう、周到な稽古段階で得られたひらめき、すなわち、霊感や役との情緒的合一の体験を吟味し、彼の演ずる人物像のなかに取りこんだ演技と同じものなのだ。違いは、どの時点で、そのようなひらめきを獲得したかの問題でしかない。夜毎、訪れる霊感的演技という逸話は、結局のところ、名演技に寄せられた誤った褒め言葉でしかないといえるだろうし、コクランの主張の方が、より多く俳優演技の実体を把握しているというべきだろう。

五 〈感動派・非感動派論争〉とコクランへの評価

コクランの俳優論『芸術と俳優』は、そこで論じられた問題の性格からも、彼の演劇論あるいは演技論と呼びうる側面をもっている。とくに、その後半、俳優演技の本性について論じた部分は独立した一編の演技論といいうるものであり、後に発表された『俳優術』や「俳優と演技」は、その基本的論旨をさらに発展させたものとなっている。

一八八七年、アメリカ巡業中のコクランが、同地の雑誌〈Harper's Monthly〉六月号に寄稿した「俳優と演技」を直接的な契機として有名な〈コクラン・アービング論争〉(11)——別名〈感動派・非感動派論争〉——が勃発し、ほとんど、全ヨーロッパ劇壇を相手にしたその論争の渦中で、コクランは〈ディドロの逆説〉を支持しながら、俳優と役との情緒的合一を否定したとして多くの人びとから非難攻撃を受けた。コクランが、ディドロとともに〈徹底せる非感動派〉、〈パラドクシスト〉と呼ばれる所以である。論争の宿命として、コクランの見解は多くの誤解を生んだ。しかし、彼の演技論自体は、多くの卓見にみちており、後代の多くの演劇人がその再評価を試みている。スタニスラフスキーもそのひとりだが、例えば、先に紹介した稽古段階で獲得した霊感や役との情緒的合一の体験を役の人物のなかに取りこんで行く問題などは、スタニスラフスキーの提唱した俳優術、とくにその後期の考え方や、〈同化〉の演劇を排して〈異化の演劇〉を主張したブレヒトのそれとも非常に近い関係にある。ここで、その詳細を述べる余裕はないが、コクランの演技論の現代的な再評価を試みることは、ひとつの興味ある問題であろう。

本章で紹介したコクランの俳優論『芸術と俳優』は、本来、俳優にたいする社会的偏見と戦うための俳優擁護論として書かれた。その意味では、後半部の演技論や後続の『俳優術』「俳優と演技」も、同じ視点に貫かれたかなり特異な演技論というべきだろう。しかし、そこにこそ、コクランの真骨頂があるといわねばならない。

コクランの『芸術と俳優』は、その英訳刊行（一八八一年）によって、英米劇壇にも大きな支持(12)を得た。大劇評家S・T・コールリッジや名優H・アービングが、俳優論の分野におけるコクランの寄与を賞賛したことが伝えられている。もっとも、コクランが示したディドロ支持の態度の方がそれ以上の反響を呼んだことはいうまでもなく、それが『俳優についての逆説』が英訳（一八八三年）される契機にもなったという。フランスにおけるこの書の反響については、コクランが『俳優術』の「序文」(13)で書いている言葉を引用しておこう。

「私の計画は成功したであろうか。それを確証するのは私自身ではない。然しながら、少なくとも、私の結論に対して反証が起らなかったという事は出来る。いや私の書物が発表されてから間もなく、俳優には何等の名誉も何等の栄称をも付与しないという因襲の金城鉄壁に対して、最初の一撃が加えられ――引きつづいて有難いことには、同様の例が続出し、おかげで、この調子なら金城鉄壁が木葉微塵に粉砕される日も遠くあるまいと勇気さえ湧いてきた。」

最初の一撃とは、いうまでもなく、僚友ゴの叙勲（一八八一年八月四日）を意味する。そして、俳優の職業にたいするコクランの献身は、彼自身「わたしは、今日まで、わたしの力の及ぶかぎり、あらゆる場所で俳優という職業が芸術家のそれであることを示してきた」と語るように、さまざまな形でつづけられた。一八八二年の〈ミルボー事件〉に際しては、すぐさま〈演劇芸術家協会〉の委員会を招集し、みずからその代表として『フィガロ』紙編集長F・マニャールに抗議を申し込み、また、『タン』紙の十一月一日号にミルボーへの反論を掲載するなど、俳優陣営の代表として活躍している。先に述べた、〈モノローグ〉の術の普及活動――そのために、弟コクランとの共著で《L'Art de dire le monologue》を刊行している――も、そのような活動のひとつとして挙げられるが、特筆すべきことは、コクランが晩年のすべての努力を結集して、ポント・オー・ダームに俳優養老院を建設したことである。一九〇九年、舞台で倒れたコクランは、その一室で生涯を閉じた。そして、俳優叙勲問題で最大の寄与を果したコクランが、彼自身の叙勲については、数度の機会をすべて固辞して受けなかったことを付言しておくべきだろう。(14)

最後に、E・ロスタンが『シラノ・ドゥ・ベルジュラック』の冒頭に掲げた献辞の言葉で、この文章を結びたい。その言葉は、ただ、シラノに扮したコクランの名演技にたいする感謝と賞賛を意味するだけでなく、この文章では触れえなかったコクランその人の、人柄あるいは心意気にたいしても捧げられた献辞だからである。

余がこの詩を捧げんと欲せしは、「シラノ」(15)が魂なり。
されど霊は汝、「コクラン」に伝わりたれば、
余がこれを捧ぐるは、汝なり。

（辰野・鈴木氏訳）

（一九六二年六月）

第九章 〈全体演劇〉の理念
――J・L・バロー、A・アルトー、A・アダモフの場合――

「(演劇が) 生の一側面しか示さないような時代は過ぎさった」とS・オケーシは書いた。彼と同じように、わたしも、そのような時代は過ぎさったと思う。真に現代的な演劇は、現代のあらゆる探究とそこで得られたすべての成果を取りいれるべきだと思う。それは、どのようなもので、どのような領域かと問われれば、わたしは、さまざまな領域、すなわち、経済的、政治的、社会的、心理的、そして精神病理的な領域においてもと、答える。わたしが全体演劇と呼ぶものは、生のすべての側面を一挙に把握する演劇である。

アダモフ (1)

一 〈もうひとつ別の演劇〉の追求・〈部分的演劇〉から〈全体演劇〉へ

演劇の危機が叫ばれるのは、別に、今日にはじまったことではない。むしろ、演劇は危機意識とともに生きのびてきた、といった方が正しいだろう。しかし、『狼と嘘つき少年』の童話が教えるように、われわれはこの言葉を少し乱用しすぎたきらいがある。

演劇の危機という言葉は、さまざまな事態に、あまりにも種々雑多な事態に適用されすぎたようだ。

演劇における商業主義やスター中心主義の及ぼす弊害などが演劇の危機の実体であった時代は、いまだ、幸せな良き時代だったというべきだろう。ということは、現代の演劇が直面している危機の実体は、映画やテレビの進出による演劇の衰退とか、今日の大生産機構の社会においては、手工業的な興行形態をとる演劇は、経営的にも成り立たないといった外面的な問題ではないということだ。むしろ、既成の演劇形式では、もはや現代の問題は表現できないという決定的な認識に、それはより多く関わっているというべきであろう。いいかえれば、伝統的な演劇の概念そのものの破産が問われているのであり、その背後には、現代社会の巨大な変貌と、それにともなう人間自身の質的な変化という事実が隠されているのだ。演劇が写しだすべき現実のなかでの、この質的で巨大な変貌は、当然、それを表現するはずの演劇自身の内部構造にも大きな変革を要求するだろう。このような、現実と伝統的演劇との間の断絶の意識こそ、今日の演劇の危機と呼ばれているものの実体というべきだろう。

事実、今日のヨーロッパ演劇のなかでは、ほとんど捉えがたいまでに錯綜し、重層化した現代の問題を前にして、アリストテレス的な、心理と性格とプロットの演劇は、演劇本来の創造力を喪失した、なにか中途半端な、〈部分的演劇〉に堕しているという認識が次第に広範な広がりをもちはじめている。そして、そこから、演劇の伝統的な理解の枠をこえて、いま一度、演劇の可能性そのものを追求しようという姿勢が生まれてきている。いわば、伝統的なアリストテレス的演劇のかたわらに、〈もうひとつ別の演劇〉が生まれようとしているのである。

みずから、非アリストテレス的演劇と宣言するブレヒトの〈叙事詩的演劇〉をはじめ、ランボーの錯乱の論理にも似た〈妄語 (délirium) の演劇〉としてのアルトーの〈残酷演劇〉の主張、あるいは、その系譜をひくイヨネスコやアダモフ（第一期の）の〈アンチ・テアトル〉など、それが究極において志向する世界は異なっても、この〈もうひとつ別の演劇〉を代表するものといえるだろう。そして、この新しい演劇への試みのなかに、先に挙げたアダモフの言葉が示すように、〈全体演劇〉(théâtre total) という発想が、ひとつの注目すべき傾向として認められる。

したがって、本章では、それぞれに相反する志向をもちながら、この〈全体演劇〉という発想において一致するアルトー、アダモフ、バローの演劇論を取りあげ、彼らの意図する〈全体演劇〉の理想像を要約・紹介してみたいと思う。もちろん、演劇の世界に生きたランボーともいうべきアルトーと、彼の完全な影響下に出発しながら、P・クローデルの戯曲『クリストファ・コロンブスの書物』上演をとおして、その〈全体演劇〉論をほぼ完結させたバロー、そして、アルトーとの濃厚な血縁関係をうかがわせた〈アンチ・テアトル〉時代の作品をみずから否定し、急激に、社会主義的演劇への、もうひとつの〈全体演劇〉といえるブレヒト劇への傾斜を深めるアダモフとでは、その主張する〈全体演劇〉の理想像の間には、大きな隔たりがある。また、とくにアルトーやアダモフの場合には、この〈全体演劇〉の概念が彼らの演劇的主張のすべてをおおうものでないことは、改めていうまでもないことだろう。

その意味では、わたしが、この文章の表題に「全体演劇の理念」という言葉を掲げたのは、三者に共通な、ひとつの固定した演劇理想像を予測したり、あるいは、意識的にその抽出を試みようとするためではない。むしろ、この〈全体演劇〉という発想をとおして認められる、彼らの間の一致と対立の種々相が、現代演劇の直面している重要な問題に関わっている点に着目し、いわば、この〈全体演劇〉という概念をひとつの問題を解く鍵として、現代演劇の問題に、わたしなりに接近してみたいということなのだ。

系譜的にいえば、当然、アルトーから取りあげるべきであろうが、この三者のうち、その〈全体演劇〉の理論をもっとも完結した形で展開しているのはバローだということを考えて、まず、バローの〈全体演劇〉論を取りあげたいと思う。

二 バローの〈全体演劇〉論

1 アルトー、クローデルとの出会い

バローの〈全体演劇〉論は、彼がその劇団機関誌の第一号に掲載した「〈全体演劇〉とクリストファ・コロンブスについて」(2)という文章のなかで、ほぼ完結した形で述べられている。しかし、その紹介を試みる前に、バローのこの演劇理想像が成立してくるプロセスについて、若干、ふれておかねばならない。

バローの〈全体演劇〉論成立に決定的な影響を与えた人として、アルトーとクローデルという、ふたりの偉大な演劇人の名を挙げることは当然として、やや副次的な影響とはいえ、純粋な肉体的表現の技術としてのパントマイムの重要性とその可能性を、バローに教えたE・ドクルーの名も忘れることはできないだろう。バローが、当時を回想して、「C・デュランの厳しい人柄の後で、ドクルーの気難しい、アルセストにも似た気難しい友情の後で、もっとも強くわたしを捉えたのはアルトーの巨大な性格であっ

た。わたしは、デュランと似通うまでに、デュランを〈受けいれた〉。そしてアルトーには、同一化する、いや、模倣というべきほど、追随しなければならなかった。」[3] と述べるように、デュラン、ドクルーの指導によって演劇修行の第一歩を踏みだしたバローは、アルトーとの交友によって、〈もうひとつ別の演劇〉の存在を教えられ、アルトーとともに「演劇の究極的な可能性」を追求する危険な冒険に身を投ずる。

一九三五年五月、アルトーが試みた〈残酷演劇〉の実験、すなわち、『チェンチ一族』の上演は、同時に〈全体演劇〉の試み――アルトー自身は、それを〈spectacle total〉[4] と表現している――でもあった。一方、アルトーの深刻な影響下にあったバローは、アルトーによって示された道を追求しようとして、彼自身の脚色と創意によって、『ひとりの母をめぐって』（一九三五年）、『ヌマンシア』（一九三七年）、『飢え』（一九三九年）などの実験的上演を試みる。バローに、その〈全体演劇〉論の原型を与え、それへの渇望にバローを駆りたてたのはアルトーであり、前衛演劇人としてのバローは、アルトーによって生みだされたといえるだろう。

ところで、アルトーの圧倒的な影響下にあったこの模索の段階においても、アルトーの場合とはおのずから異なった、バロー自身の〈全体演劇〉論が次第に明瞭な形をとって浮かびあがってきているが、その方向をさらに決定づけ、それを一応の完結にまで到達させるのは、バローのクローデル戯曲あるいは作者クローデル自身との出会いであった。

クローデルの戯曲は、ギリシャ劇あるいは東洋の演劇、とりわけ、日本の能などと深い内的関連性をもつといわれているように、それ自身、すでにひとつの〈全体演劇〉であったことは、バローにとって大きな幸運であった。バローは、そこに、彼が十年来模索してきた〈全体演劇〉の理想像が、見事な形式と内容をそなえた劇的世界として存在していることを知った。彼は、そのことを「『繻子の靴』によって、〈全体演劇〉についてのわたしの真の夢を見つけだした。ただし、今度は、偉大なテキストに仕える可能性とともに」(5)と述べ、その喜びを語っている。

バローは、クローデル戯曲との格闘——『繻子の靴』(一九四三年)、『真昼に分かつ』(一九四八年)、『交換』(一九五一年)、そして『クリストファ・コロンブスの書物』(一九五一年)——をとおして、彼自身の〈全体演劇〉論が向かうべき方向を発見し、また、その具体的な内容を確認していったといえるだろう。しかも、この仕事は、革新的な演劇理論とともに、それを解決する実際的な舞台感覚をも併せもった大詩人クローデルとの完全な協力のもとで行われたのであり、作者クローデルによって数多くの有益な示唆が与えられたことを、バローは感謝の言葉(6)とともに語っている。こうして、アルトーに追随して〈全体演劇〉の探究に旅立ったバローは、クローデルによってその実現の機会を与えられたといえるだろう。

アルトーとクローデルの影響の交錯する地点に成立したバローの〈全体演劇〉論を、その発展のプロセスにしたがって分析することは、ひとつの興味ある問題ともなるだろうが、いまは、すべてを割愛して、『クリストファ・コロンブスの書物』の上演とともに、ほぼ完結したバローの〈全体演劇〉論そのものを考えることにしたい。

2　バローの〈全体演劇〉論

バローによれば、〈全体演劇〉あるいは〈完全演劇〉の概念は、必ずしも新しく発明されたものではない。何故なら、それは演劇そのものであり、ギリシャ劇、中世劇、そして、シェイクスピア、ラシーヌ、モリエール、マリボーなどの芝居が、すでにそのまま〈全体演劇〉だったのだから。現代でいえば、クローデルの戯曲がそれなのである。では、今日になって、何故、〈全体演劇〉とか〈完全演劇〉という主張を改めて掲げる必要が生じたのか。それは、十六世紀から二十世紀初頭にかけてのブルジョワ演劇が、心理劇という法則を掲げて演劇を特殊化し、いわゆる〈部分的演劇〉に堕落させたからである。したがって、ブルジョワ演劇、心理劇といった〈部分的演劇〉に対立する〈全体演劇〉あるいは〈完全演劇〉の主張によって、別に、なにも新しい発明をしたわけではなく、ただ、真実の演劇に、いいかえれば、真実の伝統に帰ろうとしているだけなのだと、バローはいう。

バローは、ほぼ、このような言葉で、彼のいう〈全体演劇〉に対立する〈部分的演劇〉を、十九〜二十世紀の心理劇のなかに認め、また、その堕落の原因、部分的であるとする理由として、演劇的表現の中心的存在である俳優が、その人間としてのすべてを駆使して演劇に参加していないことにあるという。すなわち、心理劇の舞台では、俳優はその全身を観客の目にさらしながら、究極的には、言葉による表現法しか知らないという問題を指摘する。こうして、〈部分的演劇〉から〈全体演劇〉への転換の問題は、バローにおいては、まず、演技論の問題、それも演技における言語的表現と肉体的表現の問題として提起される。

① 演技における言語的表現と肉体的表現

バローの主張する〈全体演劇〉においては、俳優は、演劇にとっての本質的な手段である。何故なら、「演劇とは、空間のなかで戦う人間存在という本質的な手段によって、生を、それがもつ複雑性、同時性、現存性、つまり、壊れやすい姿のままで再創造する芸術」であり、しかも、「俳優は、演劇の芸術家である作者が駆使する、必要にして充分な手段」なのである。心理劇の作者が、「オーケストラの楽器のなかで、いつも、台詞というただひとつの楽器しか使わない作曲家」であり、「その他の楽器は、ごく稀に、ひそやかに合奏に参加するだけ」であったのにたいし、〈全体演劇〉においては、作者によって「(俳優という)人間存在がもつあらゆる素材を完全に使いきられたとき、そこには、すでに〈完全演劇〉がある」と、バローはいう。そして、俳優もまた、彼のもつ表現手段のすべてをもって、この演劇に参加する。俳優が駆使するものは、もはや、言葉だけではなく、息づかい、声、叫び、歌であり、また、「動悸を打つ胸にも、眼差しにも、そして指の軽やかなふるえ、背筋のしなり、歩きぶり、跳躍、ダンスのなかに」さえ、そのミメティックな豊かさは無限に隠されているのだ。

もちろん、心理劇の俳優にも、それなりの工夫はある。例えば、「沈黙の間。L・ギトリーの有名な背中の芝居。花束に顔をうずめて、観客に涙をしぼらせる女優の沈黙の演技」がそれであり、また、扉の閉め方、鍵の掛け方ひとつにしても、雄弁な閉め方もあれば、また、その良き瞬間もある。しかし、そのような演劇は、結局、P・ムネがいったように、「ポケットに手を突っ込んだ演劇」でしかないのだ。

こうして、バローが、その〈全体演劇〉の俳優に期待していることは、同じひとりの俳優のなかにひそんでいる、肉体的表現と言語的表現というふたつの能力の極限までの駆使であり、また、「このふたつの表現形式の結婚」、すなわち、「身振りと台詞の間での相互移行、両者の間での支え合い、調和、そして両者の結合」(7)の可能性であった。もっとも、他の機会に、バロー自身が、「われわれの劇団が、言葉を等閑視するのではないにしても、より多く身振り術に傾いていることは告白しなければならない」(8)と語っているように、バローのこの主張のなかには、肉体的表現の重要性を言語のそれと同等、あるいは、それ以上に評価しようとする姿勢さえうかがえる。おそらく、そこには、ドクルーとともに学んだ、純粋な肉体的表現のみによる演劇、すなわち、近代的パントマイムの理論家、実践家としての彼の自信と抱負が反映しているといえるだろう。そして、このような俳優の表現手段のすべてを駆使した〈全体演劇〉としては、すでに、古代の演劇、エリザベス朝の演劇などが存在したし、とくに、東洋の演劇は、この点に関して、西欧の演劇をはるかに抜きんでていると、バローは付け加えている。

以上、かなり自由な要約によってバローの論旨を紹介したが、ここでひとつ指摘しておきたい問題がある。それは、アルトーやアダモフにとって、現代演劇の衰弱の原因が、演劇のヨーロッパ的伝統と現代というこの現実の間の矛盾・乖離として認識されていたのにたいし、バローは、その全責任を十九〜二十世紀的な心理劇に帰し、また、その解決の方向を純粋な技術論、すなわち、演技論の水準に限定していることとである。バローのこのような問題把握の仕方は、その当否は別にしても、彼の〈全体演劇〉論をアルトーやアダモフのそれと決定的に区別し、対立させるものであった。その意味では、志向を異にするこの三者の間には、〈全体演劇〉という言葉は一致しても、解決を探る方向での一致は、実は、なかったというべきなのだ。

ている。

②〈全体演劇〉におけるスペクタクル性

バローは、その〈全体演劇〉論の第二の主張として、演劇におけるスペクタクル性の問題を取りあげている。

結論から先にいえば、従来の「演劇は総合芸術なり」とする常識的な考え方の否定、それがバローの〈全体演劇〉論の出発点なのである。したがって、〈théâtre total〉の訳語として散見する〈総合演劇〉あいは〈総合芸術〉という言葉は、むしろ、大きな誤解を招く。バローの〈全体演劇〉という主張は、従来、スペクタクル的な要素として考えられていた、装置・照明・衣装・音楽などに、映画やバレエやコーラスや、その他さまざまな芸術ジャンルが、並列的に付加された、いわゆる〈総合芸術〉ではない。むしろ、それらのスペクタクル的な諸要素と、演劇の中心的存在である〈劇行為〉(action)、すなわち、俳優がその全存在をもって表現しなければならない本質的な作品の世界との、関係の仕方にこそ、バローの〈総合芸術〉観批判の焦点があるといえよう。

問題は、従来の演劇においては、スペクタクル的な要素が〈劇行為〉ないしは本質的な作品の世界を飾る〈額縁〉としての働きしか示さず、演出の仕事が両者の統一・調和をはかるという水準をこえなかったところにこそあった。コポーが語ったように「〈全体芸術〉(art total)の名のもとに、そのような(装置や照明の洗練といった)安易な探究にあけくれる人びとは、もっとも大きな誤りをおかしている」のだ。だからといって、演劇から「スペクタクルを排除することが、問題を解決することにならない」のも、当然の話であろう。

したがって、バローの主張する〈全体演劇〉の世界では、「スペクタクルが、時に、〈額縁〉ないしは諸芸術の混合体というような二次的な役割にもはや満足せず、本質的な演劇の水準にまで到達することがある。すなわち、スペクタクルが、いわば、それ自身人間化し、登場人物と同じ存在となって、〈劇行為〉に参加することがある。そのとき、スペクタクルはただ単に作品を示すだけでなく、俳優とともに、作品の意味を明らかにする」という。いいかえれば、バレエやコーラスはいうまでもなく、装置や照明のような非人間的存在までも、〈劇行為〉のある瞬間には、みずから登場人物になりかわって、その状況の本質的な意味を決定的に暴露し、表現し、〈劇行為〉をより強力に次の段階へと押し進めるということだろう。バローは、それをこんな言葉で語っている。「スペクタクル自身が〈額縁〉の限界内にとどまっているかぎり、つまり、多かれ少なかれ、観客を楽しませるような形で劇作品を提示するという役割に甘んじているかぎり、それは〈全体演劇〉になんら特別なものをもたらさない。しかし、スペクタクルが〈劇行為〉に人間的に関わるほどの点にまで達したとき、スペクタクルは本質的に〈純粋演劇〉に参加し、まさしく、〈全体演劇〉の構成要素になるのだ」と。

では、バローのいう「〈劇行為〉に参加するスペクタクル」の主張は、『クリストファ・コロンブス』の舞台においで、どのように実現されたのか。一九六〇年、大阪国際フェスティバルでの来日公演の舞台を例に取ろう。例えば、第二部三景の〈嵐の場〉がその好例を提供してくれる。後任の西インド諸島総督の謀略によって強制送還されることになったコロンブスは、船倉のメイン・マストの根っこに鎖でしばりつけられている。その頭上では、襲ってくる嵐のために激しくはためき、稲妻によって切りさかれる白帆。その上を影絵となってゆれ動く帆綱や人影（映画の投影）、吹きすさぶ嵐の音にまじる帆柱や錨鎖の軋みが、外部世界の嵐の描写としてだけでなく、苦悩と絶望のなかで、なおも、その渇望の実現を求め、神と向きあうコロンブスの内的世界をも表現する場として展開されるのだが、ただ、光と影が交錯し、言葉がほとんど参加しないこの場で、たしかに、光や影や音、そして、物体としての白帆が〈劇行為〉に参加し、その意味を明らかにする瞬間があった。かぎられた場面、かぎられた瞬間ではあったが。しかし、舞台を見るかぎり、バローのいう「〈劇行為〉に参加するスペクタクル」の主張は、常に実現する性質のものではなく、〈劇行為〉のあるピークにおいてのみ可能な、まことに稀な演劇的瞬間というべきものであった。

③〈人間化した物体〉と〈物体化した人間〉

ところで、バローは、先に挙げた白帆の場合のような〈人間化した物体〉という考え方につづいて、〈物体化した人間〉という考え方をも提示している。例えば、「〈人間化した物体〉が、〈劇行為〉のなかで、みずからその言葉を語っているとき、俳優は登場人物としての演技を中止しないけれども、時として、物質的な存在になる」あるいは「俳優は、人間の条件を表現することではもはや満足せず、自然や自然力や諸物体をも表現する」という。要するに、「人間と物体は一緒に演技する。人間は物体として演技し、物体は人間として演技する」のだ。

一見、非常に奇異に感じられる、この〈人間化した物体〉や〈物体化した人間〉という考え方も、実は、日本の能の演技を思いだすことによって容易に理解できる問題である。事実、バローも、日本文化、とくに能にたいして深い関心と洞察をもっていたクローデル自身から教えられ、また、彼の戯曲から学んで、能の演技にたいして、当時、すでにある理解をもっていたと述べている。そして、先年（一九六〇年）の訪日中、実際に能に接したバローは、能のなかにギリシャ劇と同様な〈完全演劇〉を発見し、それによって「わたしの演劇にたいする確信が証明されただけでなく、強められた」(9)と述べ、また、能面とともに、扇にたいして非常に大きな関心と驚きを示し、「それは、ある時は武器を……ある時は松の小枝等々を示すことができる。それが象徴するものは無限だ。そして、わたしをもっとも驚かせたのは、思考をも表現できることであった」(10)と書いている。バローの関心の在り処を示す興味ある文章といえるだろう。

ところで、バローのいう〈物体化した人間〉の演技とは、どのようなものなのか。彼が示すひとつの例を見てみよう。

第一部十一景、死に瀕した老水夫が浜辺に打ちあげられ、寄せては返す波のために、浜辺に押しあげられ、また、水中に引きもどされている。コロンブスは老水夫を助けるために水のなかに入って行く。この時、コロンブスと老水夫を演ずるふたりの俳優は、助ける人と助けられる人としての、それぞれの演技を継続しながら、同時に、それを妨げる自然の力、寄せては返す波の力をも表現しなければならないという。原理的には、能の演技と同じ基盤に立つように見えながら、やはり、バローの描く舞台像は能の世界とは決定的に隔たっているというべきであろう。少なくとも、わたしには、それは象徴的・表現的であるより前に、むしろ、その本質において叙述的・描写的であるように思えるのだ。彼が演ずる近代的パントマイムがそうであったように。この問題は、後に、アルトーのバロー批評の項で、再度、取りあげることにする。

その他、先に述べた、帆にゆれ動く人影や、波うち際を示す波の精のバレエなども、この〈物体化した人間〉の演技のもうひとつの例といえるだろう。

④〈全体演劇〉における映画の問題

いまひとつ、この舞台に、作者クローデル自身の発想と希望によって取りいれられた〈劇行為〉に参加する映画の問題がある。舞台に導入された映画の問題は、最近かなり論議の対象になっているので、バローの主張をここに紹介しておこう。

バローは、まず、舞台に映画を導入するという発想は、もともと彼の〈全体演劇〉の主張と矛盾するものだという。このようなバローの考え方が、ヨーロッパ芸術の世界でしばしば論議される、芸術の純粋性の問題から出発していることはいうまでもない。事実、バローにも〈純粋演劇〉という観念にたいする異常なほどの執着があり、それは、彼の〈全体演劇〉論のなかで、芸術手段の純粋性・厳密性にたいする激しい要求となって現れている。

例えば、その〈全体演劇〉の基本的性格を示すものとして、バローは、〈Sur l'homme, Par l'homme, Pour l'homme〉(11)という標語を掲げたが、その第二項〈Par l'homme〉によって示されるように、バローの〈全体演劇〉にとっての表現手段は、なによりもまず、人間であった。バローが人間＝俳優こそ演劇の本質的手段であり、「必要にして充分な手段」だとする理由だが、それは、同時に、〈人間化した物体〉、〈物体化した人間〉というバロー独特の考え方を生みだしたともいえる。さらにいえば、装置・照明・衣装などの非人間的存在や音楽・バレエ・コーラスなどの他の芸術ジャンルが、ただ並列的・付加的に舞台に混入することを拒否し、それらの諸要素が〈劇行為〉に直接参加し、人間化して演技することを求めた理由でもあるわけだ。

したがって、このような〈純粋演劇〉としての〈全体演劇〉、人間による〈全体演劇〉に、まったく「メカニックな手段としての映画」を導入することは、芸術の純粋性という点から見て、かなりな冒険を意味する。「事実、この武器は危険」なのである。

では、舞台に映画を導入することは、まったく不可能なのかといえば、必ずしもそうとはかぎらない。「ある特殊な場合には、この映画と演劇との結合は可能であり、また、望ましいこと」だとバローはいう。ただし、〈額縁〉として、諸芸術の混合体として、演劇の補助的手段として用いられた映画は、「芸術的に見て不純」であり、拒否されねばならない。例えば、「舞台が表現できないものを映画によって示し」たり、「離れている観客に、舞台で起こっている事柄を細かいところまで見せるために、大写しの技法を用い」たりすることは、芸術として不純であり、「演劇の限界を示すことでしかない。」したがって、映画と演劇の結婚が可能にして、必要な場合は、映画が〈劇行為〉に直接参加している場合にかぎられる。

そして、バローよれば、〈劇行為〉に参加する映画の、「この最初の試みは、映像が白帆の上に、それも、物体でありながら、この作品全体の象徴であり、激しくゆれ動く白帆の上に映写されることによって、はじめて可能になったようだ」という。この言葉で、バローは、いったい何を意味しようとしているのだろうか。

まず、通常の、固定的なスクリーンが排撃されていることは、すぐさま理解できる。そして、バローがそれを排撃する理由も、すでに述べてきたような問題から、ほぼ推察される。しかし、何故、それがゆれ動く白帆であり、作品全体の象徴である白帆である必要があるのかという問題は、依然として残るだろう。ただ、わたしの理解するところでは、その問題は、〈劇行為〉に参加する映画の、その参加の仕方、あるいは、バローのいう、映画が演劇にたいしてもたらしうる寄与の内容の問題と関連するように思われる。例えば、バローはそれを次のようにいう。

人間の行動が、「貨幣と同じように、ふたつの側面、すなわち、可視的側面と不可視的側面を含んでいる」のと同様に、われわれの生も、「外に現れたものと秘められたもの、外的なものと内的なもの、フィジックなものとメタフィジックなもの、自然なものと超自然的なもの」というふたつの側面をもち、現実の世界においては、「このふたつの側面が、同時的にわれわれを襲っている」のだ。したがって、生のもつこの二面性と同時性を表現することが、〈劇行為〉に参加した映画の重要な役割なのである。一例を挙げれば、内心の恐怖を押し隠すために、怒気を含んだ言葉を投げつけている人物が、思わぬ膝のふるえで、同時にその内密の恐怖を物語っていることがある。この場合、彼が表現しようとしているのは怒りであり、彼が押し隠そうとしているのは恐怖心であろう。舞台と同時的に用いられた映画は、このような内密の状態を見事に暴きだすことができるだろうと、バローはいう。

例えば、バローは「同じ場面が、ふたつの違った方法で、互いに補いあいながら、舞台とスクリーン上で表現された場合を想像してみよう」という。つまり、「目に見えるものと目に見えないものというふたつの行為が、同じ登場人物によって、一方は舞台上で（目に見える行為が）、他方はスクリーン上で（目に見えない行為が）、同時的に演じられる場合」、そこに何が見えてくるかという。「目に見えるものしか表現しない普通の演劇、あえていえば、ブールヴァールの演劇」が〈平面的演劇〉(théâtre à plat)

であるとすれば、それは、すでに〈立体的演劇〉（théâtre en relief）と呼べるだろうとバローはいう。そして、『クリストファ・コロンブス』の舞台でいえば、老水夫の死の場面（第一部十一景）がその一例となるだろう、と。

このようなバローの主張を考えると、さきほどの問題もある程度理解できるようだ。『クリストファ・コロンブス』の舞台において、白帆は、舞台装置の一部分としての役割だけではなく、外部世界の嵐、海、波、そして、コロンブスの帆船そのものの象徴であるとともに、この作品の主題である、神に向かい、神に背を向ける人間クリストファ・コロンブスの内心の苦悶・動揺を、光と影の交錯、その激しい揺れによって象徴するものであったといえるだろう。したがって、バローによれば、この白帆は、作品の〈劇行為〉が集中するただひとつの焦点であり、舞台展開の中心になる「魔力を帯びた物体」(12)であった。それ故に、神の国に渡るサン・ジャコブの姿や、神の御使いとしての鳩が写しだされるのも、また、少年コロンブスの脳裡を去来するさまざまな想念、その欲望と現実の葛藤（第一部九景）や、嵐の後の静寂の場面（第二部四景）で、コロンブスの意識のなかに浮かびあがる過去の罪業の姿が写しだされるのも、すべて、この白帆の上でなければならなかったのであろう。それは、作品の象徴としての白帆の上に投写されることによって、映画は、この作品の〈劇行為〉と離れがたく結びつき、また、映画の表現すべきものが、「目に見えないもの、内的なもの、メタフィジックなもの、超自然的なもの」である以上、その映像は、固定されたスクリーンが与えるような、固定的な輪郭をもった映像であってはならないからであろうか。もっとも、わたしの、この多分に強引な推論が、そのままバローの論理であると主張する勇気はない。それでは、あまりにも観念的な、理論のための理論のようにわたしには思えるからである。しかし、バローの論理の展開からいえば、このように理解するほかない、というのも、また、事実なのである。

以上のように、舞台に導入された映画についてのバローの主張は、演技論を中心に展開された彼の〈全体演劇〉論の正確な適用というべきものであった。ただ、あまりにも首尾一貫した理論構築が、かえって、その実際的な効果に疑問を抱かせるといえるだろう。事実、客席には、バローの期待したような効果はほとんど伝わらず、むしろ、舞台の印象を混乱させることの方が多かった。彼が標語に掲げたように、〈人間のための全体演劇〉である以上、少なくとも、観客の人間的自然は考慮されるべきものであろうというのが、正直な印象であった。何故なら、われわれの人間的能力は、ある対象（映像）にたいする一定時間の注意の集中を必要とする。さもなければ、それは意味をもったイメージとして捉ええないからである。外国テレビ映画の、すでに予期された字幕さえ、充分に意味を伝ええないのが実情であれば、より広大な空間に、予告もなく、同時的に映写される映像が果たしてどれだけの意味をもって、われわれに迫ってくるだろうか。まして、ゆれ動く白帆の上の映像である。バローの理論と実際の舞台上の効果との間には、かなりの開きがあることは否定できない事実なのだ。

要するに、〈全体演劇〉に参加する映画に関するバローの主張は、多分に観念的な議論という印象が強いといえよう。その意味では、バローの〈全体演劇〉論そのものについても、ほぼ同様のことが指摘できるのだ。次項で、バローの〈全体演劇〉論をアルトーやアダモフのそれと比較し、また、わたしなりの批判をそれに付け加えることにする。

なお、〈補足的ノート〉において、バローは、先にもふれた、人間と自然の仲介者としての俳優の問題や、装置、とくに〈生きた装置〉と〈死んだ装置〉の問題を展開しているが、それらも、すでに紹介してきたバローの論理の、正確な適用というべきものであり、その紹介は省略する。

三　アルトーとアダモフのバロー観

バローの〈全体演劇〉論にたいする、決定的な批判があるとすれば、それは、すでにアルトーとアダモフによって提出されていたといわねばならない。

まず、アルトーの批判は、バローの最初の実験劇『ひとりの母をめぐって』にたいする批評として、彼が《N.R.F.》誌上（一九三五年七月一日号）に発表した文章『ひとりの母をめぐって』と、その批評文の発表を予告してバローに送った手紙（六月四日付）のなかに見出すことができる。このふたつの文章は、ほぼ二十年後のバローの、そして、その〈全体演劇〉論の行方を予知するかのように痛烈であり、また、筆者アルトー自身の強烈な演劇観を見事に浮きぼりにしている。

まず、アルトーは、バローがこの上演で達成したものを、「それが傑作かどうかは別にして、ひとつの事件であった」とし、その舞台は「空間における身振りと運動の重要性を見事に提示してみせている。それは、演劇的観点に、それが見失ってはならないはずの重要性を取りもどしてくれた。この生き生きした身振りのなかには、その表情の途絶えることのない展開のなかには……直接的で、物理的な一種の呼びかけがある」(13)といった言葉で大きく評価している。アルトー自身が、かつて「演出と形而上学」

（《N.R.F.》一九三二年二月一日号）という文章において展開し、『チェンチ一族』の上演によって具体化した〈空間の詩〉や、〈直接的パントマイム〉あるいは〈身振りと態度による言語〉が、バローのこの舞台にもたしかに反映し、見事な成果を収めていることを認めている。しかし、彼にとって、この舞台は決定的に不満であった。アルトーは、そのことを次のような言葉で表現する。長文になるが引用してみよう。

「J・L・バローの舞台には、象徴がない。そして、もし、彼の演技を責めることができるとしたら、それが現実しか描いていないのに、われわれに象徴についての幻想を与えることだ。かくして、彼の行動が如何に激しく、生気にみちていようとも、結局のところ、反響は起こらないのだ。……何故なら、彼の演技は単に叙述的でしかないからであり、魂の介在しない外面的事実しか語らないからだ。人がバローを責めることができるとしたら、それは、まさに、この点にある。彼の演劇形式が演劇的であるかどうかを考える以前の問題である。……この上演には、演劇の頭、すなわち、深いドラマがない。……そこでは、演技などもはや手段でしかないような、あの魂の痛烈な戦いがない」(14)と。

そして、バローへの手紙では、年下の友人に愛情をこめた励ましの言葉を送りながらも「わたしは、われわれが協同して仕事をすることが可能だとは思っていない。何故なら、わたしは、われわれを結び付けるものを知っている以上に、われわれを隔てるものをより多く知っているからだ。それは、まったく相反するふたつの観点から出発しているために、外見の一致にもかかわらず、決して同じ結果には到達しない（われわれの）〈仕事の方法〉に関わっているからだ」(15)と書き送っている。

アルトーは、『チェンチ一族』上演に協力するバローの仕事ぶりをとおして、また、バローの最初の実験劇『ひとりの母をめぐって』をとおして、自分とこのすぐれた年少の友人とを隔てる決定的なものの存在をすでに明確に感じとっていた。アルトーが、自分の教説にまったく異なった立場から、まったく異なったものへの関心によって、熱狂的に追随するバローを、それでいて、手紙の他の箇所でアルトーが指摘するように、自分以上に表現の芸術的な限界に敏感であり、自分以上に表現の美しさ、その新しい美しさに魅せられているバローを、どのように見ていたかはすでに明白であろう。アルトーにとって、表現の美醜は問題ではなく、また、芸術的な表現にこえてはならない限界などありえようはずはなかった。ただ、その表現が真実であるかどうか、いいかえれば、彼の内部にあって、表現を求めて荒れ狂うものが、正確に表現されえたか否かの問題だけがあったといえるだろう。事実、バローへの手紙のなかでも、そのことにふれ、「わたしは……とくに演劇の問題に関して、完全な仕切り（限界）などというものを信じない。そして、それこそが、この四年以上もの間、わたしが書いてきたものの根本だった」(16)と断言している。

アルトーのこの言葉は、バローが書きとめているあの有名な事件、アルトーとデュランの間で起こった事件(17)をわたしに想い出させる。〈アトリエ座〉創設のころ、デュラン一座に俳優として参加していたアルトーは、デュランの指導下でシャルマーニュ皇帝の役を演じた。ある日の稽古で、その瞬間の皇帝をより決定的に表現するため、アルトーは、玉座に向かって、突如、四つんばいになって這いはじめる。驚いたデュランがアルトーをひきとめ、「もっと本当らしい」演技を要求したとき、アルトーは、猛烈な勢いで腕をふりあげ、激しい口調で叫んだという。「あー！　もし、真実を求めて仕事をしているというのなら、それなら、何故！」と。たしかに、バローとの間では、このような事件は起こらなかった。しかし、『チェンチ一族』の稽古段階で、俳優たちの稽古を監督する役割を任されることもあったバローにたいし、アルトーは、デュランに抱いた苛立ちと同じものを感じていたのだ。アルトーが書いた「演劇の問題に関して、完全な仕切りなどというものを信じない」という言葉は、ふたりの間を隔てるものの確認の言葉であり、同時に、ふたりの協働の可能性はないとする理由でもあった。

アルトーの〈残酷演劇〉のもつ異常なまでの激しさは、彼自身の内部で荒れ狂うものの異常さ、激しさのためであり、そこに、まったく更新された〈もうひとつ別の演劇〉が生まれたとしたら、それは、アルトーが「本当らしさ」の世界ではなく、「真実」の世界で戦ったからであり、彼自身の内部の正確な表現だけを求めていたからであろう。アルトーは、みずからの内部で燃えさかる火によって、みずからを焼きつくさずにはおられない、いわば、呪われた演劇人であった。一方、バローは、その炎の美しさに魅せられ、そこに新しい演劇的表現の可能性を発見し、それを追求する人間、つまり、舞台の魔力に魅せられた、純粋な舞台人であった。アルトーにとっては、この人間という存在、生そのものが問題であり、バローにとっては、演劇の新しい表現形式こそが問題だったのである。

以上に述べてきたことは、決して『ひとりの母をめぐって』におけるバローにのみ当てはまることではない。それは、二十年後のバロー、そして彼の〈全体演劇〉論そのものの本質でもあった。例えば、バローの〈全体演劇〉論は、クローデル戯曲との格闘をとおして完成されてきたが、それは、究極のところ、クローデル戯曲のもつ内的世界、そのカトリック的世界とはまったくなんらの関わりもない地点で成立していた。その意味では、バローが彼自身の脚色によって試みた『ひとりの母をめぐって』や『ヌマンシア』『飢え』などの実験劇の本質について、S・ドムが、「アルトーは、彼が舞台上で実現しようと試みた世界を、彼自身のなかにもっていた。一方、バローの実験劇は、彼自身が脚色したものを演じているとはいえ、彼が定着させようと願っている形式を実践するための口実を提供してくれる、いわば、演ずべき対象を探し求める、俳優のなせる業なのだ。」[18]と断じた言葉は、まことに手厳しいが、また、事実でもあったのだ。そして、この言葉は、バローの〈全体演劇〉論とクローデル戯曲との関係にも当てはまるだろう。クローデルの『繻子の靴』に出会ったとき、バローは「〈全体演劇〉についてのわたしの真の夢を見つけだした。ただし、今度は、偉大なテキストに仕える可能性とともに」と語ったように、バローの〈全体演劇〉論は、「演ずべき対象を探し求める」俳優バローの演出論・演技論であり、それによって表現されるべき世界、すなわち、この社会や人間の生の在り方についての認識は、常に完全な白紙のまま残されているのである。

このことは、「この上演には、演劇の頭、すなわち、深いドラマがない」という言葉によって、アルトーが予言していたように、バローの〈全体演劇〉論の限界であるわけだが、同時にそれは、なによりも、まず俳優であり、舞台の人であるバローの宿命的な本性を示すものだともいえるだろう。何故なら、俳優の職業は、その表現の対象、演ずるべき役の人間によって憑かれ、取ってかわられることを求めるものであったから。例えば、俳優の職業を「人間の魂にとって危険な」職業と呼んだコポーが、「俳優の職業は己を変質させる傾向をもっている。何故なら、この職業は、見せ掛けの世界で生きるために、俳優に、自分自身から抜け出す能力の行使を迫るからである」[19]と述べたように、バローの〈全体演劇〉論のもつ特異な性格は、バローが俳優であることの宿命的な性格であり、また、その証でもあるだろう。

俳優であり、純粋な舞台人であるバローのこの宿命的な本性は、先にも述べたように、現代演劇の衰弱をめぐる彼の問題把握の仕方のなかにも現れている。その問題解決の努力があくまで技術論の水準にかぎられていたのと同様に、現代演劇の衰弱の原因は、すべて十九〜二十世紀的な心理劇がおうべきものとされていた。バローは、その〈全体演劇〉の主張によって、ただ、真実の演劇に、真実の伝統に立ちかえることだけを望んでいるのだという。事実、そこには、アルトーやイヨネスコ、アダモフあるいはブレヒトの場合のような、演劇の西欧的な伝統、アリストテレス的な演劇概念そのものの否定は含まれていない。また、十九〜二十世紀的な心理劇は否定されても、それに原型を与えたラシーヌ悲劇——アルトーが、現代演劇を堕落させた元凶として厳しく批判したラシーヌ悲劇(20)——は、かえって真実の演劇、彼のいう〈全体演劇〉として擁護されている。つまり、俳優バローの〈全体演劇〉論には、アルトーの『演劇とその分身』の一章「演出と形而上学」はありえても、演劇の伝統的な遺産を一挙に否定する「傑作と訣別すること」の章、あるいは、演劇と人間の関係を根底からくつがえす「演劇とペスト」の章は見当たらないし、また、見当たるはずもなかったということなのだ。こうして、俳優バローの描く〈全体演劇〉像は、俳優・演出家であるとともに詩人でもあったアルトーや劇作家アダモフが意図する、「もうひとつ別の演劇」としての〈全体演劇〉とは、まったく異質の存在であり、外面的な一致以上に、その相違・対立は本質的な問題を含んでいたのだ。

次に、アダモフが考える〈全体演劇〉とバローのそれを比較してみよう。アダモフは、この章の冒頭に引用した文章につづけて、「ある人びとは、マイムと歌、そして踊りの支離滅裂な混合物を〈全体演劇〉と名付けたが、〈全体演劇〉はそんな道化芝居ではない。もっとも、演劇のなかに、歌や音楽、そして踊りが、その場所をもたないといっているのではない。しかし、例えば、ブレヒトの場合のように、歌が、観客をひとつの次元から他の次元へ、すなわち、物語の次元から教育の次元へ移行させるといった、正確な機能をもつ場合にしか、それは意味をもたない。わたしが〈全体演劇〉と呼ぶものは、生のすべての側面を同時に取りあげる演劇である」(21)と述べている。この文章は、直接、バローの名を挙げているわけではない。しかし、少なくとも、両者の〈全体演劇〉の捉え方の相違は明白である。アダモフにいわせれば、演劇は、その表現手段の多様性によって〈全体演劇〉になるのではなく、それが表現する世界の多様性・全体性によって、はじめて〈全体演劇〉の名に値するのだ。アダモフが、演劇が表現すべき対象としての現実に巨大な変貌が認められる以上、「生のすべての側面を一挙に把握する演劇」こそ、今日求められている演劇だとする所以であろう。アダモフのいう「道化芝居」(pantalonnade)が、直接、バローの〈全体演劇〉論に向けられたものとすれば、多少、酷にすぎるというべきだろう。しかし、アルトーが『ひとりの母をめぐって』で語った「演劇の頭がない」という批評と同じ次元で語られたこの言葉は、バローの〈全体演劇〉論の限界を指摘したものといえるだろう。

四　アルトーの〈ショックの演劇〉とバローの〈全体演劇〉論

ギシャルノーは、第二次大戦後のフランスの演劇について語りながら、「アルトーの大きな寄与は、その（演劇）形式にあるのではなく、ひとつの基本的な志向にあったようだ」(22)として、その志向に、〈ショックの演劇〉(theatre of shoch)という非常に興味ある呼び名を与え、「現代フランス演劇はメタフィジックであろうと欲している。そして、このメタフィジックなものは、衝撃的な暴力によってひき起こされた極限的な困惑状態によってのみもたらされる」(22)として、アルトーの〈ショックの演劇〉が、J・ジュネやアダモフ(第一期の)、イヨネスコ、ベケットのトリオに与えた影響を論じている。すなわち、戦後第一波のサルトルやカミユの実存主義演劇がその不条理の認識を語るとき、依然として伝統的・西欧的な技法、「挿話的な証明法」に頼っていたのにたいし、第二波のこれらの人びとは、アルトー的な「直接的なイメージによる」方法におき換えているとし、『演劇とその分身』から、彼が〈ショックの演劇〉と捉える理由を、アルトーの言葉によって説明している。

ところで、これらの〈不条理劇〉の劇作家たちのアルトーへの傾斜、アルトーの〈ショックの演劇〉との親近性と比較した場合、アルトーからバローが受けとったはずの表現形式は、どのような関係にあるのか。わたしの見るところでは、バローの〈全体演劇〉論はアルトーの意図したものとは、まったく異質のものに転化していると考えられる。例えば、以下に、アルトーの演劇が〈ショックの演劇〉と呼ばれる理由を、アルトー自身の言葉から探ってみよう。

「わたしが提案するのは、自然力の渦が人を捉えるように、演劇によって捉えた観客の感受性を、物理的な激しいイメージによって粉々にし、麻痺させてしまうような演劇である。心理を捨てることによって、異常なものを語り、自然の戦いを、捉えがたい自然の力を舞台にのせる演劇、しかも、なによりもまず、それが、流れを変えられて異様な力としてたち現れてくるような演劇……陶酔状態を生みだす演劇……を提案する。(23)

「わたしは、無意識が偶然にもたらすイメージを詩的イメージと呼びながら、それを、気のおもむくままに、まき散らす、あのイメージの経験主義を拒絶することを提案する。……わたしは、中国の針医者が、人間の身体のすべての表面にわたって、そこを突けば、もっとも微妙な機能までも統御できる〈つぼ〉を承知しているように、陶酔状態をひき起こすためのイメージやさまざまな方法の物理的な知識という考え方に、演劇をとおして、たち戻ることを提案する。」(24)

「もし、本来あるべき演劇がペストと同じだとしたら、それは、演劇も伝染性をもっているからではなく、演劇が、ペストと同じように、精神のすべての邪悪な可能性が一個人あるいは一国民に巣食っている、あの潜在的な残酷さの根源を暴き、前へ突きだし、外部へと押しだすからである。」(25)

「演劇は、精神を錯乱状態に導き、そのエネルギーを増幅させる。だから、人間という観点から見れば、演劇の働きは、ペストの場合と同様、有益だということがわかるだろう。何故なら、それは、人びとをして、己のあるがままの姿に向きあわさせ、その仮面を剥がし、その虚偽を、怠惰さを、そしてその低俗さ、偽善性を暴きだすからである。」(26)

以上のような、非常にかぎられた引用からも、アルトーの意図する演劇が、演劇と観客の関係に、すなわち、演劇の果たすべき役割に決定的な変化をもたらしていることは容易に理解されるだろう。それは、もはや、アリストテレス的な〈同化〉による〈カタルシスの演劇〉ではなく、観客にある恐るべき認識を迫る演劇であり、〈ショックの演劇〉と呼ばれるアルトーの技法は、それを可能にさせるためのものであった。アルトーが、身元不明の「詩的イメージ」との馴れ合いを排し、〈空間の詩〉や、〈直接的パントマイム〉あるいは〈身振りと態度による言語〉といった、人間の感覚に直接働きかける、具体的で、物理的なイメージを獲得し、それを的確に駆使する技法の確立を求めた理由である。それは、悪夢の世界から選びとられたような、「極限にまで追いつめられた演技」によって、「観客の感受性を粉々にし、麻痺させ」、「精神を錯乱状態に導き」ながら、この異常な生の実体の、直接的で、感覚的な認識に否応なく直面させる、ひとつのショック療法というべきものであった。

ところで、バローの「全体演劇」における技法は、いったい、どのような性格をもっていたか。例えば、バローの肉体的表現の技法が、「イメージの経験主義」を脱していることは事実であろう。しかし、すでにアルトーが指摘していたように、その本質はあくまで「叙述的」でしかなかった。彼の跳躍もダンスも、そしてパントマイムも、すべてその「ミメティックな豊かさ」の側面から捉えられていた。先に述べた、波うち際の妖精のバレエや、コロンブスと老水夫の〈物体化した人間〉の演技も、新しい肉体的表現の技法を駆使しながらも、結局、更新された「詩的イメージ」の枠を出るものではなく、アルトーの求める、直接的で、感覚的な認識のためのショックの技法とは、まったく異質のものといえるだろう。アルトーが、ふたりを隔てるものとして、「それは、まったく相反するふたつの観点から出発しているために、外見の一致にもかかわらず、決して同じ結果には到達しない（われわれの）〈仕事の方法〉に関わっている」と書き送った理由である。

もっとも、バローの技法が、師アルトーのそれと異質のものであるから無価値だなどと主張するつもりはない。それは、おのずから別の問題なのだから。しかし、バローの「〈劇行為〉に参加した映画」、いわゆる〈立体的演劇〉の主張も、結局は、われわれが内面的描写と呼んできたものと、本質的には同質のものであったことに注意しよう。そして、演劇のスペクタクル的要素について、先にわたしが稀な演劇的瞬間として挙げた〈嵐の場〉、その〈人間化した物体〉の演技についても、ほぼ同様のことがいいうるだろう。その意味では、バローの「全体演劇」論の主張は、華々しい外観の新しさほどには、その本質において新しくないということであろう。ドムの「その意図における無鉄砲さとその実践における慎重さの、奇妙な混合によって、バローは保護されている」(27)という批評を、わたしはここでも支持する所以である。

こうして、アルトーとともに危険な冒険に身を投じたバローが、カルテルの伝統の新しい継承者として復帰してくるプロセスは、バローにとって、ほぼ必然のコースだったといえるだろう。そして、バローの「全体演劇」論にもし問題があるとすれば、その理論としての新しさや完成以前の問題として、〈劇行為〉に参加しているはずのさまざまな表現手段が、かえって、観客の印象を混乱させ、〈劇行為〉の強力な展開を妨げている点にある。理論と実践のこの間隙、この混乱が埋められれば、それは、アルトーやアダモフの場合のように、新しい演劇論と呼びうるものではないにしても、演技や演出の新しい可能性にひとつの道を開くことにはなるだろう。

（一九六五年三月）

第十章　ヴァーツラフ・ハヴェルの戯曲『注意の集中の難しさ』

〔観劇ノート〕

一　プラハの劇場

一九六八年六月、プラハ滞在の最終日、ようやく入手した切符を手に〈ナ・ザーブラドリー劇場〉に向かう。美しいヴルタワ河に沿った旧市街の一角、聖アン広場に面した三百人位収容の小劇場である。建物は古い修道院を改築したというが、なかなか風格のある劇場だ。演目は、ポーランドのS・ムロジェックと並んで東欧の若手劇作家を代表するハヴェルの『注意の集中の難しさ』という奇妙な題名の最新作、この劇場のドラマ・グループの上演である。この劇団には、もうひとつ、有名なフィアルカが率いるパントマイム・グループがあり、グロッスマンの指導するドラマ・グループと交互に上演しているのだが、残念ながら、その方の切符はどうしても手に入らない。プラハに到着したその日に駆けつけた窓口で、「十日か二週間位前でないと……」という答えである。その人気のほどがうかがわれるだろう。

人口百万ほどのプラハ市には、三十をこす劇団とそれをやや下回る数の劇場があるのだが、どの劇場もほぼ満員に近い状況だ。プラハ市にあるこの三十をこす劇団は、①国立劇場アンサンブル　②プラハ市立劇場アンサンブル　③国立・演劇スタジオ・アンサンブルの三グループに分かれて活動しており、①の国立劇場アンサンブルには、いわゆる〈国立劇場〉、〈ティル劇場〉、〈スメタナ劇場〉が所属し、演劇の他、オペラやバレエが上演され、②には〈喜劇座〉、〈ABC劇場〉、〈室内劇場〉など、レパートリーやわたし自身の観劇の印象では、フランスでいう、いわゆる〈ブールヴァール劇〉の線に近く、観客も中高年層が多いようだった。③の演劇スタジオ・アンサンブルは、数年前に設立された新しい組織であり、近年、急激に増えた若手演劇人の実験的な小集団を傘下におさめ、意欲的な活動を展開して学生や青年労働者の圧倒的な支持を受けている。俳優たちの年齢ももっとも若く、政治的にも、チェコの自由化運動を芸術面で推進するなど多彩な動きをみせている。そのうち有名なものとしては、O・クレチャーをリーダーに〈国立劇場〉から独立した〈門の裏劇場〉、若手映画人を中心にした〈ドラマ・クラブ〉、映画技法と舞台との融合をはかって新しい形式を開いた〈ラテルナ・マジカ〉（魔法のランプ）があり、その他、ジャズ・踊り・詩の朗読などを融合した新しいショー形式――モスクワの〈タガンカ劇場〉でも同形式のものに出会った――が、青年層の間で人気を集めていた。

〈ナ・ザーブラドリー劇場〉も、この国立・演劇スタジオ・アンサンブルに所属する若手劇団のひとつだが、フィアルカ、グロッスマンのようなすぐれた指導者のほか、ハヴェルを座付き作者の形で擁して、もっとも実力があり、一九五五年には、ベケットの『ゴドーを待ちながら』をはじめ、イヨネスコの初期の一幕物を上演するなど、東欧諸国へ、いわゆる〈不条理劇〉を本格的に導入する役割を果たした点でも注目されており、第三章でも述べたように、最近では、チェコを代表する自由派の前衛劇団として海外の演劇祭にもしばしば招かれ、好評を博している。

二　ハヴェルの戯曲『注意の集中の難しさ』（フランス語題名・La possibilité difficile du concentration）

イヨネスコの影響も認められるハヴェルの『注意の集中の難しさ』のストーリーだが、同行してくださったプラハ在住のC嬢――当時、カレル大学日本語科の学生だった――の解説の言葉も含めて、その粗筋をまとめることにする。この奇妙な題名も、粗筋を読まれれば、お判りいただけると思う。

舞台、エドアルダ家の居間では、ある研究所の研究員B女史が、ふたりの助手を相手に奇妙な実験装置を調整している。実のところ、彼女は大変な野心家であり、人間の魂の運動を科学的に数量化することによって、公認唯物論の証明とその新分野への展開を試みようという雄大な計画の持ち主なのである。この計画に成功すれば、画期的な業績として評価されること疑いなしという寸法だ。任意抽出法によって、たまたま、その被験者として選びだされたエドアルダ博士も、女史と同じ研究所の研究員だが、サンプルとして彼を引き当てたことは、女史の実験にとって大変不幸なことであった。というのは、このエドアルダ博士はなかなかの女たらしであり、彼の魂の運動はすこぶる複雑なのだ。

いまや、冷戦状態にある奥方と、公然と家にも出入りする恋人との間に立って奮戦する博士は、それでも懲りず、目下、その著作のため口述筆記をやらせている若い女秘書にまで手を伸ばす始末である。三つ巴の女性をなんとか鉢合わせさせず、うまく立ちまわろうというのだから、博士の「注意の集中が難しく」なるのは、当然である。体中に、Ｂ女史の奇妙な測定器具から伸ばしたコードを取りつけられた博士が、コードをひきずりながら部屋中を歩きまわり、口述筆記をさせるのだが、博士の視線が若い秘書嬢のミニ・スカートの奥に伸びれば、測定器が火をふき、奥方と恋人が鉢合わせしそうになると、測定器が警報を鳴らして爆発するなど、女史の実験は困難をきわめる。気ままな博士をたしなめ、協力を懇願しながら、悪戦苦闘の数日後、女史自身にとっては計算外の結末が訪れる。魂の、特別な運動など信じていなかったはずのＢ女史が、逆に、被験者エドアルダ博士の魔力にかかって、彼の腕のなかに身を投げかけてしまったのだから。

演出者Ｖ・ユデチェックの舞台処理も、俳優たちの演技も見事だったが、それ以上に、戯曲の発想の面白さ、意表をつく展開ぶりに、客席は、終始、爆笑の渦にまきこまれていた。しかし、この完全にファルス的な笑いの背後に隠されている主題の大胆さも、また驚くべきものであった。作者が、女史の科学的野心のばかばかしさを、あるいは〈素朴反映論〉を茶化しながら展開していたものは、むしろ、強烈な政治的諷刺であった。開幕当初、風変わりな測定器具の故障と格闘するＢ女史や、女たらしのエドアルダ博士の飄逸な演技に腹をかかえている間は、この芝居、まことに楽しいファルスであった。お客たちは、まず、この測定器具の奇想天外な反応ぶりに驚き、そして、笑った。劇の進行とともに、繰りかえされる実験の失敗が、笑いの対象を自然にＢ女史の科学的野望のばかばかしさに向けかえさせるが、この辺りから、作者の緻密な計算によって配置された、鋭い政治的・風俗的諷刺に、客席は次第に反応しはじめる。的確な演出・演技に助けられて、わたしにもそれが感じとれるのだ。すると、今まで、彼女の実験のばかばかしさと、彼女の視野の狭さ、思い込んだら……式の固定観念を笑っていたわれわれのなかに、次第に、政治的・社会的な視野が開けてくる。いいかえれば、科学的な領域で、公認の、あるいは既成の理論にしばられ、ロボット化した人間としてB女史を笑っていたわれわれが、彼女のなかに、政治的あるいは社会的な意味でのロボットを発見しはじめる。いわば、視点の重層化と笑いの対象の変質が進行しはじめるといえるだろう。

舞台がはねた後、わたしはかなり興奮していたように思う。ひとつには、当時、合同演習に名を借りてチェコ領内にはいったワルシャワ条約軍が、なお、駐留をつづけていた時期であり、プラハを訪れる直前まで、パリの〈五月革命〉の誕生と壊滅のプロセスをその内部から見てきたわたしは、チェコの自由化革命の前途に多大の危惧と関心を寄せていた。おそらく、プラハのそのような政治的状況とわたし自身の心情のせいもあって、わたしは、この戯曲を非常に大胆な〈挑戦の戯曲〉として受けとっていた。いわば、すべての公認の、既成の社会主義理論にたいする挑戦、チェコの自由化革命がその批判の対象としていたノボトニー的な――ひいては、ソヴィエト的な――社会主義体制への痛烈な政治的諷刺の戯曲として受けとっていた。B女史の硬直ぶりのなかに、ソヴィエト型社会主義の動脈硬化現象を読みとり、このファルス的な笑いのなかで、魂の存在、人間的な自由の領域の存在を主張する、作者の大胆な姿勢と巧妙な作戦にわたしは拍手を送っていた。その夜、C嬢との長時間におよぶ会話のなかで、さきほど見た舞台とチェコの自由化革命の関係が盛んに話題になったものだ。とくに、外国軍隊の駐留について、わたしがあえて彼女の意見を求めたとき、「わたしたち、社会主義まで捨てるつもりじゃないんです。ただ、社会主義はもともと人間解放のための手段だったと思うんです。目的じゃなしに。でも、その社会主義のパイプが詰まっているとしたら、この国の社会主義が動脈硬化を起こしているとしたら、わたしたち、どうすべきなんでしょう。」ほぼ、このような言葉がかえってきた。彼女の言葉が、社会主義と人間的自由を結び付けようとしたチェコの自由化革命の精神を反映したものであることはいうまでもないが、『注意の集中の難しさ』も、前作の『ガーデン・パーティ』も、この動脈硬化ぶりを的確に抉りだしてみせており、観客もそれを承知し、その大胆さと見事さに拍手しているのだと、彼女はいう。

ところで、先にも述べたように、ハヴェルの戯曲のなかには、視点の重層化を助ける政治的・社会的な諷刺が随所に埋め込まれており、彼女もそのいくつかの例を挙げてくれたのだが、わたしにも感じとられた例をひとつ挙げてみよう。それは、ストーリーの展開にまったく関わりのない副次的な人物なのだが、外回りの仕事をする老下級官吏が、実験のはじまる前後にふらりとエドアルダ家に現れ、さまざまな、しかし、まったく無意味としか思えない調査を繰りかえす。部屋の縦・横の長さをはかり、ドアの把手のまわり具合をしらべ、ノートに記入する彼。階段の段数を数え、敷物の厚みをはかり、ノートに記入する彼。ほとんど前後の脈絡もなく、淡々と繰りかえされる彼の調査、その無表情な、ロボットのような動きに、〈パイプの詰まったお役所仕事〉が見事に浮きぼりにされるのだ。しかし、そんな老官吏の表情に、ただ一度だけ人間的な表情と動きがひらめく瞬間がある。余り物の果物を「もし、よかったら……」といって、差し出された瞬間である。獲物をひっつかむや否や、一目散に隠し場所へ急ぐ小動物のような動き——さりげなく演じながらも、実にグロテスクな効果をだした一駒であった。わたしが感じとった例として、この話をもちだしたとき、彼女は苦笑しながら、こう、いったものだ。「まさか、これほどじゃないけれど、わたしのなかにだって、そんな要素がありますわ。当分は要らないものでも、とにかく、取りこんでおこうという気持ち……人間のせいなのか、政治のせいなのか、そのどちらでもあるんでしょうけど……」と。わたしたちの間では、痛いとも感じないこのような問題が、彼女のなかでは、「だから、人間を人間らしい状態に戻すような」政治の問題へとつながって行くのだった。

わたしは、彼女の言葉の紹介に頁をさきすぎたかもしれない。しかし、プラハの若い女性観客と作者ハヴェルとの間には、舞台をとおして見事なまでの会話が成立していた。彼らが生きている状況、すなわち、チェコの直面している政治的な状況に密着した会話が。わたしには、それが羨ましかった。ハヴェルの戯曲は、必ずしも、単純な政治劇ではないだろう。しかし、それが、より多く政治的な側面で受けとめられたとしても――わたしも、そのような側面からこの舞台を見ていたが――それが、どうだというのだろう。彼らは、いま、政治的に考え、政治的に行動することを、もっとも必要とする時代を生きているのだから。

そういえば、演出者グロッスマンは、彼らの演劇運動を〈呼びかけの演劇〉という言葉で表現している。それは「舞台と観客の間での対話のやりとりを推進するような演劇運動」であり、「問題のありかを的確に示すことによって、人びとに考えさせよう」とする。しかし、その場合でも、問題は決して「教育的な形でなく、対話への呼びかけとして提出されるべきもの」と述べている。グロッスマンのいう、対話への〈呼びかけの演劇〉という発想が、〈下からの直接民主主義〉といわれるチェコの自由化革命精神とその源をひとつにしていることはいうまでもない。もっとも、グロッスマン自身、それを演劇運動と呼んでいるように、この〈呼びかけの演劇〉という概念は、ひとつの演劇論的立場を主張するものというより、チェコの政治的状況に根ざした、ひとつの演劇運動であるとともに、より広い運動への連帯を目指したものと捉えるべきかもしれない。その意味では、すでに紹介したように、『注意の集中の難しさ』は、まさに、グロッスマンのいう〈呼びかけの演劇〉の具体化であった。

ところで、ハヴェルの戯曲をはじめ、〈ナ・ザーブラドリー劇場〉のレパートリーである、カフカ、ジャリ、ベケット、ムロジェックなどをつなぐ線には、〈不条理劇〉への強い傾斜が認められる。それは何故なのか。また、他の東欧諸国ではどうなのか。以下、チェコあるいはソ連・東欧諸国でのレパートリーの問題にふれながら、この問題を考えてみたい。

三　一九六七〜六八年のソ連・東欧諸国の上演レパートリーから考える

まず、ほとんどのチェコの演劇人にとって、社会主義そのものの動脈硬化症状を抉りだし、その矛盾を暴こうとする場合、公認の社会主義リアリズムの技法がなんらの役割をも果たしえないことは、自明のこととして意識されているといえよう。それに、ソヴィエト国内でも批判・克服されたとはいえ、かつて、マレンコフ流の〈典型論〉や〈無葛藤理論〉を生みだした社会主義リアリズムの技法が、重層化した社会主義そのものの矛盾を描きだす創作方法として意識される余地はほとんどないとしても当然だろう。例えば、プラハ市の〈劇場案内〉六月号によって、この時期の上演レパートリーを見てみよう。ゴルキー、チェーホフ、プーシキンの名がレパートリーにしばしば現れるのに比べ、いわゆる、ソヴィエト期のソヴィエト戯曲はほとんど見当たらず、逆に、西欧の古典あるいは現代戯曲が非常に数多く上演されている。古典としてのシェイクスピア、モリエール、ゴルドーニは当然として、特徴的なことは、B・ショウの作品がとくに目立ち、そのほかE・オニール、T・ウィリアムズ、J・B・プリーストリーの英米もの、サルトルやJ・アヌイのフランス戯曲、F・デュレンマット、G・ビュッヒナーのドイツ語系、新しいところではH・ピンターの名も挙げられる。

ところが、西欧諸国の各地で、しばしば上演されていたブレヒト劇だが、プラハだけでなく、延べ六十日近く、前後三回にわけて行ったソ連・東欧諸国の旅行中、モスクワの〈タガンカ劇場〉で『ガリレオ・ガリレイの生涯』を観る機会があったほかは、遂に、ブレヒト劇に出会うことはなかった。もちろん、〈ベルリーナ・アンサンブル〉は別にしてだが。不思議な現象といえるのだが、わたしは、これを偶然の結果とは考えられないのである。つまり、ここ三、四年前までは、東欧諸国で盛んに上演されていたというブレヒト劇が、〈不条理劇〉の上演数に比べても圧倒的に少ないという事実は、むしろ、東欧諸国内部での現実条件の変化、あるいは演劇人や観客の問題意識そのものの変化として捉えた方が、より真実に近いという気がしている。例えば、ブレヒトの〈叙事詩的演劇〉が、資本主義社会の諸矛盾を批判的・理性的認識をとおして暴きだすのにたいして、今日の東欧諸国の演劇人や観客は、彼らの社会主義体制そのものが直面している矛盾の問題に、より多くの関心を抱かざるをえないということであろう。しかも、その認識が、必然的に暗く、苦いものであるとすれば、ブレヒト劇に特徴的な批判的・理性的認識の方法、あるいは教育的・啓蒙的な姿勢よりは、より多く〈不条理劇〉的なもの、例えば、〈黒いユーモア〉による衝撃的認識に傾斜して行くのも当然のことと思えるのだ。

実をいえば、ワルシャワのある前衛劇団の首席演出家に、この問題にたいする見解を求めたところ、わたしの考え方とほぼ同じ答えがかえってきた後、現在、東欧諸国、とくにポーランドの観客にもっとも愛好されている劇作家は、ムロジェックやハヴェルのような東欧の新しい劇作家を別にすれば、スイスのデュレンマットとM・フリッシュだとつけたされた。事実、デュレンマットの『再洗礼派の人びと』は、プラハの〈国立劇場〉と〈ワルシャワ・ドラマ劇場〉で、フリッシュの『伝記』をワルシャワの〈アテネウム劇場〉で観る機会があった。デュレンマット、フリッシュともに、ブレヒトの影響下で出発しながら、最近では〈不条理劇〉への接近――とくに、フリッシュの『ビーダーマンと放火犯たち』において――が注目されており、〈黒いユーモア〉と悲喜劇風タッチでの現代社会への鋭い諷刺が特徴的だ。おそらく、ブレヒトとデュレンマット、フリッシュの問題提起の仕方の違いも含めて、ブレヒトからこのふたりへの観客の興味の移行は、先に、わたしが述べたような事情を裏書きしているといえないだろうか。

いまひとつ、付け加えておきたい問題がある。それは、一九六八年のシーズン中、パリではまったく上演されなかったサルトルの戯曲が、ブレヒトの場合とは逆に、東欧諸国の各地で盛んに上演されていたことであった。例えば、ブタペストの〈大劇場〉で観た『アルトナと幽閉者』は別としても、プラハの〈ブリアン劇場〉の『汚れた手』、ベオグラードの〈現代劇場〉の『墓場なき死者』などは、今日の東欧諸国での最大の主題〈社会主義と人間的自由〉の問題が、どのような角度から、どのような深度で探られているかを示す好例といえるだろう。興味ある問題である。

最後に、プラハの芝居について語った以上、八月以降の、あの不幸な〈チェコ事件〉についてもふれないわけにはいかないだろう。しかし、占領下のチェコ演劇界の状況については、暗い予測はさまざまに立てられるにしても、正確なことはなにひとつ承知していない。ただ、チェコへの軍事干渉直後の九～十月、帰国の途中に立ち寄ったワルシャワ、レニングラード、モスクワの街々で、今回の軍事干渉が、干渉国自身の内部でも諸刃の剣として作用している事実を、わたしはさまざまな機会に感じとり、また、聞き知った。演劇界に関する事柄としては、チェコへの軍事干渉に、ワルシャワ条約軍の一員として軍隊を送ったポーランド政府にたいして、滞在先のミラノから非難声明をだしたムロジェックへの報復措置として、彼の作品が全ポーランドの劇場のレパートリーから外されたという事実を、その代表的な一例として記しておこう。東欧演劇界に厳しい冬の時代が訪れることは避けられないかもしれない。

（一九六八年十二月）

（追記）

一九九〇年五月、社会主義体制から離脱したチェコへの三度目の訪問時、当然のこととして、わたしは〈ナ・ザーブラドリー劇場〉へ向かった。以下は、劇場付属の小レストランで食事中、同席した中年の観客から聞き知った話である。

わたしが、ハヴェルの『注意の集中の難しさ』の初演の舞台を見たということを知った彼は、羨ましそうにいった。「それは幻の戯曲ですよ。われわれ、チェコ人にとっては！」と。彼によれば、新作として、台本段階で上演されたこの戯曲は、軍事干渉以後のハヴェルの抗議活動にたいする報復措置として、その他の新作とともに、チェコ国内では遂に出版される機会がなかったということなのだ。そして、彼はいった。あの〈ビロード革命〉時の中核として活動した〈市民フォーラム〉の事務所は、この場所だった、と。いや、それ以前から、この劇場の観客組織〈仲間の会〉は、隠れた抵抗運動の連絡網の役割を果たしていた、と。彼自身、その一員だったという。かつて、グロスマンが提唱した〈呼びかけの演劇〉の運動が、このような形で生きていたことを知ったわたしの驚きとともに、あまり知られていないこの事実を報告しておきたい。演劇が、社会のなかで生きていた証として。

最後に。文中でC嬢と書いたのは、現日本・チェコ友好協会会長のV・チハーコヴァーさんであり、ワルシャワの演出家とは、〈アテネウム劇場〉のJ・ヴァルミンスキー氏であった。ワルシャワ条約軍として参加した自国軍を指して「あれは囚われの軍隊だ」と吐きすてるように語られた語調の激しさは忘れられない。ムロジェックの全作品の上演禁止の措置を、護りきれなかった無念さとともに語られたのも氏だったが、一九九〇年にお会いしたとき、帰国できる状況になっても、祖国に帰り、ともに戦おうとしなかったムロジェックと、国内に残って戦った演劇人との間に深い溝が生まれていることを、苦渋をこめて語られたのも、ヴァルミンスキー氏であった。それは、長い冬の時代が残した傷痕とでもいうのだろうか。

（二〇〇一年五月）

可能であった。そこで、その周りに僅かな小道具を取りつけることで、舞台が生きてくるような魔術的な物体を見つけだす必要があった」と述べ、舞台を作るうえでの実際的な配慮が働いたことをも示唆している。

(13) Antonin Artaud：前掲書. ≪Autour d'une mère≫. p.169

(14) Antonin Artaud：前掲書. ≪Autour d'une mère≫. p.170

(15) Antonin Artaud：≪Lettres d'Antonin Artaud à J.-L. Barrault≫, Bordas, 1952. p.90

(16) Antonin Artaud：前掲書. p.91

(17) J.-L. Barrault：≪Réflexions sur le théâtre≫, <Antonin Artaud>. p.61

(18) Sylvain Dhomme：≪La mise en scène contemporaine d'André Antoine à Bertolt Brecht≫, Fernand Nathan, 1959. p.278

(19) Jacques Copeau：≪Notes sur le métier du comédien≫. p.18

(20) Antonin Artaud：≪Oeuvres complètes≫, Tome Ⅳ. p.101 参照

(21) Arthur Adamov：前掲書. p.149

(22) Jacques Guicharnaud：≪Modern French Theatre≫, Yale University Press, 1961. p.230

(23) Antonin Artaud：前掲書. p.99

(24) Antonin Artaud：前掲書. pp.96～97

(25) Antonin Artaud：前掲書. p.37

(26) Antonin Artaud：前掲書. p.39

(27) Sylvain Dhomme：前掲書. p.278

(15)　ちなみに、ロスタンがこの献辞で書く「シラノ」は、17世紀に生きた現実の人、サヴィニヤン・ド・シラノ・ド・ベルジュラックではなく、彼がその夢想のなかで育み、コクランがその身を貸しあたえた「シラノ」、すなわち、舞台上で生きた「シラノ」であった。あえて、付言しておく。

第９章

(１)　Arthur Adamov：≪Ici et maintenant≫, Gallimard, 1964. p.149

(２)　J.-L. Barrault：<Du ≪théâtre total≫ et du Christophe Colomb>, Cahiers de la Compagnie Madeleine Renaud ＝ Jean-Louis Barrault, No.1, Julliard,1953. pp.30～41. この文章は ≪Nouvelles Réflexions sur le théâtre≫, Flammarion, 1959. pp.265～276 にも収録されており、両テキストで若干の異同がある。引用は後者によるとともに、出典を示すことは省略する。

(３)　J.-L. Barrault：≪Réflexions sur le théâtre≫, Jacques Vautrain, 1949. <Antonin Artaud>. p.59

(４)　Antonin Artaud：≪Oeuvres complètes≫, Tome Ⅳ, Gallimard, 1964. p.104
アルトーの主著『演劇とその分身』の一章で、1933年５月に発表された「演劇と残酷」のなかで語られている。なお、本書・安堂信也訳『演劇とその分身』白水社（1996年）の前身で、同氏訳の『演劇とその形而上学』白水社（1965年）があるが、本論文はその刊行以前に執筆したため、Artaudからの引用は、すべて拙訳のままとした。

(５)　J.-L. Barrault：≪Réflexions sur le théâtre≫, <Le Soulier de satin>. p.160

(６)　J.-L. Barrault：≪Nouvelles Réflexions sur le théâtre≫, <Claudel vivant>. pp.233～258

(７)　J.-L. Barrault：≪Réflexions sur le théâtre≫, <Essai pour un petit traité d'Alchimie théâtrale>. p.72

(８)　J.-L. Barrault：≪Une troupe et ses auteurs≫, Jacques Vautrain, 1950. p.76

(９)　J.-L. Barrault：≪journal de bord≫, Juillard, 1961. p.76

(10)　J.-L. Barrault：前掲書. p.82

(11)　この標語は、『Cahiers』のテキストにのみ見出され、≪Nouvelles Réflexions sur le théâtre≫では省略されている。

(12)　J.-L. Barrault：≪Nouvelles Réflexions sur le théâtre≫. p.241
バローは、『クリストファ・コロンブス』の舞台装置について、この作品では、「非常に多くの場所の変化があり、そのすべての装置を作ることは不献及びその他多くの文献を参考にさせていただいたが、そのすべてについて明記することは、不可能に近い。また、叙述の流れから、あるいは、わたしの文章としてそのまま利用させていただいた部分もあるのではないかと思う。感謝の念とともに、ご寛容をお願いしたい。

第８章

（１） B.-C.Coquelin：≪L'Art et le Comédien≫, Ollendorff, 1880.
本書からの引用については、出典を示すことを省略する。

（２） Octave Mirbeau：<Le Comédien>, Brunox, 1883. pp.5～10

（３） 俳優の市民権問題については、Gaston Maugras：≪Les Comédiens hors la loi≫, Calmann Lévy, 1887. pp.412～433 と ≪Larousse de XIXe Siècle≫ の <Comédien> の項を参照

（４） Gaston Maugras：前掲書. pp.420～421 参照

（５） Mounet-Sully：≪Souvenirs d'un tragédien≫, Pierre Lafitte, 1917. pp.199～238, <Ma candidature à l'Institut> 参照

（６） ラ・ブリュイエール：『カラクテール』中（関根秀雄訳), 岩波文庫. p.215

（７） 俳優叙勲問題については、G. Maugras：前掲書及び ≪Larousse de XIXe Siècle≫ の <Mirbeau-Coquelin> の項参照

（８） コクラン：『俳優芸術』（中川竜一訳), 早川書房. p.34

（９） B.-C. Coquelin：<Les Comédiens par un comédien> (Réponse à M. Octave Mirbeau), Brunox, 1883. p.8（余談だが、２及び９の２書は、実は、互いに上・下を逆に印刷して合本され、それぞれを表紙にした１冊の本の形をとって、限定出版されている。たまたま、入手したこの奇妙な書物を見ていると、この <Mirbeau-Coquelin> 論争が、当時のフランスで、単に演劇界の事件ではなく、より広い社会的問題であったことの意味が実感として伝わってくる。)

（10） Jacques Copeau：≪Notes sur le métier du comédien≫, Michel Brient, 1955. p.18

（11） Brander Matthews：≪Papers on Acting≫, Hill and Wang, 1958. pp.161～200 に、Coquelin と H.Irving の論争の全容が収録されている。

（12） Brander Matthews：前掲書. <Notes on Constant Coquelin>. pp.269～272 参照

（13） コクラン：前掲書. pp.7～8

（14） Brander Matthews：前掲書. p.72

(11)　ミハイル・ブルガーコフ：『劇場』(水野忠雄訳), 白水社.
従来、この作品『劇場』のなかで取り上げられているのは、ブルガーコフの最初の戯曲『トウルビン家の日々』のことだと理解されてきている。例えば、トポルコフは、『稽古場のスタニスラフスキー』(馬上義太郎訳) 早川書房. のなかで明らかにこの書にふれながら、「わたしは、今は故人となった、あるきわめて才能のあるソビエト劇作家の書いた未完成、未発表の小説を読んだことがあった。その若い作家はその小説の中で、彼の戯曲がはじめて劇場 (作者はそれがモスクワ芸術座であったことを諷している) で上演されたときの苦い思出を書いている」(同書. p.183) と述べている。しかし、『劇場』の後半 (第2部) の稽古過程で述べられている、身体的行動の方法及びそれに付随する〈エチュード〉稽古や無対象行動の訓練等は、トポルコフ自身証言 (同書、p.81) しているように、1932年、スタニスラフスキーの指導のもとで行われたゴーゴリー『死せる魂』の稽古過程で発展させられたものであり、1925年上演の『トウルビン家の日々』稽古時のことと理解するのは無理だろう。ブルガーコフは、彼独特の手法で、モスクワ芸術座で上演された『トウルビン家の日々』と『モリエール』の二本の戯曲に関わる問題を合体させて、『劇場』という虚構の世界を構築したと理解したい。戯曲の改作問題も、そのように理解したとき、ゴルチャコーフが「演出者の作者との仕事」のなかで述べていることと符合するように思う。あえて付言しておく。
(12)　ブルガーコフ：前掲書. p.284
(13)　ブルガーコフ：前掲書. p.297
(14)　ブルガーコフ：前掲書. p.300
(15)　スタニスラフスキー：『演出者と俳優』(牧原純訳), 未来社. p.5
(16)　スタニスラフスキー：前掲書. pp.11～12
(17)　ゲルシコヴィチ：『リュビーモフのタガンカ劇場』(中本信幸訳), リブロポート. p.66
(18)　ゲルシコヴィチ：前掲書. p.11
(19)　ゲルシコヴィチ：前掲書の「リュビーモフの反乱」の章. pp.240～256 に詳しい記述がある。

最後に、断っておきたい問題がある。主題への興味から、まったく専門外のソヴィエト演劇の問題を取りあげたこの章では、ソヴィエト演劇史やブルガーコフの伝記的事実等については、野崎韶夫編訳『ソビエト現代劇集』白水社の野崎氏の解説や、『劇場』巻末の水野忠雄氏の解説、あるいは、この注で挙げた引用文

(27)　Louis Jouvet：前掲書. p.36
(28)　A. エーフロス：前掲書. p.223

第7章

（1）　Mikhail Bulgakov：≪Molière, or The Union of Hypocrites≫, In a new version by Dusty Hughes, R.S.C. Playtext. p.7
（2）　上記テキストのプロローグ及び観劇時のわたし自身のメモを参考にした。なお、この戯曲のテキストとしては、ロシア語よりの翻訳である安井侑子訳の『モリエール』『テアトロ』No.360 及び注6にあげた Paul Calinine 訳のフランス語版をも参考にした。
（3）　このテキストでは、プロローグでの使用を考慮したためか、モリエールの原文とはかなり異同がある。Hughes の英語版のまま訳した。
（4）　スタニスラフスキー：『芸術におけるわが生涯』下、（蔵原惟人·江川卓訳），岩波書店. p.292
（5）　スタニスラフスキー：前掲書. p.299
（6）　Mikhail Bulgakov：≪Monsieur de Molière, roman biographique, suivi de La Cabale des Dévots≫, traduit de Paul Kalinine, Robert Laffont, 1972. pp.9～16.
このフランス語版には、伝記的小説と銘うたれた『モリエールの生涯』と戯曲『モリエール』が、いずれも上記のタイトルで収められている。とくに、戯曲『モリエール』は原題のまま『狂信者たちの陰謀』となっている。
（7）　Mikhail Bulgakov：前掲書. pp.19～24
（8）　イエラーギン：『芸術家馴らし』（遠藤慎吾訳），早川書房. pp.135～138 参照
（9）　この文章は、「全集・現代世界文学の発見Ⅰ」（学藝書林），『革命の烽火』の江川卓氏の解説（p.380）から借用したが、ペ・マールコフ：『モスクワ芸術座五十年史』（野崎韶夫訳），筑摩書房. p.82 に、この文章に先立つ文章として「戯曲『トウルビン家のありし日』そのものについていえば、それはそんなに悪いものではない。というのはそれが害毒よりもむしろ利益を多く与えるからである」とあり、スターリンの判断があくまで政治的な状況判断であることを明白に物語っている。
(10)　ゴルチャコーフ：『モスクワ芸術座の演劇修業』（野崎韶夫訳），筑摩書房. p.225
以下、ゴルチャコーフからの引用はすべて本書に収められている「演出者と作者との仕事」pp.197～228 からの引用である。

第6章

（1）　ヤン・コット：『演劇の未来を語る』. p.114
（2）　André Villiers：≪Le Dom Juan de Molière≫, Masques, Revue Internationale d'Art Dramatique, 1947. p.12.
なお、〈コメディ・フランセーズ〉の資料によって、1967年7月時点での上演回数を比較すると、『町人貴族』2,162回、『人間ぎらい』1,842回、『女学者』1,423回、『ドン・ジュアン』738回、その内、原テキストによるものは174回となっている。
（3）　Jules Lemaître：≪Impressions du théâtre≫, Lecène, 1902. p.66
（4）　Fernand Bruntière：≪Les époques du théâtre français≫, Hachette, 1892. p.131
（5）　Emile Faguet：≪En lisant Molière≫, Hachette, 1914. p.187
（6）　Louis Jouvet：≪Molière et la Comédie classique≫. p.87
（7）　Louis Jouvet：前掲書. p.93
（8）　Francis Ambrière：≪La galerie dramatique≫, Corrêa, 1949. p.246
（9）　Maurice Descotes：前掲書. p.77
（10）　Francis Ambrière：前掲書. p.248
（11）　André Villiers：前掲書. p.7
（12）　Francis Ambrière：前掲書. p.245
（13）　André Villiers：前掲書. p.13
（14）　André Villiers：前掲書. p.89
（15）　André Villiers：前掲書. p.69
（16）　André Villiers：前掲書. p.76
（17）　A. カミュ：『カリギュラ』（渡辺守章訳），『カミュ全集』3，新潮社. p.78
（18）　André Villiers：前掲書. p.86
（19）　André Villiers：前掲書. p.96
（20）　Alfred Simon：≪Molière par lui-même≫, Editions du Seuil, 1981. p.104
（21）　Maurice Descotes：前掲書. p.88
（22）　Maurice Descotes：前掲書. p.89
（23）　A. エーフロス：『演劇の日常』（宮沢俊一訳），テアトロ. p.202
（24）　モリエール：『ドン・ジュアン』（鈴木力衛訳），『モリエール全集』1，白水社
以下、『ドン・ジュアン』からの引用は本書による。
（25）　A. エーフロス：前掲書. p.331
（26）　A. エーフロス：前掲書. p.330

（9） Maurice Descotes：前掲書. p.185
（10） Maurice Descotes：前掲書. p.152
（11） Louis Jouvet：≪Molière et la Comédie classique≫. p.250
（12） 以下の引用は、〈オールド・ヴィック座〉のパンフレットによる。
（13） Roger Planchon：前掲書. p.196 及び指摘した景のプランションの演出ノート参照

第5章

（1） Louis Jouvet：<Molière>. p.284
（2） Louis Jouvet：前掲論文. p.293
（3） Louis Jouvet：前掲論文. p.294
（4） Jacques Scherer：≪Structures de Tartuffe≫, Société d'Edition d'Enseignement Supérieur, 1966. pp.190～207 参照。Scherer は『タルチュフ』の結末について、とくに1章を設け、モリエールの時代から現代にいたるまでの代表的な見解を紹介しながら、彼自身の見解を披露している。
（5） René Bray：前掲書. p.8
（6） René Bray：前掲書. p.274
（7） Jacques Guicharnaud：≪Molière, une aventure théâtrale≫, Gallimard, 1963. p.145
（8） Jacques Guicharnaud：前掲書. p.146
（9） Jacques Guicharnaud：前掲書. p.144
（10） Louis Jouvet：<Molière et la Comédie classique≫. p.250
（11） ヤン・コット：『シェイクスピアはわれらの同時代人』. p.7
（12） Gérard Absensour：<Le Tartuffe au théâtre de la Taganka à Moscou>, ≪Revue d'Histoire du Théâtre≫, 1971-2. pp.129～135.
以下の〈タガンカ劇場〉の舞台に関する引用及び要約は、すべて本論文による。
（13） E. Despois et P. Menard：≪Oeuvres de Molière≫, Ed. des Grands Ecrivains de France, Tome Ⅳ, 1878. p.322
（14） B. ブレヒト：『演劇論』（小宮曠三訳）, ダヴィッド社. p.47 及び p.49
（15） モリエール：『タルチュフ』（鈴木力衛訳）, 『モリエール全集』2, 白水社. p.200
（16） モリエール：前掲書. p.272

（5） Gérard du Boulan：前掲書. p.11
（6） Emile Faguet：≪Rousseau contre Molière≫, Société Française, 1910. pp.81～84 参照
（7） Gérard du Boulan：前掲書. p.188
（8） Louis Jouvet：前掲論文. p.656

第3章

（1） Jan Kott：<Molière Our Contemporary>. pp.163～170.
以下、本論文からの引用については、出典を示すことを省略する。
（2） ヤン・コット：『ヤン・コット　演劇の未来を語る』. p.36
（3） ヤン・コット：前掲書. p.44
（4） ヤン・コット：前掲書. p.189
（5） ヤン・コット：『シェイクスピアはわれらの同時代人』（蜂谷・喜志訳), 白水社. p.8
（6） ヤン・コット：『ヤン・コット　演劇の未来を語る』. p.32
（7） ヤン・コット：前掲書. p.187
（8） Gérard Absensour：<Le Tartuffe au théâtre de la Taganka à Moscou>, ≪Revue d'Histoire du Théâtre≫, 1971-2. p.130

第4章

（1） Jan Kott：前掲論文.
以下、コットよりの引用はすべて本論文からの引用であり、出典を示すことを省略する。
（2） Albert Thibaudet：<Stendhal et Molière>, ≪N.R.F.≫, No.134, novembre 1924. p.597
（3） ラ・ブリュイエール：『カラクテール』下（関根秀雄訳), 岩波文庫. p.36
（4） Roger Planchon：前掲書. p.195
（5） Maurice Descotes：前掲書. p.171
（6） Albert Thibaudet：前掲論文. p.598
（7） Erich Auerback：≪Mimesis≫, Anchor Book, 1953. p.318
（8） Fernand Ledoux：≪Le Tartuffe≫, Collection 'Mises en Scène', Editions du Seuil, 1953. pp.19～21 に示されている Ledoux のオルゴン論より紹介した。

注

第１章

（１） Louis Jouvet：<Molière>, ≪Conférencia≫, 1er septembre 1937.
：<L'interprétation de Molière>, ≪Conférencia≫, 1er juin 1938.
なお、この両論文からの引用については、出典を示すことを省略する。

（２） René Bray：≪Molière, Homme de Théatre≫, Mercure de France, 1954. p.5

（３） W. G. Moore：≪Molière, a new criticism≫, Oxford, 1949. p.5

（４） René Bray：前掲書. p.9

（５） Molière：≪L'Avare≫, Classiques Larousse. p.118

（６） P.-A. Touchard：≪Théâtre de Molière≫, Club des Libraires de France, Vol.3, 1959. p.456

（７） René Bray：前掲書. p.13

（８） Gérard du Boulan：≪L'Enigme d'Alceste≫, A. Quantin, 1879
第３章 <L'Envers d'un siècle>, 第５章 <Ce qu'est Alceste> 参照

（９） Jules Michelet：≪Histoire de France≫, Tome XII. p.89

（10） Francisque Sarcey：≪Quarante ans du théâtre≫, 1ere serie. p.95

（11） Jan Kott：<Molière Our Contemporary>, ≪Tulane Drama Review≫, Spring 1967. p.165. コットのこの論文は、喜志哲雄訳『ヤン・コット　演劇の未来を語る』白水社, 1976 の一章として、「モリエールの今日性について」という題名で収録されている。同書よりの引用のうち、モリエールに関する部分については、すでに拙訳で文章を書いたという過去の経緯もあり、あえて拙訳のままとした。

（12） Louis Jouvet：≪Molière et la Comédie classique≫, Gallimard, 1965. p.250

（13） Roger Planchon：≪Le Tartuffe≫, Classiques du Théâtre, Hachette, 1967. p.195

第２章

（１） B.-C. Coquelin：≪Molière et Le Misanthrope≫, Ollendorff, 1881. p.1
以下、本書からの引用については、出典を示すことを省略する。

（２） Louis Jouvet：<L'interprétation de Molière>. p.655

（３） Gérard du Boulan：前掲書. p.165

（４） Maurice Descotes：≪Les grands rôles du théâtre de Molière≫, P.U.F., 1960. p.108

あとがき

本書『モリエールと〈状況のなかの演劇〉』には、モリエールについて、かなり長い間隔をあけて書いた文章のなかから、ふたつの主題に関わる文章を集めてみた。まとめてみると、なんとも奇妙な本ができあがってしまった。純粋のモリエール研究書でもなく、かといって、普通にいう観劇記でもない。ひとつには、わたし自身の関心が文献的研究より、実際の舞台づくり、つまり、演出の方に向かっており、モリエールの作品と向かいあったとき、どうしても、その現代的な上演の問題を考えてしまうからででもあろうか。一九六七〜六八年と一九八三〜八四年の二シーズン、東西ヨーロッパをかなり精力的に駆けまわり、自分でもあきれるほどの舞台を観たものだ。そして、そのとき出会ったモリエールの舞台のうち、わたしの関心をひいた舞台を、モリエール批評史や上演史での問題と突き合わせながら、現代での上演の問題を考えるという、いわば、モリエール劇の現代的上演のための、演出的視点からの観劇記といったものになったようだ。そのため、上梓をためらう気持ちもあったのだが、こんなものもあってもよかろうと、みずからにいい聞かせて、あえて上梓にふみきった。

ところで、フランスで上演されたモリエール劇の舞台も数多く観ているが、本書ではまったく取りあげていない。書きたいと思うような舞台に出会わなかったというのが、正直なところであり、別に他意があるわけではない。というより、本書でも書いているように、コットのモリエール論、つまり、わずか八ページばかりの小論「モリエールはわれらの同時代人」という文章との出会いが、第二部の「〈状況のなかの演劇〉としてのモリエール」の諸篇をわたしに書かせたといえるかもしれない。そして、そんな文章を書いているうちに、〈状況のなかの演劇〉あるいは〈状況のなかで生きている演劇〉という言葉が、ごく自然にわたしのなかで意識されはじめた。第三章でも述べたことだが、彼自身の歴史的経験から、そして徹底的に現代的、今日的な状況——とりわけ政治的、社会的状況——のなかから、古典劇に接近して行くコットのモリエール論やシェイクスピア論にふれたとき、この時期に観た多くの舞台——必ずしもモリエール劇とはかぎらない——が、コットとまったく同様な姿勢で古典劇を上演していたことに気付き、それらの舞台を、わたしなりに、このような言葉で呼びはじめたのである。そして当時、もっとも厳しい状況のなかで活動していた旧ソ連・東欧諸国の自由派劇場の舞台に、そのような例をより多く発見することになったのも当然であった。例えば、ハヴェルが所属する〈ナ・ザーブラドリー劇場〉、リュビーモフの〈タガンカ劇場〉、エーフロスの〈モスクワ・ドラマ劇場〉などの場合がそれだ。

それにしても、いま、読み返してみると、第二部の諸篇では、これらの劇作家や演出家に心情的に傾斜した文章が続出して、気恥ずかしい想いもあるのだが、あえて、そのままとした。現在のような平穏な時期とは異なり、わたしの所属する劇団で上演したり、わたし自身紹介したりした劇作家や演出家が、次々に、亡命を余儀なくされたり、投獄あるいは上演停止、発禁処分等に襲われるという状況があり、そのような情報に接しながら書いた文章としてご理解いただきたい。それぞれの執筆時期を示した理由である。

一九九〇年の五月に、社会主義体制から離脱したワルシャワとプラハを訪れたとき、かつて、緊迫した空気のなかで迫力にみちた舞台を展開していた諸劇場が、一様に生気を失い、客席も疎らな状態に出会って愕然としながらも、「やはり、そうだったのか」という印象が強く、危惧していたとおりの状況がそこにあった。つまり、百八十度転換した政治的・社会的状況のなかで、これらの劇場がレパートリーの方向性さえ見出せない時期であった。〈状況のなかの演劇〉は、状況そのものが根底から変化したとき、観客を呼ぶ力を失っていた。例えば、ワルシャワで観たムロジェックの舞台の入りは三割程度、淡々と進む舞台にも、人影も疎らな客席にも、かつての熱気は見出しようもなかった。唯一の例外は、プラハでハヴェル作品を上演しているいくつかの劇場であった。しかし、その場合も、舞台の成果のためというより、ハヴェル人気のおかげであり、ほぼ満席に近い客席には観光客と思われる人びとの姿がやたらと目立った。〈国立劇場〉が上演したハヴェルの傑作『ガーデン・パーティ』の舞台を観る機会もあったのだが、「ああ、こういう戯曲だったのか」という印象しか残らず、わたし自身、かなり醒めた想いで観ていたように思う。その意味では、第二部の諸篇は、政治的にも、芸術的にもきわめて困難な状況のなかで、かえって鮮烈な光芒を放っていた舞台を記憶し、それを証言するための記録といえるかもしれない。わたしの心情的な傾斜もそのままに、あえて、上梓にふみきったほんとうの理由である。

次に、第一部及び第三部に収めた文章について述べておきたい。

第一部に「〈風俗劇的性格喜劇〉論を排して」という、かなり刺激的なタイトルを選んだ理由から述べよう。大学在学中から舞台づくりに関わっていたわたしは、当初、演技論の問題、とくに、ディドロの『俳優についての逆説』をめぐる〈感動派・非感動派論争〉に興味をひかれ、このテーマを追っていた。そのうち、やはり、モリエールも勉強しなければという殊勝な気持ちから、モリエール批評史で代表的とされる二、三の研究書を読みはじめたのだが、これが問題だった。読むほどに、モリエール劇を演出しようという意欲すら失いかねないのだ。困りはてているうちに、ムアやブレイらの研究書をとおして、ジュベを先頭とする〈新しいモリエール〉批評の存在を知り、ようやく光が見えはじめたものの、肝心のジュベの文章は、それらの本での引用をとおして輪郭はつかめるものの、その本文の入手は絶望的であった。最初の留学時に、ようやくフィルム複写の形でもちかえったものの、待ち構えていたのは、例の大学紛争の渦であり、第一章の文章を書きえたのは、それから数年を経た一九七七年であった。ジュベの文章を読み、第一章の文章を書きながら、わたしは納得した。わたしが演出意欲すら失いかけた理由が理解できたからである。挑発的なタイトルをあえて選んだのも、そのためである。

第二章は、〈感動派・非感動派論争〉の、一方の側をただひとりで代表するコクランの文献を集めるうち、たまたま入手したコクランの著書『モリエールと「人間嫌い」』を取りあげている。事前の予測もなく、なにげなく手にしたこの本のなかに、一八八一年の時点で、ジュベ、ムアらの新批評のモリエール観がそのまま語られているのを発見したときは、ほんとうに驚いたものだ。しかし、この本は、発表当時の時代的風潮もあって、非難されることはあっても、評価されることはほとんどなく、モリエール批評史のなかでも、ほとんど取りあげられないままで終わった。しかし、この本のもつ意味は大きい。ジュベの文章より先に、つまり、第一章に収めるべきだったのかもしれない。

第三部〔付録〕に収めた文章は、わたしにとって、それぞれの時期の想い出につながるものとして、この本の主題からは離れるが、あえて収録した。第八章の「コクランの俳優論」は、当時の激しい俳優蔑視の社会的偏見に抗して書かれた俳優擁護の書『芸術と俳優』を取りあげている。コクランの俳優論の分野での寄与は多くの演劇人から感謝されたものの、〈感動派・非感動派論争〉の発端になったその演技論の部分は、論争の渦中で、その真意は理解されないままに終わった。しかし、スタニスラフスキーやブレヒトのような現代の演劇人からの再評価の例もあり、それが語られはじめた最初の形でのコクランの論旨を、正確に捉え直す作業としてこの文章を書いた。第二章で取りあげたコクランの、もうひとつの活動を紹介する意味から、〈感動派・非感動派論争〉のテーマに関連するものではあるが、収録した。

第九章、「〈全体演劇〉の理念」は、一九六〇年の大阪国際フェスティバルに来演するバロー劇団の演目として『クリストファ・コロンブスの書物』の上演が報じられたが、当時、日本演劇学会関西支部の活動として、山本修二先生を囲んで欧米演劇の専攻者が集まる研究会があり、最若年グループの一員として参加していたわたしに、先生から、観劇時までの研究会で、この舞台に関係するバローの演劇論〈〈全体演劇〉論を指す〉を報告するようにとのご指名があった。時間的余裕がないだけでなく、これは大変なご注文であった。バロー劇団機関誌第一号掲載の文章は手元にあったものの、その他の資料はほとんどなく、アルトーの全集なども未刊行の時期であり、《N.R.F.》誌から直接探しだす必要があった。その後、急いで集めた資料や観劇時の印象をもとにして、研究会での報告内容を基礎に文章化したものが、第九章である。当時は、アルトーやアダモフに関して続編を書く予定だったが、わたし自身の関心の変化もあって、果たせないままに終わった。ただ、このときの作業が、その後、わたしの〈不条理劇〉への接近と理解を助けてくれたことは事実であり、後日、この文章をお届けしたとき、先生からいただいたおほめの言葉を懐かしく想い出しながら、山本先生の「大変なご注文」に、いまは、「大変」感謝している。先生は、研究会に参加している若手研究者に、この種の「ご注文」を出されることがよくあった。そして、時にいただくおほめの言葉が、われわれのなによりの励みのもとでもあった。あるいは、この想い出があったために、主題とはまったくかけ離れたこの文章を、あえて収録したのかもしれない。

第十章は、帰国直後に書いた観劇記だが、コットの文章とともに、わたしに〈状況のなかの演劇〉という発想を与えてくれたものとして収録した。おそらく、日本へのハヴェルの戯曲の紹介としては最初のものだろうが、ハヴェルを襲っている苛酷な状況を想像しながら、この文章を書いたことが想い出される。

最後に――収録した文章の間にかなりの時間的間隔があり、また、それぞれが独立の文章として書かれているため、各所で重複が多く、可能なかぎり整理したが、充分とはいえない状態である。一方、削除から起こる文章の流れの変化を修復するために、かなりの補筆を行ったことを付け加えておく。

二〇〇一年五月

小島達雄

著者略歴
小島　達雄（こじま　たつお）
1927年生まれ
京都大学文学部フランス文学科卒業
関西学院大学名誉教授・日本演劇学会会員
著書：『ユダヤ人大虐殺と〈演劇〉』　明石書店　他

モリエールと〈状況のなかの演劇〉

2001年11月26日初版第一刷発行

著　者　　小島　達雄
発行代表者　　山本　栄一
発行所　　関西学院大学出版会
所在地　　〒662-0891　兵庫県西宮市上ヶ原1-1-155
電　話　　0798-53-5233

印刷所　　水書房

ISBN:4-907654-35-9

http://www.kwansei.ac.jp/press